U0585188

张佳羽 著

作家出版社

目 录

CONTENTS

第一章 高中，我来了 / 001

1. 一叩高中门 / 001
2. 一张失去光彩的喜报 / 004
3. 在上海遭遇滑铁卢 / 006
4. 二叩高中门 / 010
5. 三叩高中门 / 013
6. 到北京放二踢脚，第一踢很响 / 016
7. 第二踢飞得太高，半天没响 / 023
8. 谜一样的红票 / 027
9. 好大的一个响炮啊 / 030

第二章 军训没掉链子 / 036

10. 我有秘密偏不告诉女生们 / 036
11. 万盛的快乐和广场的眼泪 / 038
12. 吼，军训，我幽你一默 / 041
13. 军训第一天：教官攀比着凶女生 / 044
14. 发明一个聪明反被聪明误的“向后看齐” / 052
15. 唬人的紧急集合 / 055
16. 联欢挨着一顿剋 / 057

17. 军训倒计时，教官打出温情牌 / 063
18. 这个亮相，是给现在，还是未来 / 065

第三章 到了方正才知道我很穷 / 069
19. 坐个破桑到学校 / 069
20. 报名认识红老师 / 072
21. 人比人，气死人；床比床，怨我娘 / 076
22. 搬书搬出手机大 PK / 078
23. 穷酸的心事 / 082
24. 在攸关利益问题上 / 085

第四章 第一考逼我下地狱 / 089
25. 我主动和后排的男生坐在一起 / 089
26. 这一考，我倒九 / 094
27. 怒狮的妙论 / 096
28. 老爸是个反常人 / 103
29. 老妈是个顺杆爬 / 108
30. 我被挂在了头牌位置 / 110

第五章 莫名的骂老师事件 / 115
31. 前排多一个月满楼，后排缺一个党代表 / 115
32. 奇谈怪论 / 119
33. 地理课上发生的阵仗 / 121
34. 迪马、绒绒和校长顶牛 / 126
35. 我替闹事的绒绒写悔过书 / 129
36. 绒绒给了我一个天大的回报 / 132

第六章　我夺回了第三排座次 / 138

37. 用求知法给自己减压 / 138

38. 只差一分就实现了既定目标 / 143

39. 数学原来很奇妙 / 147

40. 意外惊喜 / 151

41. 就要玩它一个爽 / 156

第七章　谁是地痞我扒谁 / 159

42. 你知道啥叫友谊 / 159

43. 春联里的学问 / 164

44. 亿鹊放屁磨牙引起一场风波 / 169

45. 一场糊涂的车厢大战 / 173

46. 我差点破了相 / 176

第八章　自树的非天才人物 / 179

47. 你请教我我请教谁去 / 179

48. 一篇雷人的论文 / 183

49. 谁能教我最正确的学习方法 / 195

第九章　送你落在高枝上 / 200

50. 半路冒出个副手 / 200

51. 这架势是要抢班夺权 / 202

52. 刺头男生奚落米拉 / 206

53. 锦囊妙计 / 209

54. 巧妙送“瘟神” / 214

第十章　没事别和 Money 过不去 / 220

55. 快乐学习挣 Money / 220
56. 再考考到人前头 / 226
57. 我被捧起来喽 / 231
58. 赢双奖 / 235
59. 老妈抢钱 / 239

第十一章　天才摧毁了我的淡定 / 243

60. 欣赏到真天才 / 243
61. 被谁迷倒就为谁服务 / 246
62. 在天才之间逗留 / 249
63. 推算着天才的种类 / 256

第十二章　乱象里我知道我是谁 / 260

64. 又是考试分晓时 / 260
65. 编个事由请假 / 263
66. 我们被逼得疯了一样 / 268
67. 劲儿铆在演出时 / 275

第十三章　高中生也要享受父母的温暖 / 279

68. 体面着，但挣死钱的老爸 / 279
69. 牙疼不治讲道理 / 282
70. 第一次见老爸怕老 / 287
71. 我这是吃饭还是吃眼泪 / 291

第一章

高中，我来了

1. 一叩高中门

2011 年夏天。

两山夹一川的金城，各种排量的汽车出奇的多，尾气排放得格外密集，空气里弥漫着燥热的粉尘。没有几块清爽的阴凉处供人消闲。

我疯长的浓发像一根根鸡丝面条，紧紧地交错在一起。大半个头被覆盖着，动不动就抖出豆大的汗珠。

恰恰是这种蒸笼天，人生的第一个转折点定格在这里。

这一年，我别了猪鬃（初中），站在虎头山（糊涂点）上遥望高中。

其实我并不知道高中是个什么概念，只想快点初中毕业。心里什么都不想，就愿意无忧无虑地和要好的同学疯玩儿。不敢欺瞒，我们确实有些看够了老师加压的脸。

毕业班的冲刺，仿佛在迎战强大的敌人。

老师的眼神，好似逼急了的战斗指挥员，射着凶狠的蓝光："不考进重点高中，就是失败！我教了三年课，没黑没明地付出，没有把你们扶上去，我的脸放在哪里？我的名誉放在哪里？我今后还怎么在讲台上混？你们说话啊，有没有决心？"

战斗员并非拉稀的货，想索要出一句慷慨激昂的表态，也就是所谓勇字当头，斗志摩云，不拿下制高点死不瞑目之类的豪言壮语，教室里的反应并不热烈。

我的同学出言慎之又慎，回应稀里哗啦。

老师的失望从头到脚，软得跟面条似的。

我就想：有必要营造非死即生的气氛吗？天下老师同一理，教就教出高分生，不达目的不罢休！

这一逼不要紧，各地接连传来学生因成绩不良而发生跳楼事件，这还不足以警醒教育界吗！老师的任务，不是绑架在升学率上，而是平日把教学安排的内容完整地传授给学生。这就足够了！剩下的事情，在于学生渐进式的消化理解。这个过程因人而异，有快有慢，即先知与后知的微妙关系。不能只承认人的大脑发育有早熟与迟熟之分，却不落实接受教学实践的先后差异。

这不等于精神恍惚者的呓语吗！

刚过完农历年，离中考还有四个月的距离，老爸就约了高中校长，一起畅谈我的“光明前景”。

校长曾是老牌的语文老师，对有写作特长的学生略有偏爱。看过我发表过的文章复印册和出版的小说《风公主》，欢喜满眼飞。

“这样的学生到我们学校，我很感荣幸。”他认真地打量我一遍又一遍，目光密密的，就像用一把千刺梳梳着我，每一个拐角都不放过。在他面前，我的优点和缺点都无处藏身。又像用一根量才尺，从上到下地丈量着，看我的才气到底有没有他期望的那么高。梳罢，量罢，他脱口而出：“小才女！”看得出来，校长是真心欣赏我，言语里没有含糊的字眼。

很快，他督促学校给我发放了科技创新专业录取通知书（因为这所高中没有文学创作这个独立分项的专业，它的特色，就是开设了一个科技创新班。校长说出版的书籍也可模糊归类为科技创新成果）。

校长的好意我心领了。

有了这张专业录取通知书，等于我的一只脚已踏进高中校门了。

我比其他同学幸运，优越感写得满脸都是。

我想唱歌。

螃呀么螃蟹哥，八呀么八只脚，两只大眼睛，一个硬壳壳。一个螃蟹八只脚，两只眼睛那么大的壳，两把夹夹尖又尖，走起路来么碾也碾不着。两把夹夹尖又尖，夹着哪个甩也甩不脱……

我唱螃蟹，我是螃蟹吗？

对，我是螃蟹，我要夹住心仪的高中，让你甩也甩不脱。

离中考一个月时，各初中都组织学生观摩片区的高中，通过实地感受和了解比较，确定自己报考哪所高中。那天巧了，我去的这所高中，恰好有一大拨与我一样的初三生来校探底。校长西装革履，温文尔雅，满堂君风。

他站在灯光聚焦的大礼堂讲台上，大背投打着优美的幻灯，以彩图演示的方式，逐一展现学校的新容。

他讲着讲着，神采飞扬地朝坐在最后排的我指了指："同学们，同学们，今年与你们一起来报考咱们学校的，还有一位知名的小作家，她叫风羽奇飞，现在就坐在你们身旁。"

唰！所有学生顺着他直直指向我的指头，齐刷刷地回头望我。

那一刻，我多么荣耀，多么幸福。我对自己的感觉真好。

"我希望有更多的有才的同学报考我们学校，我们这里环境宜人，师资力量强悍，高考升学率相当不错！”校长振振有词，情绪高亢。

他的偏爱让我迷失了对自己的正确判断，我几乎认定我就要上这所高中了。有特长多么有优势。我对自己说。

接下来，我有些忘乎所以，放松了中考前最后玩命的冲刺。

班主任如何劝导我，我都不理解她的婆婆妈妈。我甚至怀疑她在妒忌我的好运气，故意给我找麻烦。我很排斥她的“严格”，甚至有些“敌对情绪”。

我把心思的偏重点，挪到了几个写作大赛上。我认定那才是我应该做的正事。中考成绩，哼哼，那是别的同学的法宝，让它在我这里见鬼去吧！

我要骑在成绩的头上，拉屎拉尿，要它见了我就怕我，远离我，不来骚扰我。

我要集中精力在几个作文大赛上逞威风，彰显我的才能。

2. 一张失去光彩的喜报

初中校园里，老师赞赏最多的报纸，就是《语文报》。据老师讲，这个老牌报纸影响了几代人。《语文报》组织写作大赛，我理应当仁不让参加。这也是对我写作能力的一次检验。

我到底写得怎么样？是骡子是马，拉到赛场上遛遛。可这个弯遛得分明太大了，一出圈就绕宇宙画弧。

但我不怯。愈是刺激，愈想突破。玩的就是心跳。

我在中考最为紧张的阶段，居然才思如流，胸中万马奔腾，从生的离奇古怪的故事井喷而来。我不能压制它们的呼唤，前前后后写了短篇小说《地上的界碑》《天上有朵飘雪的云》，短篇童话《快乐世家》。

5 月末，我以童话《快乐世家》拿下影响久远的《语文报》举办的第二届“语文报杯”原创文学大赛单篇金奖，以八个中华语文网头条隆重推荐拿下“十佳文学博客”奖，以上百篇已发表作品加一部个人文集加五篇得力的新作，综合实力比拼排名后，拿下“全国十佳文学少年”奖。

也就是说，这个大赛设立的三个大奖，我全部包揽。

这的确是个开门红！

6 月末的一天，一张红哈哈的喜报寄到了收容我三年的初级中学：

喜　报

金城市朝阳中学：

贵校风羽奇飞同学在我社举办的第二届“语文报杯”原创文学大赛中荣获“全国十佳文学少年”殊荣。专此向贵校表示热烈祝贺！

语文报社

2011 年 6 月

这张喜报并没有在师生中激起太多喧哗。因为它的脚步姗姗来迟。

6 月 18 日至 20 日，三天中考一晃而过。

全班照了张初中毕业合影，就永远走出了初中校门。打打闹闹了三年的我们，各自回家等待高中录取放榜了。

我突然觉得历史与现实是那样重复和老旧，一点新意都没有。古装戏剧里反反复复地上演放榜的喜与悲，轮到今天的我们，同样坐等着“久旱逢甘霖，他乡遇故知，洞房花烛夜，金榜题名时”四大喜事的后一种感受。

《语文报》的喜报真是不赶趟，它在我们离校之后，踏进初中校门的。它有点备受冷落。

校长即便要在全校宣读一下据此获得的荣光，因小主不在，物是人非，意义显然寡淡。

只是我的语文老师分外挂念我的去向。毕竟，我是他教学以来遇到的第一个得意门生。他很珍视这张喜报，却苦于它的爆炸性能量没有得到应有的发挥。

毕业班的离去，让它丧失了光彩，退避到了无以复加的地步，只好坐在学校的冷板凳上，等待主人传奇式的出现。

3. 在上海遭遇滑铁卢

初升高这个时段的暑假特别长，近乎两个半月。别人焦虑我镇静。

7 月 14 日，我在老爸的陪同下，第二次坐火车去上海参加第三届鲁迅青少年文学奖现场决赛（第一次是 2010 年上海世博会期间，第十一届“中国少年作家杯”全国征文大奖赛在上海颁奖，我的童话《北贝坡传奇》获一等奖）。

这次，又经过初赛、准决赛两关晋级，进入最后一锤定音阶段。从全国各地挑选来的实力选手近四十人。

我毫不畏惧。参加这个大赛的想法，就是拿下这次大赛的最高奖——一万元奖金。我以为这个奖就是为我设的，都是水到渠成的事情，信手即可拈来。

我甚至在初入上海的不眠之夜，豪放如李白，看什么都新鲜。

走在街上，这就是中国第二大城市啊！看见“阿拉阿拉”讲上海话的女子，我就想近前看看，是不是“天上掉下个林妹妹，恰似一朵轻云刚出岫”那样的妙人？

我觉得自己霸气得近乎粗鲁，像许文强携阿力到了上海滩，要开辟一片我行我任性的新天地。

去外滩，外滩是什么滩啊？是洪湖水浪打浪那样的歌剧滩吗？

去就去。哪里繁华上哪里，我应待在繁华处。

嚯，一条江卧在眼前。爸爸说这叫黄浦江。

江水悠悠又幽幽，悠悠的是浩浩史，幽幽的是华灯夜，到处流光溢彩。

江浪拍岸，千番轰响，终归太没骨气，爬不上几处台阶。

游人始终在高处，江浪被踩在低处。

江风吹来清凉，也没吹冷我激荡的情绪！

江轮破浪，哪有我的情趣放荡！

夜光丽照，哪有我的心情大好！

我欢呼着，奔跑着。

有人不长眼，撞了我，我的目光很凌厉：你知道你撞的是谁吗？是即将到来的鲁迅文学大奖的捧杯者！也可能是女鲁迅再世！也可能是现代李清照！

我可以撞别人，别人就不许撞我。

上海的热加上我的过度兴奋，连续两夜没有休息好。房间里的空调无休止地吹，终于穿透我的玉体，吹出了空调病。

而丁是丁卯是卯的现场决赛，掐着秒倒计时，一刻也不能更改。

选手个个瞪大眼睛，跃跃欲试，比赛热度剧增。

精神状态出了问题的我，临场表现得头昏脑涨，思路拥堵。

天啊，这玩笑开大了吧？

天生我材必有用，有用用在刀刃上。

嘿嘿嘿，此时不用，何时用？

用啊，文思泉涌上哪儿去啦？

用啊，信心百倍翻倍在哪儿啦？

越急，思路越疏不顺，理还乱。

时间咔咔咔地向前走着，它才不管你是东家葫芦西家瓢。

我把手中的笔快捏断了，头一次感觉下笔好沉重，字字力千钧啊！

我到底在试卷上写了什么？连场上的自己也说不清楚了。

这是我吗？掐一掐脸蛋，是我，疼。

写啊！

写了，东边日出西边雨……一山放出一山拦……不识庐山真面目……唯见长江天际流……

乱吧？乱。

这就是当时的思绪，糟糕透顶。

我恨自己，恨得眼泪快要掉下来。

写作以来，头次遭遇滑铁卢。

不管别人满意不满意，至少自己不满意。自己不满意，别人怎么满意？

当然，我恳切希望别人不介意我的自我感觉，评委们也都三天三夜没有合眼，辨不出好坏来，让我变得至高无上。

我甚至想到请齐天大圣来作法，用七十二变蒙混过关；或者弄个阿拉神灯来，让阿拉精灵帮我实现愿望。

交卷后，我有些心虚。

我渴望别的同学和我一样，也带着空调病上场“决斗”。

但未必老天爷会准许我的低级想法兑现。

17日，颁奖。

聚光灯下，我眼前发黑，主办方将这个最为实惠的大奖颁给了上海的一位高三女生。

我只得了一等奖的红皮证书。我的愿望落空，难堪得有些愤怒。

老爸也一脸的失落，但还是伸出手为夺得万元大奖的女孩热烈鼓掌。他不像我缺乏涵养，大喜大怒，喜形于色。

大赛一落幕，参赛选手享有的优待全部结束，三天免费住房到期，各路英雄好汉纷纷退房。谁要想多住几天，就得自己掏 Money。

我和老爸原本计划好拿到万元大奖，好好在上海游玩几天，大奖化为泡影之后，所有计划都不得不取消，树倒猢狲散。

我的心情算不上懊恼，但多少有些怅然不快。尽管客观理由找了一大堆，主观上自己还是对自己的才能产生了一点点怀疑。

“赶快回家看中考结果。”老爸说。

胜者为王败者寇。战绩不佳，只好自我封口，连提一条建议的资格都没有了。

仰头看银色的飞机在云里出没，我很想乘坐一次。我的屁股还从来没有坐进过机舱。享受一下那只铁鸟的服务，该有多好！

阿爸，阿爸，阿爸爸，可不可以呀？我在心里祈愿着。

老爸的脸色没有一丝波动。他缺乏对大赛失利的我的一种宽容，自然就不会对我的眼神有一丝半点的会意。

我还能坚持什么呢，坐上咣咣当当的火车，决然返回故土。

福无双至，祸不单行。

回到金城一查，我的分数考得令人汗颜，比评估分差了一大截。

老天啊，又跟我开玩笑！你干脆让我当崂山道士吧，传授我穿山术，我入在地缝里，别见人得了。

爱面子的老爸脸耷拉下来，灰溜溜地躲在人后，长长的马脸上不再挂有半点女儿写作的卓越带给他的自豪。

先前联系的高中今年报考的人出奇的多，录取分数线一调再调，越调越高。这是比跳高吗？层层加码，一下比上年抬高六十多分。

这个情况出人意料。

老爸急忙去找校长询问情况，夸我“小才女”的校长对说情者甚为反感，拒见。

老爸吃了闭门羹，那种前所未有的羞辱感，让他暴跳如雷。

老爸找了个没人看见的地方，压制住自己的情绪，慢慢走回家，捎着一副没有表情的脸。见到我和老妈，只是摇了摇头，言外之意，希望渺茫。

4. 二叩高中门

与老爸十分要好的言伯伯，建议我上其他高级中学，并推荐了几所私立高中。

老爸不情愿。临录取的当口，所有公立学校的校长比平常牛一百倍，哪是想约见就能约见的。

各公立高中几乎用同一把尺子量学生短长——不看学生品质好不好，就看成绩高不高。成绩是硬道理，成绩是通行证，成绩是宣言书，成绩是分水岭。

公立学校相互之间比拼的就是高考升学率。成绩决定校风的好坏，成绩决定老师奖金的高低。所以唯成绩论，是公立高中不成文的行规。

像我这样的稀世之物，也不能破了规矩。

现状是不打折扣的冷峻，你必须坦然面对。

这不是说我从此与高中无缘，只是在金城地盘上普遍认同的三所优等高中我不能轻易走进。

我把难题出在这里，接下来就是考验老爸的正负能量了。

老爸一连六七日，脚不挨地地跑跑颠颠，看了大半个金城的高中。

他回来和老妈商量："作难的地方在于，公立高中都把成绩放在绝对至高无上的地位。校长要最高升学率，班主任要最好的全校排名，各任课老师要分数冒尖的学生。但当今天下，哪里都不是铁板一块，说得铮铮铁骨，做得一塌糊涂。下狠心了，走走关系，使使好处，公立高中女儿也不是不能进。现在的问题是，现实倒逼着我们自己，费老大的劲儿，把女儿送进公立高中，搅在分数的旋涡里，她会得到什么？冷静一想，我担心她写作的那点灵气，全被磨平了。"

老妈说："这事你决定。我只管孩子的吃和穿，你管学习。"

老爸长吁："跟你商量，还不如跟牛商量，老牛还通人性，听懂人话了，会'哞儿'叫一声。你一推六二五，女儿好像是我一个人的。"

老妈想辩，被老爸挡住："不是扯淡的时候，说正题。市上有几所私立高中，教学方式与公立学校有所不同，老师和学生平等交流，强调成绩，但不唯成绩论，似乎有益于女儿边学习边坚持写作。就是咱们大人脸面上不好看。我怎么说也是个机关干部，你在科研单位做事，女儿花钱上私立，说给同事听，好像挺掉价的。"

老妈翻了一眼老爸："死要面子活受罪。你到底是为女儿好还是为自己好？只要合适女儿发展，你管他别人咋说。是我们培养女儿还是别人培养女儿？"

老爸抿了抿唇："是呀，人活着，真的是很困惑，就像是活给别人看的。要不这样，我带你去各学校看看，最后咱们再拿主意？”

老妈做事删繁就简：“你别整那些没用的，眼高手低不务实。公立学校的情况我知道，你就带我看看私立学校，我对照一下。”

言伯伯极为热心，开着私家车，载着我们一家三口，先去兰山中学。

这所私立学校坐落在金城的南大门外，出市，上兰临高速，一面长坡的尽头，显现出一群耀眼的粉红色的楼，那，就是兰山中学。

干练的女校长接待了我们。了解我的情况后，女校长分外欢喜，一口答应会为我的写作开绿灯。

我爸妈也看中这个学校的环境，幽雅宽敞，楼群错落有致，管理严格。

但唯有一条，路远，跑到郊外了。这让老爸老妈心里直结疙瘩。

我倒不在乎路远。路远可以住校啊，正好不受父母天天唠叨。

女校长问怎么样，我正想说我喜欢。老妈给我使眼色。我到口边的话语无伦次地改为：“哦，哦，挺好的，这里的天真蓝。”

女校长很会察言观色，老妈的这点把戏，她一眼就识破了。

她找了个借口甩开我父母，拉着我的手，在校园里走走看看。

她走起路来真漂亮，那两条腿绷得直直的，优雅又大方。

她说话喜欢打着手势，把自己齐耳的短发朝右一甩一甩的。

“你到我们这里来，我保证你风光上大学。”女校长胸有成竹地说，“你需要我们，我们也需要你。我们有一流的教学环境，这你看到了。谁不愿上一等的好学校，傻呀！反过来，我们也渴望一些有奇才的同学来，这会形成广告效应。我不隐瞒我的想法，这叫彼此受益。”

我说我爸妈可能担心你们的学费太高。

女校长爽朗地笑起来：“这不是问题，我们可以坐下来谈啊！”

她领我回到她的办公室，开门见山地对我父母说：“凤羽奇飞来，属于特招。特招嘛，就有特招的超常之处。学费，减半。怎么样？”

我又找到了飘飘然的感觉。

我不同于凡人，是特长生，天生我材必有用，何不仰天大笑出门去。试问：我辈岂是蓬蒿人？

从兰山中学出来，老妈就叨叨起来：“女儿长这么大，从没离开过我们。若在这里住校，一星期只能回一次家，我不放心。”

言伯伯说：“人家住校的孩子多啦，我看这不是问题，相信孩子会适应。”我狠命地点头。

老妈又说：“我想女儿了，看一次也不方便，打个的没五十块人家干吗？每次要过收费站，来回的收费谁付啊，还不得我们！”

老爸一直默不作声。

老妈用胳膊肘推了一下老爸：“你的意见呢？”

老爸不得不说：“这个学校给人印象不错。校长人很好。女儿放在这里有利的地方是，会受到更好的约束，对培养自立能力有帮助。”

“这么说你决定了？”老妈问。

“没有。再看一所再说。”老爸老谋深算，往往打埋伏。

5. 三叩高中门

当天夜里，言伯伯打来电话，说打听到他们片区就有一所私立高中，叫方正中学，成立不到十个年头，校址在黄河北，属于市内，似乎更方便一些。他建议我们上网查查，对这所私立学校有个大致的了解。

我们上网一查，还真有来头，它是由金城第一中学声誉极高的退休校长方之正创办的。据说，这位老校长在任上，心疼那些本该得到良好教育而被条条框框限制无法满足愿望的孩子。他把这些心疼积攒下来，攒成一股力量，促他历尽艰辛，创办了这所私立中学。

学校大门对学习不够优秀但坚持努力向上的孩子敞开，不让他们掉队，赶上趟，去走亮堂堂的人生路。

第二天上午，我们迎着东升的太阳，向方正中学疾驶而去。

这所私立中学建在黄河北会展中心旁边。

车子跨过黄河大桥，在北滨河路上小驰一会儿，拐弯穿过一片别墅式小区，就直通方正中学了。

这里是尚待开发的一个边梢区，一部分毗连新厂房，一部分枕戈荒芜地。但从长远看，这里的黎明难以持续静悄悄。开发商的触角已伸向这里，在学校的周围，一幢幢高楼正在拔地而起。

走进校园，面积很大，很开阔，环境清静，是个读书的好地方。

我们详细了解了学校的现状，高中分文理班、播音班、美术班、航空班、国际班，国际班是直通国外大学的，不用参加国内高考。

学校有学生宿舍楼，供一部分外地学生住校，供大部分本市走读生中午休息。有食堂，分清真、大灶、小灶三种，种类不同，价格不同，学生遂愿自选。有校车，早接晚送。

再一了解，我老爸脸上飞起红霞千万朵，有省上重要领导的孩子也在这里就学。他那点薄面子，总算捡回来了。

“这学校不错，比想象更好一些，女儿中午不用回家，在学校吃住，早晚有校车接送，安全。”老爸率先表态。

“总算没白来，山重水复疑无路，柳暗花明又一村。”老妈文绉绉起来。

我们一家三口一合计，成了，就它了——方正中学。

“方方正正，规矩之意。”老爸默然地想，“耐寻味。”他替我选了播音班。理由是：“写作的人大都口拙，你女孩子家，要口秀。经常上台锻炼锻炼，对气质的培养、交流的顺畅都有好处。你若想当主持人我们也不反对，当不了我们也无所谓。”

这一点，我很感动。

经历了低谷，又跃上高端。

我想起了一位哲人说的话：人生的道路是不平坦的，曲曲折折，起起伏伏，但只要信念坚定，就能一直向前。

我说得冗长了些，不凝练，应该是：前途是光明的，道路是曲折的。对吧？

老妈不经意地嘟哝：“说好挣一万奖金回来，奖金飞了，我还要倒贴高额的学费。”

我说老妈呀，你哪壶不开提哪壶。我这不是太把自个当根葱，兴奋过头了嘛，没把持住，才落得个人仰马翻的惨局。你能不能别老提我走麦城的事？经一事，长一智嘛。

至少我知道了山外青山楼外楼，各路好汉争上游，你追我赶不歇脚，谁若大意谁鳖头。下次，再逢大赛，我会脚底垫棉花，走路一点声响都没有，来个出其不意，一鸣惊人。

老妈说你就耍贫嘴。

我说哪能啊，咱们骑驴看唱本——走着瞧。

6. 到北京放二踢脚，第一踢很响

7 月上旬，我要上的高中确定了，了却一桩心事，从此无压力，走路又见飘飘然。

7 月下旬，我披鞍上马，一路高歌进北京，参加第九届“叶圣陶杯”全国中学生新作文大赛现场总决赛。这是由《好学生》杂志主办的。

经过层层筛选，抵达现场最后一搏的中学生仍然超过三百人。而胜出角逐“全国十佳小作家”的选手里，就有我——风羽奇飞。

现场决赛分两个环节。一个，三分钟的个人演讲；一个，七十分钟的现场命题作文。初高中同堂不同题。

7 月 21 日，我们全家倾巢出动，浩浩荡荡，奔赴首都北京。

22 日，星期五，我们抵达目的地北京优龙会议中心报到。

当晚，参加“十佳”入围的选手被组委会召集在一起开会，抽签决定明天早上上台演讲的顺序。

我脑际悠悠飘来一朵云，洁白如絮，落在白云山上。这白云山在哪里，我并不晓得。只看到一位身材伟岸的杰人，从历史的深处走来，从银须冉冉、风雅飘逸的老道士手中接过摇签筒，哗啦啦一摇，跳起一根通体放红光的上上签来……

我有些情不自禁地欢呼：上帝啊，你施恩于我！

若梦若幻中，“风羽奇飞，该你了。”组委会人员叫道。

我回过神来，现实就在眼前，哪有什么道士，什么历史杰人，都是参赛选手在一起。面前也没有摇签筒，就一堆雪白的小纸团。

我随手拿了近前的一个，展开来，13 号。

这是我不喜欢的一组数字。我喜欢尾数是 7 的数字。我初中的学号就是27。

我长吁一口气，吹吹小纸团，希望吹来自己的好运气。

入围“十佳”的同学各有各的表征，脸就是和别人不一样，凝重里透着张扬，低眉里压着霸气。

看得出来，谁都不是省油的灯，手握胜算在，谁也不服谁。

23日上午，隆重而简短的开幕式后，就是“十佳”选手登台演讲。

八位评委一字排开。《好学生》杂志主编娄雨梅就坐在评委席里。

台下是黑压压的人头，座无虚席。

我的心怦怦直跳。但我表面还装得很镇静，对别人说：“我不紧张。”

骗鬼去吧，不紧张，不紧张腿肚子抖什么？人在重大场合就善于掩饰和欺骗。这是不由自主的，似乎与生俱来的，说不上是罪恶还是良善。

我觉得我的嘴唇有些木，不如平常说话那么利索。舌头也僵了许多，灵活度严重受干扰。脸上的笑筋提不起来，肌肉紧绷绷的。

“哎呀，摊开来说白了，不就是个比赛嘛，不要脑袋不要命的，搞这么神经过敏，没毛病吧你！”我骂自己，“瞧这点出息，放松一点不行啊？自如一点不行啊？心傲自然行，胆虚滚一边。”

我站起来，活动活动手脚。大赛组织人员走过来，以为我有什么事。我礼貌地笑笑，摆摆手，又坐下。

台上风光无限的主持人瞟我一眼，眼神至少在我身上停顿了三秒，意思是：这个小女生想干什么？

我什么也不想干，嘻嘻，就是想动一动，释放一下紧张情绪。

我不信你不紧张。不紧张你一个劲低头看台词干什么？你眼神忽闪忽闪干什么？你紧张是怕自己说错台词，我紧张是大姑娘上花轿——公开演讲算头一回。

头一回谁不紧张？要知道，这毕竟是大赛啊！

不久之前，我在上海遭遇滑铁卢，阴影仍在。

这场面比那场面更大，这人数比那人数更多。我登临这样的讲台，接受这样严格的挑选，心绪总是难宁啊！

要知道，我是从“大漠孤烟直”的西北漠地来的，见过沙尘暴，没见过多少青山绿水，当然有些毛躁了。

可更毛躁的是，你们这些大地方的人，说话也不扶住下巴，居然问我一些原始部落的问题，让我情何以堪？

一听说我来自甘肃，想半天，九天云外都想到了，就想不到中国有个甘肃省。

我提示，你看过电影《敦煌》吗？这才“啊噢”一声回过神来，好奇感倍生，殷切地问：你们那儿现在出门还骑骆驼吗？

我听了就动气，回击：骑什么骆驼啊，老土，那都是旧社会。现如今，我们骑狼。

骑狼？狼不吃人吗？

不吃人，吃屎。

这都哪跟哪儿啊，我很无奈。

不出远门，不知道甘肃小；不听人问，不知道家乡无名。

扯远了扯远了。

可话说回来，心绪难宁的又不光我一个人，参赛选手大致如此。

大地方来的只是少数。中国这么大，大得依旧是农村包围城市。四川省够大的吧？再大，也不见得遍地是城市毗邻城市。湖南够神奇的吧？还遍地英雄下夕烟呢。夕烟是什么烟？黄昏时分升起的炊烟。只有到了农村，才能身临其境，感受深刻。

所以，参赛者中不乏从小县城来的，还有从农村来的，我风羽奇飞好歹是从省会城市来的。

省会城市再小，比巴掌大吧，比县城大吧，比村镇大吧？这样一想，我还是从大地方来的呢！

怎么，露怯了，拉稀了？

得，话别说那么难听嘛，我收敛一下不行吗！

掠遍整个会场，就数我特殊，敢在台下冒一冒乱动的戾气。

啊哩哩，啊哩哩，赶圩归来啊哩哩。

没归来啊，才去，还没上场呢。

别的选手装得跟乖乖虎似的，腰都坐成一张弓了，仍然一个姿势坚持着。

我在心里修理了一下自己："瞧你那点出息，稳住，别丢人！丢人丢到上海，千万别丢在北京。这是首都，首都就是全国的心脏。丢在祖国的心脏，到时会家喻户晓，妇孺皆知，我风羽奇飞岂不臭名远扬喽。"

门外隐约飘来一首歌，像是《北京的桥》，美男子蔡国庆唱的。脑子忽然想到看青歌赛的一幕。在这么关乎荣辱的时刻，我居然还能胡思乱想。

青歌赛不也是大赛吗？

啊，对了，有个男选手三十好几了，也紧张得要死。

主持人问：长安街，是哪个国家哪个城市的一条街道？

男选手望天花板，天花板上没答案；望观众席，观众席上屏住呼吸；望评委，评委很期待他赶快答上来。

他拍自己脑门，哎呀哎呀了好几遍。先说在英国，又一想不对；再说在日本，又自我否定。

他自言自语，好熟悉呀，这条街道，真的好熟悉。

主持人急了，催他：好熟悉你倒是说呀，昨个你不是还上那里走了一趟吗！都提示到这份儿上了，他还想不起来。

评委来气了：你是哪国人呀？这么简单的一道题，难住了你？出题的人刻薄吗？我觉得可恨！这是明目张胆地给你送分！送分你都不要，你还好意思站在这里，面对全国观众！人家一个山上放羊的阿宝，没见过多少世面，都知道有五个星的红旗是国旗，你出生在大城市，长在大城市，受教育在大城市，昨天还刚刚去过天安门，居然不知道长安街在哪里！这赛你还怎么比啊？还有必要再比吗！

我有点汗颜，这么不争气的倒霉蛋子，会不会也出现在今天的赛场？

会是谁呢？不会教我这么弱智吧……

比赛有序进行。选手一个接一个登台演讲。

聚光灯打在身上，格外的光鲜。但同时，也把演讲者放大在显微镜下，你的任何一个细微处，都会被评委和台下的观众捕捉得清清楚楚。

每个选手多多少少带着遗憾结束了自己的现场决赛第一关。

看得出来，紧张害人不浅：舌头不听使唤，口吃；大脑空白，忘词；肢体语言僵硬，动作失度；脸上惊鸿一现，表情失态……这些都影响了正常发挥。

看别人看得清楚，轮到自己可别犯憷。我必须稳住。我命令我自己："不许犯同样的错误！绝对不允许！你是谁啊？风羽奇飞。"

说归说，轮到上台，还是有些抑制不住的颤抖。不过，我狂跳的心依然很活跃，灵词丽句一闪一闪亮晶晶，我也不知道是怎么回事。

在讲台上站正，大家看我，我看大家。

朝台下鞠一躬，再朝评委鞠一躬，哦，我给我也鞠一躬，站直了，别趴下！

笑一笑，是不是笑得很扭曲，我不知道。反正我笑了。

好与不好是质量问题，笑与不笑是态度问题。

我态度很端正呀！面前没有镜子看，难以判断。

觉得脸上有汗，眼珠子一转，闪出一句妙词来，也算为自己释压："北京，哦，今天的天气真热呀，温度比我的心跳还高。"

本来有些低迷的评委们，眼睛一下子亮了起来：噢，还有见机行事的选手，能够自由发挥呀！

这一句真管用，台下的听众也纷纷挺直了腰。

我有些为自己叫好。

接下来，恢复了往日的自信和勇气，一个自鸣得意的亮相，促成十分顺畅的开讲。

紧张，紧张算老几？滚一边去，少烦我。我将所有的紧张情绪一扫而光，踩灭脚下。

我佩服自己能很快稳住阵脚，又自豪自己有强者风范，笑得阳光明媚，吐字清晰。

三分钟，能说些啥？

这不是长篇大论的场所。长篇大论，你能论过眼前八位资深评委？

谈创作经验，你个乳臭未干的黄毛丫头才写了几篇文章，敢在鲁班门前耍大斧？

这都不是选手的强项。

我的强项就是，我站在了这里，让大家审视，让大家认识，我得说道说道自己，让大家了解“骑狼出门”的西北女孩，改变偏见，还我公正。

OK！我就说说我是怎样走上文学路的，起因，过程，结果。

我掰着指头给大家数家珍，这个呀，那个呀，看似东扯被子西扯毡，实际上扯个葫芦做成了瓢。扯了我的固执，扯了我的辉煌，又扯我失败不败，反败为胜的心路历程。

嘴皮子像炒豆子，优美的语言，噼里啪啦全开花。

我圆满完成了我的演讲。

台下掌声雷动，评委席上和颜悦色……

中午在休息大厅里，我遇见了《好学生》主编娄雨梅。近看，她的形象如同她的名字一样美。

记得宋庆龄的一张穿黑旗袍的画像，她有些宋庆龄的气质，但比宋庆龄年轻很多。

她一眼认出了我，双眸写满燃烧的热情，拍拍我的肩膀：“风羽奇飞，你很优秀，我们八个评委一致给了你满分。”

啊，满分？不会是记错对象了吧，我满分？我自信得多么不自信。

这简直迎合了红歌《愚公移山》：听起来是奇闻，说起来是笑谈。

我宁信自己得高分，不信自己得满分。

我凭什么满分？

凭漂亮，我没奶茶妹的脸蛋；凭智慧，我没默克尔的脑子；凭雄辩，我没章馨月的口才。

但主编大人说了，我得的是满分，我就在心口打了个结，不想再解下来。后来证实，果然如此，我是这次比赛里唯一在演讲环节得满分的人！

7. 第二踢飞得太高，半天没响

下午，现场作文决赛，我情绪高涨，自信满满。

三个任选题，看图作文与话题作文，我统统毙死你，踏一脚，滚一边去，别烦哀家。我毫不犹豫地选了“假如我是我的家长”的命题作文。

我本不擅长命题作文的，逼到这份儿上，怕啥呀，借此机会突破一下自己。我在走一步险棋，拿自己的弱项比别人的强项。

管它呢，我是谁呀，风羽奇飞！

略微思考了一下，开始疯狂地运笔，一口气写满发给我的所有考纸。离交卷时间尚早，我回阅了一遍自己的作文，几处做了小的加工和润色，往桌上一拍，可以了，就它，不会比人差！

我坚信我的判断。这次绝不重复上海的经历，因为我昨夜睡得很好。

监考老师看了看我的作文，又看了看我，人与文对照了一下，眼神里多了些欣赏。这，给我加注了进一步确认自己能行的筹码。

任何努力都要心智的超强付出。为了这场决赛，我可能死去一千个脑细胞。一千个呀，大脑亏损过度。

我有些累。勉强撑着身子吃罢晚饭，困顿的眼神对所有问候都没有兴趣。不论你是赞许，还是妒忌，我都不在乎。

我只在乎自己消耗了浑身的精神。我需要补充能量，有一个安宁而舒适的睡眠。

晚上组委会安排了《好学生》的编辑老师与决赛选手面对面交流会，我极其渴望与久未谋面的编辑老师交流一下，但最终还是缺席了。

我懒散地歪斜在床上，对老妈说我想睡一会儿。老妈说累了就睡吧。

我把燥热关在门外，躺在清凉的空调下，一闭上眼就云游四海。哈哈，可以呀，周公给我撑大船，一觉睡到大天明。

24 日，大赛组委会安排参赛选手游长城、看鸟巢、逛故宫。

我出了点状况，有些水土不服。在密闭的空调大巴上颠颠摇摇的，肚子疼，恶心，想吐。坚持到慕田峪长城脚下，我脸色蜡黄，嗷呜嗷呜地喷吐了一番。还好，没喷在车上，是喷在车刚停稳的地下。吐得我五脏六腑都快出壳了。

身体软瘫下来，哪儿都不舒服。人像根面条，瘫软得一点打不起精神。随行医生给我吃了几粒人丹，还有其他清凉解暑的药片，让我躺在后排连椅座上，缓一缓。

过了十多分钟，我渐渐恢复了些气力，从后座坐起来，话也开始多了起来。

导游问我能爬上长城吗，我可不想失去这次游长城的机会。不是说“不到长城非好汉”吗，我在长城脚下当逃兵，有些羞赧与人言。

我站了起来，在新识朋友们的关照下，与大家一起登上长城。

长城像一条睡龙，死死地盘在绵延起伏的山间。

你站在上面，感受不到它的伟大，只感受到古人的愚蠢。这种愚蠢，与当时不会造枪造炮有关。但杀伐之心始终不绝，杀人就得防人，筑高墙，欺哀民。

今人也有与古人类似的一面，平地起高楼，一楼更比一楼高。住在山里的人想住城市里，到了城市才发现，没有高山人来造，也得爬上爬下。

只不过，现在人蠢而不愚，脑子好使得了得，动不动开发智商，获得顶尖科技。只因科技太发达，发达到拥有者为所欲为。

地球上到处都可以打孔，从陆地打到深海，从森林打到冰天雪地，管你地球有没有情绪，反正我有这个本事，把你打成蜂窝煤。所有的河流都可以肆意污染，污染到没水喝了再去找水源，反正忙着比闲着好，忙着就占有资源。

“会当凌绝顶，一览众山小。”我诗兴大发，高呼了一句古人的诗句。这没什么稀奇，知道这句诗的人很多，只是别人不愿意重复。

所有中学生都有通病，得空儿玩心重，把在学校玩不成的空当补回来。

领队左喊一声右喊一声，喊不住乱跑的脚步。

长城上有人制作“到长城一游奖牌”。金亮亮的牌子，正面中心是红铜嵌着的一幅长城图案，再一圈白铜雕刻的旋转形立体光芒，外圈是排列整齐的二十颗绕行的金色五角星。背面是“我登上了万里长城”八个大字，中英文对照，中文是上弦月，英文是下弦月。

谁肯花二十元，就当场刻上谁的名字。大家都抢着买。

我也瓜分了一块。上面刻着：风羽奇飞 2011 年 7 月 24 日。

奖牌还有一根绶带，宽边红底上镶两根黄条，黄条上绣两道金丝边。

我挂在脖子上，任它在胸前晶晶闪亮。我们深一脚浅一脚地走下山，神气十足。

正午刚过，雷声大作。那惊雷如同从地面跳起来的万吨级二脚踢，在车顶爆炸，震得人心惊肉跳。

雷电击人的传闻加深了我的恐惧。这样扑地的雷声，有种把人撕成碎片的癫狂感。接着是倾盆大雨，地面登时泛起一层积水。积水被打出一个个密集的水泡。

车窗被一波接一波的水帘糊住。司机面前的雨刮器忙不过来，前脚走，后脚就又糊上了。

窗外风摇着雨，大雨不时改变一下倾斜度和方向。“哗哗”的声音，那样急迫，像水龙斗技，失去理智。

天光被低沉的云层和雨雾合围，暗淡得发黑。

我们爬进奥运场馆鸟巢里，再也无法动弹。时间从我们脸上一小时一小时地流失，人人很无奈。

这场突如其来的暴雨干扰了我们出游的行程，一些计划临时被修改或压缩。游云如魂，来得快，去得也快。

安全第一，雨淡车速慢。大巴在太阳西斜、雨星点点下老牛一样向前爬行。

最后，在所剩不多的外出时间里，我们紧巴巴地粗略看了一眼天安门，赶紧返回大会驻地。

就这，比预定时间回来晚了两个多小时。

亲人相见，老爸老妈最关心我的身体状况，我最关心比赛的结果。但到处打探，“路透社”的人都叫“闭嘴”，问不出一丁点有用的消息。

哪怕是假传闻，都可以给我以安慰。可惜没有，一点底细也打探不出来。

组委会的工作人员像是从保密局挑选过来的，嘴巴闭得严严实实，一点口风都探不到。

我有些眉头紧锁。

组委会的年轻老师安慰我：没关系，这次竞争不上，还有以后呢，你还小。听他们的口气，我不像是赢得了这场比赛。

这让我一整晚心里发毛，难以安然入睡。难道要重蹈上海的覆辙？

我去，羞死个人，一个哑炮，接着一个哑炮，我这个炮兵班长当得也太窝囊。我突然怀疑自己的第六感觉是不是出了问题，对自己的期望值有些脱离实际地偏高？

我不敢再往下想。

一想到上海大赛的一万元奖金被别人拿走，我就不可原谅自己的低能。一等奖与特等奖，一步之遥，结局却大相径庭。一个是一大把奖金，一个是“0”资金。

脸上挂着一亿粒微分子式的不安和九万珠游离般的沮丧。

人急夜偏长，梦断天难明。

组委会硬是把最大的悬念，留给明天早上的颁奖大会宣布。

而我内心的折磨，谁又能看到？辗转反侧，怎么也睡不着。

不是我太脆弱，是现实太过悲催。

兴师动众地来，低眉败眼地回，我对得起谁呀！对得起老爸还是老娘？谁我也对不起。更对不起我自己，怎么老干吹破气球的事！

自信到了这份儿上，扔到门外连狗都不吃，嫌骚，猪尿脬打脸——骚气难闻。

8. 谜一样的红票

25 日，晨曦懒洋洋地从地平线上爬起来。我对它的姗姗来迟非常不满。

我恨不能像周星驰具备超人般的演技，把一根弯曲的钢管都骂直了。我的骂很弱，连窗帘都抖不动。

一遍遍趴在窗口看天，亮点，再亮点，亮得人心亮堂堂，那该多好。

什么乱七八糟的鸟，没学会穿越，却乱从窗口穿越，穿越得人心烦。

用过早餐，哨音响起。所有参赛选手到住宿大楼前领取自己进入颁奖礼堂的座号。

带队老师悄悄透露，凭历届大赛排座次的经验，能坐在礼堂第一排中央的选手，应该是获大奖的选手。

我十分忐忑地挤上前去，等着发号人叫到我的名字。

我渴望第一排中间的座次。

也不知道佛祖灵不灵，我那样喜欢看《西游记》，如来的神通难道不可以罩我一下！好你个大耳如来，若冷眼旁观，看谁以后还信你呢。我宁可信孙悟空去，虽翻不出你如来大人的掌心，却能把天宫闹个鸡犬不宁。要想我不嫌弃你，就快快显灵吧。

一张红票发到手中，上面分明地标着：第一排 13 号。

13 号？又是 13 号！

我和 13 号对上眼了！

我的吉利号是 27 啊，这是我的学号啊，怎么又是 13……

路易十三？法国波旁王朝国王啊。噢，最次也是白兰地五十年陈酿呀，好酒。

我演讲排 13，不也大获全胜吗！如此一分析，这个号不平凡，是这次大赛的吉数。

我举着印有“第一排 13 号”的红票，挤上前，给带队老师看，他伸出手握了握我：“座次很不错，祝你好运。”

早八点，几辆大巴车将我们拉向国家教育行政学院的逸夫报告厅。

严格对号入座。我左右一瞅，这不最前排中央位置吗！我心花怒放。这表明，我进入“十佳”是没有问题的。

大家找到各自的座位后，有像我一样开心过度的，也有一脸失落的：“又坐这么后，唉，与大奖无缘啊！”听到别人的叹息，我有种虚荣的成就感。

坐在第一排中央，突然有些不自在，众目睽睽，好不自在呀！

这时喇叭声响：“请各位嘉宾、老师、同学和家长注意，迅速到大院南侧的花园广场集合，照合影照。照完相后，迅速返回这里，开颁奖大会！”

出得逸夫报告厅，见大院里有一组不认识的领导人与开国领袖毛泽东谈话的群雕。

老爸说：“女儿，照张相，沾沾领袖的仙气。”

这个很可以。我摆出神气的样子，老爸咔嚓咔嚓几下，引得人们呼啦上来一拨，落下去，再呼啦上来一拨，争抢着与领袖群雕合影留念。

在照合影的花园广场，地气湿重而闷热。

这里校园气息浓重，景观设计很有书卷气。

青藤爬架，翠竹摇窗，超低空飞行的体格健壮的灰黑色蜻蜓，喜欢一个爬在一个背上，做重叠式飞行表演。它们似乎不介意众人的入侵，在行人之间慢悠悠地穿梭。

老爸的相机几次将它们摄入镜头。我也差点捕获一只落在水洼边的笨蜻蜓。

我佩服北京的生活条件奇好，把它们一个一个养得那么胖。这是我见过的蜻蜓里，块头最大、体格最健壮的一种。

9. 好大的一个响炮啊

八点半，第九届“叶圣陶杯”全国中学生新作文大赛颁奖大会正式开始。

坐在主席台上的嘉宾，有七位是家喻户晓的著名作家，一位是《好学生》主编娄雨梅。大会由中国少儿出版总社副社长主持。

宣布获奖名单时，全场屏住呼吸。

“全国十佳小作家”第一名——风羽奇飞！

我的天哪，是我是我就是我，我激动得快要欢呼起来。

杨沫一激动，写出一部《青春之歌》；王蒙一激动，写出一部《青春万岁》；我一激动，“中学生万岁！我万岁！”

这呼声是压着的，仅仅周围几个人听到。

我没梵高那么疯狂，敢用割耳朵表明心迹。

我是呼给自己听的，不打扰别人。

呼罢，呸！我又骂自己，你这也太阿道夫·希特勒了啊，自我吹炸。

我兴奋得癫狂不已，顾左右而言他。

“请获奖学生代表、来自金城市的……同学发言。”

我真的没有听清嵌在请字句里的名字，还在忙着与左右低语重重，眉飞色舞。

两边的人推我：叫你呢，快去啊，上台发言！

我傻愣愣了足足有五秒钟，甚至更多，迟疑地抬起左手，指着自己的鼻子，问主持人：“你真的是叫我吗？”

“请风羽奇飞同学上台发言！”主持人又重复了一遍。

快去，快去，真的是叫你。

我两边的人一起推我。

我的脸腾地燃烧起来了。

太突然，太不真实，太有点虚幻的飘。

我没有做任何心理准备，有些形象不端地走向主席台，从每一位大人物面前踏踏而行。

他们的目光追逐着我。

我听见他们在发问，在议论，在品评。

主持人的手势引导我走到发言席。

掌声响起来，我又自豪又激动。

又一次站在规模空前的观众面前，我非常荣耀。荣耀得期望有炮筒一样的镜头聚集我，把我抓拍得美妙又生动。

我挺立在发言席，极力使自己镇静，显示出自己内心强大，见过大世面。

我来自大西北以北，但不是来自北方的狼，我也不骑狼，因为我根本没见过野狼。在动物园里，见过两条圈养的狼，狼安静温驯得跟狗差不多，顶多就是两条并不凶恶的狼狗。

还好，我并不是一点准备都没有。

颤巍巍的手伸向裤兜，谢天谢地，老天保佑我，摸到了早前预备的一份小稿。这是一根救命稻草啊，有了它，我提在嗓子眼的心稍稍回落了一寸。

这份小稿，是在来的路上，幻想自己若金榜高中，有个上台发言的机会什么的，自己好显示领导人讲话的范儿！

凑巧，言中了，有用了！

佛祖佛祖，你助我如意地来，我尊你为有灵气的神。

我望了望人头攒动的会场，觉得喉咙有点卡，但我不能像大老爷们那样“喀、喀、喀”地清理嗓子，我得淑女，得雅致，得玲珑起来。

我强力下咽了几口唾沫，不让弄出大的动静。

麦克风就在面前，我所有不雅的发声都会被它清晰地传播出去。它绝不会贪污我的缺点。在这一点上，我很理智和清醒。

我稳住神，说道：“荣幸至极，我是一匹来自大西北缺少金子但却叫金城的市狼！”

我刚说完这句话，满堂哄然大笑，笑得大礼堂都有些摇晃。

我担心大家把我说的“市狼”错误地听成“侍郎”，进而解释：“我说的是城市里来的一匹狼，不是汉代宫廷里的官衔侍郎。我不是尚书，不存在一年任郎中，二年任尚书郎，三年任侍郎。”

大家安静下来，主席台上就座的大腕们纷纷转头看我。他们的眼神，充满欣赏。

我鼓起勇气，继续道：“就是这样一匹狼，有机会代表选手发言，我总得嗷呜号叫几声吧！”

满堂又笑，还伴有掌声。

我转入正题，响亮地开场了：“我发言的题目是：需求一掬土，馈赠满盆香”。顿了顿，再稳定一下情绪，让所有慌乱逃遁得无影无踪。

我似乎进入了角色，找到了感觉，微微激动的面色光亮着，声音沙而不哑，稚而不浮。

有一种满含深情叫表达，我的心境坦然而豁亮：

各位贵宾，各位老师，各位同学，大家好！

七月似火，遍地流金，我们相聚在一起，以“叶圣陶杯”的名义，热情投入第九届新作文大赛，温暖我们的友谊，摘取我们的收获。叶圣陶爷爷在天之灵看到今天的盛况，一定倍感欢欣。因为他的愿望，毕生的努力，就是弘扬先进的教育理念，培育一批又一批优秀的新人。而大赛传承了他的教育思想，接过他的接力棒，给予我们快乐写作的空间，发现并培养着支撑未来的文学新苗。

我和所有参赛的同学一样，期望自己尽力而为，展现出最佳的写作水平，能够获取大赛的最高奖项。比赛总是要亮出结果的。就像果树在春天要开花，到秋天要收获。面对评比结果，有的同学兴奋不已，有的同学满面失落。在这里，我要庆贺获奖的同学，也要庆贺没有获奖的同学。获奖的同学，用奖项证明着自己的实力，在文学的跑道上处于领先的位置；没有获奖的同学，用真诚感受了火热的氛围，经受了刻骨铭心的锻炼。锻炼比获奖更重要。未来比过去更美好。

站在这里，我的想象在飞。文字真是无比奇妙的东西。我们探秘着文字，文字友好着我们；我们发现着文字，文字靠近着我们；我们征服着文字，文字也征服着我们，给予我们无穷无尽的美妙。文字养着我们的眼，我们用饱满的激情养着文字。很多时候，大家都像牧人，放牧着自己的心境，任凭文字奔腾在快乐的一望无际的草原；有时候，我们都是守窝者，坚守在中意的窝口，等待着文字从窝里涌出一片惊异的裂变，成就自己的下一篇华章。

平心而论，我和所有爱好写作的同学一样，没有慢待过文字。我常常对一窝儿文字肃然起敬。因为古往今来，从来没有一个高人把文字写绝，以此封住后人的去路。没有。即便是曹操的《观沧海》，诸葛亮的《出师表》，毛泽东的《沁园春·雪》，都只是上升到一个历史的高端境界，“引无数英雄竞折腰”，而没有让后人渺小和止步。祖先赐给我们的文字都是相同的，但每个人做出来的文章却是不同的。这就是文字的奇妙之处。高人笔下的文字，是那样美轮美奂，那样让人着迷，那样富有经年不败的生命力，非常值得我们学习和借鉴。我们应该付出努力，不断超越自己，渴望超越高人。请时间证明我、证明你、证明我们大家的进步。

需求一掬土，馈赠满盆香。这是盆花的写照。只要我们把文字栽种在心上，就能长出美丽的希望。“叶圣陶杯”大赛，给我们提供了一个检阅写作的平台，我们心甘情愿接受检阅。通过检阅，我们看到自己对待文字的态度，看到自己写作具备的优势和存在的不足，看到自己采摘到的收获和擦肩而过的遗憾。通过这次大赛垫底，我们各定其位，朝着下一个目标，继续起跑！

请允许我代表大家，感谢大赛组委会，感谢北京，感谢我们为梦而来的一团团火热的心！感谢我们的爸妈、我们的老师给予的理解和支持，感谢美好的少年时光，感谢文学！

我的发言轰动一时。后来，所有有关这次大赛的报道里，都提到我独到的发言。

领奖时，我站在“十佳”的排头，率先登台。

从颁奖嘉宾手中接过一只金灿灿的奖杯，接过印有叶圣陶头像的“全国十佳小作家”证书，接过一箱子《鲁迅全集》，接过一双青花瓷质的特制钢笔，笔身印有“叶圣陶杯大赛奖”等字样，接过叶圣陶杯大赛佳作选集，接过其他的礼品。

我的两只手都拿不下了，抱得很费劲。

摆在桌上，奖杯和奖品互相挤，挤得挡住了主人的脸。

我已经露脸了，该你们挤了。

挤吧，把自己挤成牛顿第三定律。

草草吃罢午饭，我和爸妈一起，被组委会的专车投送到天安门广场。太阳火辣辣的，广场像个大蒸笼，挤不进一丝风，典型的桑拿天。

我穿着大赛组委会赠送的橘红色T恤，胸前印有鲜红的《好学生》杂志封面的“好学生”字体，一手提着奖杯，一手提着《鲁迅全集》，与爸妈准备绕场一周。

汗流浃背这个成语，在这个时候用给我，再恰当不过。我原本飞扬的头发，像水洗了一般，一绺一绺地贴在前额和耳侧。前心后背已能拧出水来。但我没有停下脚步。

老妈问我：“女儿，你要到哪里去？”

哪里去？这问题问的，我哪儿知道！

走到人民大会堂门口，又拐向毛主席纪念堂，再沿着广场中轴线，走到人民英雄纪念碑前，仰望一下英雄，又走到国旗下，看五星红旗迎风飘扬。

我的心情格外舒畅，站在天安门正门里，大声对着蓝天白云说：“高中，等着我，我提着见面礼来了！”

第二章

军训没掉链子

10. 我有秘密偏不告诉女生们

想进高中门，先做革面人。这似乎成为一种规矩。

不管你愿意不愿意，都要进行象征意义的军训。录取通知书的背面写得很清楚，参训是遵法，逃训是自绝于学籍。

逃训不补训，损失很二：一呢，领不到高中毕业证；二呢，取消高考资格。

领不到毕业证，你上的是摩的啊！

不准参加高考，你当别人的大脑是九手的啊！

三年高中白上，最后啥也没有，比窦娥还冤。

当小鲜肉们惧怕军训，哼哼叽叽时，我站直了表态：本姑娘不怕军训，盼着军训。瞧瞧，俺的胸大肌都比男孩发达，我怕谁！

有人小声叽咕：谁敢不怕你呀，早熟呗。

早熟？我不依不饶，让他们说清楚，我哪里早熟。

他们十张嘴也说不出一个理来，因为大家年纪一般大，没有大叔大婶的辈分差。

但我有个小秘密，偏不告诉女生们，那就是，我爱和男生一起玩儿。

军训，多好的机会呀，可以和新入伙的同学游戏打闹。这是我最初的想法。

“军训，每人发一顶绿帽子。”搞笑的男生总是在搞笑。

眼看军训快到了，又怯意顿生。

听军训过的学生说，小嘎嘎，你当是玩小孩过家家是吧，由着自己性子？错，错，错！严着呢，军队教官虎着个黑不溜秋的脸，只认规矩不认人。在他们眼里，没有学生，只有新兵。

风沙眯眼不弯腰，大雨倾盆算洗澡，磕破点皮也就指甲盖大个疤，娇气直接踩脚下，整不死你也得扒层皮。

啊哦，有那么厉害？

嘁，谁训谁知道。

我没有什么亏欠心理，怕什么。

别人能办到的，本姑娘照样办得到。

别人办不到的，本姑娘也能办得到。

我不出类拔萃谁拔萃？一顿吃八个冰激凌，你敢吗？一口气坐八趟疯狂老鼠，你敢吗？你不敢，我敢！

走走走，没啥准备的，车到山前必有路，有路就有人来走。死了张屠夫，难道就该吃连毛猪？

自己给自己壮胆，怕什么呢！精灵鼠小弟，我敢我就强。

约初中最为要好的狐朋狗友一起狂玩，这是最后的机会，不抓住开学的尾巴，你傻呀，拿自个的指头当胡萝卜切啊！

打住，别问我没得正事可干。

无忧无欲走啊走，乐啊乐，哪有稀奇哪有我，健康成长，没罪错。为他人而累，是一种纯真的牵挂。现在没必要。

啥时有必要？

胸中有天下，不与人轻言。

11. 万盛的快乐和广场的眼泪

8 月 7 日，经流金城的黄河水养大的“快女”、华语乐坛当红人气女歌手 Michelle Li“公主驾到”，在西关什字最大的商场——万盛大厦举行金城歌迷签售见面会。

媒体介绍说，她拥有高中低全音域内独一无二的好声音，音色纯净，辨识度高，被誉为比心跳声更动听的女中低音。她还擅长创作，会多种乐器，被誉为“新一代唱作女声领军人物”。

前一年的这一天，她的首唱音乐会举行，发行专辑《你看到的我是蓝色的》。今年的 7 月 18 日，在悉尼歌剧院获封“澳大利亚十大杰出华人青年”。

她的原创作品《可能》《你说的对》，主打曲《房间 1501》《私游》，呈现出 Michelle Li 宜动宜静、无限可能的音乐空间。

她的“回家”，牵动了热气腾腾的金城的街谈巷议，大报小报都辟娱乐专版助兴一呼。

Michelle Li 的少年时代，和我生活在一个城市，她上过的高中就在我姥姥家的小区那边，我从她中学的大门前不知经过多少次。但一次也没进去过。

那时，谁还想到这所中学的校园里，能育出一只小百灵来！早知道会发生奇迹，我就闯进去领略一下校园风光。

你别说，地球上没一寸土地是吝啬的，你可以嫌弃它，远离它，它却不见得会嫌弃任何一个生命。当生命对它的爱达到相互温暖的时候，它就不再沉默了，会在某一时刻，将某个生命举起来，照耀在鲜亮的阳光下。

Michelle Li 上过的中学是普通的中学，因为有了 Michelle Li，它就引起人们的关注。

我上过的初中也是普通中学，因为出了中央电视台“军事天地”节目主持人张莉，同样受到人们热议。

往大的说，从穷而偏僻的地方到了发达地方，人们还以为我家乡落后的城市交通一如古旧，优哉游哉骑骆驼。但因为这里闪耀着中国不少领导人的青春时光，谁不说俺家乡好，是个养大人物的好地方！

再往远的说，实现中华民族大统一的秦始皇，你知道他的祖陵在哪里？就在甘肃礼县的大堡子山！

所以不要蔑视地球上任何一个地方，指不定它在哪一天，给人以惊喜。

Michelle Li红得发紫地回来了，歌迷的欢呼声、尖叫声，延绵不断，一直持续到见面会结束。

夜沉寂下来。

没有了欢乐之后，灯影交错的黄河水面上，汩汩的潜流里，似淌着擦不干的泪，掩不住的哭泣。

去年的这个晚上，二十二时许，甘南深山之中的舟曲县城发生了惊天大事。

深远的后山里突降强暴雨，而山前依坡而建的县城仅有些阴云飘飘，偶尔飘落几粒零星的雨滴。没有人会注意到灾难的降临。

消暑的人们，有的在县城广场喝啤酒、打牌，有的在白龙江边散步、听歌，有的在家看电视，或早早歇息。

日子一如往常，一点异样的迹象都没有。

恰恰在人们麻痹大意的时候，县城北面的罗家峪、三眼峪两个谷口像两口巨大的炮筒，轰隆隆席卷而下百年不遇的特大泥石流。

人们听到怪异的声响，以为地震来了，但抬头看看，自家的房子并没有摇晃，脚下的地皮也没有抖动。人们很快否定了这个判断。

有人看到两条沟里尘土如瀑，形成翻滚的巨浪，以为发生山体滑坡，也没在意问题的严重性。

很快，这些猛兽猖狂至极地涌进县城，摧毁沿途的所有建筑。

全城陡然断电，陷入一片漆黑。

在干燥的土石形成的巨浪后面，是来势凶猛、破坏力巨大的泥石流！它们由北向南，扫荡着依坡而建的大半个县城！

一点防备都没有的人们，有的一家老小全部葬身厚达三五米的淤泥中。

一夜过后，县城的大半夷为平地，楼房不见踪影，沟壑纵横，巨石林立，哀号遍地。

今夜此时，我有些意识复苏。

除了写一首怀念的诗，还上中央广场与一群大中学生一起，用两色蜡烛摆出一颗超大的心，表达着对舟曲特大泥石流灾害中遇难的同胞殷殷的祝愿。

几十盏祈福的孔明灯，从我们的手中放飞天空，将一路吉祥，遥送灾区。

灾难是受难者的不幸，关切是关爱者的善举。

我还不能以一己之力承担很大的社会重任，但可以用同情与纪念的方式奉献爱心。

我不懂什么是脆弱、眼泪、哭泣，我只知道，勇敢地站出来，就是坚强，是脊梁！

要说早熟，对某一点的领悟，我的确很早熟，早熟得知道施仁施爱，为你为他。

时光密集地刻录着我的脚步，向前，后退，重复，偏移，挫折……

你难以肯定它们的位置在什么时候出现变换，唯一能确定的，是预期的进程，很刻板地在等待。

公益与义举，趋利与自私，常常交错在一起，构成一个人完整的多重人格。

一个人从生到死都很单纯，他一定不是人，也不是神仙，他只能是个怪物。

人是变来变去的一种生灵，此时树起高尚的旗帜，彼时可能又干起龌龊的勾当。

记得看过一篇童话，讲的是两面人，是阐释和揭露人的两面性的。我觉得以两面性对人盖棺定论是少了点，人应该有多面性。很好，好，一般，很坏，特坏，十恶不赦……这些都可以在同一个人身上展现出来。

这就是人为什么要经常引导教育的问题所在，因为他会变。

你不限制着他，他就放任自流；你不牵引着他上坡，他就顺势滚下坡。

军训难说不是一种锻造我们坚强性格的手段。

12. 吼，军训，我幽你一默

8 月 16 日至 23 日，我和即将走到一起的新高中同学合流，经受了八天全封闭式的军事训练。

这比有的学校长达半个月的军训强度来说，对我们相当优待了。

教官是清一色的解放军的班排骨干。他们个个像黑金刚，前胸张力十足，平展展的，威风嚣张，有点不负面的飞扬跋扈。

教官一见到我们，脸就绷得像羊皮筏子，朝我们嚎唠猛叫："参加军训，不是做游戏，不许嘻嘻哈哈，不许三天两头请假，不许哭鼻子抹眼泪闹矫情！训练场上，不要公子哥大小姐的弱声弱气。要吼吼吼，老虎一样有力，狮子一样凶悍，从丹田里把一股气爆发出来。不要怕喊破嗓子，气势是第一位的，其他的都为气势让路。男生，要从手无缚鸡之力训成一个个像座黑铁塔，出手如劈，走势如风，像个威猛男人的样子。女生，要从白雪公主训成坚强的丑小鸭、黑天鹅，敢在狸猫嘴上拔胡须，能在刀子刃上跳舞蹈。别嬉皮笑脸，都严肃点！谁不听话老嘿嘿，我让你黑得没人待见。不信，咱们阎王庙里拔香——看谁拗得过谁！"

乖乖，一见面就摽上劲儿、叫上号啦？

你到底是肉体凡胎的人还是被输入程序的机器？见过凶悍的，没见过你这样干柴烈火一点水分都没有的。

你的眼珠子会不会转动？瞪得跟铜铃似的。

啊对，《水浒传》里武松不听店家劝阻，借着十八碗酒的冲劲儿上了景阳冈，正在一块石头上酣然入睡，林中狂风大起，闪出一只吊睛白额大虫来，吓得武松的酒全醒了。

教官那眼睛，很吊睛黑额嘛！嘻嘻，什么人嘛，老虎还差不多。

"你，走什么神呢？站好！"教官朝我吼。

"哦，没什么，我注意就是了。"我赶紧规矩一下自己，"但我有话要说。"

教官打量着我，意思是，胆量不小哇，敢挑头。但他还是黑着脸，给了我这个机会。

我说："彼此太陌生，舒缓一下，逗个乐，测下智商怎么样？"

教官的头打出一个手势："请！"

我说："一个飞鬼，打一字。"

教官互相对看。

我答："哈哈，是'魂'。鬼都钻云里去啦，还不魂飞魄散哪！"

两个鬼？

哈哈，炸。斗地主斗的。

三个鬼。

救命啊！再不跑，还不被抓到阎王殿去了。

四个鬼。

魑魅魍魉。

五个鬼。

瘟神。春瘟张元伯，夏瘟刘元达，秋瘟赵公明，冬瘟钟仕贵，中瘟史文业。也叫五瘟。

七个鬼。

白雪公主。谁敢在深山老林里和七个奇怪的小矮人生活啊？还不就是白雪公主。

九个鬼。

九死一生。成语。遇到这么多鬼，七魂九魄，九魄都没了，还不再剩一生啊。

十个鬼。

倒霉蛋子。一个人对付十个鬼？世上还有比他倒霉的吗？

大家发笑，教官瞪眼睛。

我接着自问自答。

一个妖，不是女妖。

天折的天。

两个妖。

女妖。白蛇和青蛇。

三个妖。

给孙悟空抬轿子的。一个前面敲锣，两个后面抬轿子。就那个，孙悟空扮成妖精他妈，被抬进妖洞里救唐僧。

四个妖。

鹦鹉螺。好像这种动物有四个肾。

六个妖。

蚕。一个‘天’字加一个‘虫’字。虫字六个笔画。

七个妖。

幺蛾子……

“够了！”教官凶狠起来，“够闹腾啊你！你是军训来了还是说相声来了？留着，以后有你溜嘴皮子的。”

刚才龇牙咧嘴的同学们，马上凝固了表情。

大家意识到，眼前的老虎不发威，你可千万别把他们当病猫。谁把他们当病猫，接下来，可就要吃不了兜着走喽。

13. 军训第一天：教官攀比着凶女生

505，宿舍门牌号。我是舍长。

初到，我们八个姐妹分在一个宿舍，面面相觑，不敢过分热情，只用眼神交流，相互琢磨要怎样熟悉。

后来，记不清是谁打破宁静，开始叙述自己的故事。所有的耳朵一起聆听着，入迷进去，就仿佛身临其境。

宿舍是间标准房，四组高低床，我睡在靠窗户的下铺，简单的床铺，简单的我，显得与她们不搭调。

她们一看就是住校的，很有经验，拿的东西很全，什么洗洁剂啊，洗头膏啊，梳妆镜啊，应有尽有。

但是她们没有大小姐脾气，是被教官的训话训怕了，有所收敛，还是生就这样的本性？我不得而知。

大家眼神对对碰，热情四散，手心手背嘿几下，见面都是好蜜蜜。

她们看我从进宿舍开始就在不停地吃东西，就给我起了个外号叫小猪。

她们也很懂融洽，给自己也掰扯一串外号。有叫小占的，有叫芹菜的，有叫蛋蛋的，还有叫淑女和帅哥的，但最好玩的是叫背带姐的一个女生。

问为什么叫背带姐？她很淡定地说了句，因为爱穿背带裤。哈哈哈，大家都笑了。

这些绰号起的，没有多少实质性的内涵，也就是一起临时逗个乐。

我们老早就换好了学校分发的迷彩服，这一定程度上有新鲜感的成分在驱使。

坐在各自临时使用的床边，你一言我一语地瞎聊。这是开训前的放松。

楼下遍布一地家长，观望着军训的进展。他们生怕自己的孩子承受不住，或者经受太多的皮肉之苦。他们也只能在刚开始时陪这么半天，入夜时他们会统统被驱逐出境，还军训一个封闭的场所。

家长们个个眉头紧锁的表情，像是一只只看到豹子出没的驯鹿。

通知五点集合，正式开训。

家长生怕自己孩子迟到，被教官逮住，第一印象不好。所以他们叽里哇啦向楼上不停地打电话："你快下来呀，磨磨蹭蹭的，等着挨剋呀！干啥一点不利索，你当这是在咱家呀！"

家长比教官还催命，催着我们赶快下楼。我们则像大小姐出嫁，迟迟不见行动。

家长们有追上楼来的，催自家的宝贝：懂不懂，宁可在楼下多站会儿，静观其变，也不能在宿舍耗着，留下糟糕透顶的第一印象，往后可够你喝一壶的。

时间一分一秒地越过我们的叽叽喳喳，伴着卡着点吹响集合的哨子，我们带着激动的心情步入操场。

清一色的迷彩服在操场上显得生机勃勃。

大家在一起抗击打，于谁来讲，都是大闺女上花轿——头一回。人人喜形于色，一开始并不那么严肃。教官先前的训话，早当成耳旁风。

现在，教官提着两只拳头，在人群前走来走去："我说的话不管用啊，不灵通啊？嘻嘻嘻，嘿嘿嘿，吃了喜娃妈的脚指头了还是啃了脚后跟了？"他的话有点儿生动，我们并不特别在意。

一种前所未有的新鲜感怂恿着每个新生，我们还未尝到苦的滋味。

一声哨音，教官们正规起来，他们抬头挺胸，端端直直，很威武。哨音就是号令。哨音落，各分训教官跑向一个端点，迅速以排为单位，整理各自的队伍。

我们当然比战士的素质差远啦，摆置了好大一会儿，才整理出个队伍的雏形来。

分训教官训示："站好了，就不要动。动动动，还动？要你不动你偏动，一动两动还三动。好！分解动作，稍息，立正！"

他是哪儿人啊？四川嘞？口音好玩儿。

他讲了两遍“稍息、立正”动作要领，要我们认真做一遍。

经他一点拨，我们做得明显整齐多了。

他再吼一声：“稍息，立正！”转身向总教官报告。

总教官还罢礼，进行了简短的总动员：“统统都有，稍息，立正！从现在开始，我们的军训生活正式开始了！两个男兵排，两个女兵排。在严格要求上，男女同等，谁也不例外。大家要尊重和服从你们的分训教官，各分训教官要大胆管理，从严军训，在有限的日子里，完成所有必训科目，使每个同学达到军训要求。同学们，有没有信心？”

回答的声音稀里哗啦。

“不行，重来一遍。大家有没有信心？”总教官提高嗓门问。

“有！”我们回答的底气仍然差点。因为压根儿就没底气。

“再来一遍。各分训教官注意看，谁不张嘴喊，记下来，晚上加训！”总教官凝固着脸，凶巴巴的，“如期完成必训科目，同学们有没有信心？”

“有！”这次，声震校园，余音绕场。

“好。希望同学们谨记自己的承诺，争做优秀学员，当先进光荣，拖后腿可耻。下面，各排带开训练！”

总教官一声令下，分训教官收住腮帮子上仅有的几根细如丝瓜汁的温和，一种不苟言笑的生硬感顿生，好像很严厉的样子。他们组织有序地带领各自的排，走到指定的训练位置。

为了打磨我们的性子，教官一开训就采取无理由惩罚，围着大操场保持队形加速跑步。我们当然达不到他们的要求。一圈没跑完，队形就出现扭曲。

分训教官一路骂骂咧咧，以吓唬的口气逼迫那些坚持不住的同学：

“你敢掉队，下来让你单独跑二十圈！”

有女生肚子疼，打报告要出列。“忍着，别摆娇滴滴的臭架子。你当我没见过女生？我们部队就有女兵班。装可怜的请收起来，我不吃这一套。”教官脸冷得像冰雕，没有商量余地。

一口气跑完五圈，跑得我们张着大嘴巴直喘粗气，肚子像青蛙，一鼓一收的。我们目光如刀，恨不得把分训教官给剥了。

训成这样，分训教官对我们的表现仍然很不满意，拉着脸教训特别糟糕的几个人：“稀稀拉拉的，你拉稀啊？稀拉一裤裆啊？长这么高的个子，白长啊，松松垮垮。瞧瞧，瞧瞧，烂泥啊，真的不想糊上墙啊？”

再没皮没脸的女生，也经不住这般挤对，眼皮一夹，几珠热泪落地，在心里猛骂：“你个没姐没妹的秃和尚，你姐你妹才拉稀一裤裆。”骂过，又把自己逗笑了：不是说人家没姐没妹吗？又咒人家姐妹稀屎拉了一裤裆。

不等你想完，分训教官又开言了：“呵呵，尿性还挺多啊，说不得啊，不想让人说就把动作做好！听见没有！”教官才不管你青柿子嫩黄瓜呢，部队的一套作风拿出来，就是一个茬口——生掰着吃。

两个女生排的男教官互相攀比着凶女生，板着脸能骂破天。

总教官转来转去，实在听不下去了，走到他们跟前，耳语着：“注意语言文明，别过多吐脏字。她们还都是中学生，影响不好。”

分训教官就把骂惯了的口语收住，尽量说些中性词。可是，他们说出来的中性词，特别不带劲，也不顺溜，明显缺乏带兵的威严。

总教官走后，他们一改稍微压下来的温和，又恢复了骂骂咧咧的语气。

骂归骂，却狠不下心来体罚。

我们中有谁气得他们肺要炸了，他们凶相毕露地过来，高高地举起粗糙有力的手，发狠地劈下一半，就收住力，只在眼前虚晃一下，不触及身体的任何部位。

女生不好打呀，打哪里都是非礼啦。严重点叫性骚扰。打脸，叫破相；打前，叫袭胸；打臀，叫催情；打腿，叫乱摸；打手，叫拉扯；打敏感区，叫封嘴。

教官急得跳蹦子，最多在极其忍无可忍时，他们的手使劲地拍打拍打不听话、听错话、乱说话的女生的帽檐。

我就打你帽檐啦，不服啊？告去啊？女生脸皮薄，不经打，就这么隔靴搔痒地收拾一下，眼泪就扑簌扑簌地往下滚，弄得教官的情绪很复杂，严也不是，松也不是。

叫一声姑奶奶你听我诉说，我也是军中一只虎，如今虎落平阳被你欺，哎呀呀我的姑奶奶，配合配合我感激那个你！

训着训着还唱上了，看把教官气的。

训半小时，女生们就东倒西歪了，教官不得不吹哨子原地休息。

两个男教官背着我们互相诉苦和传经：

“真是难整啊，打她们哪儿都不自在，比训男兵艰难多啦。胸砸不得，屁股踹不得，脸拍不得，老虎吃天，无从下手啊！”

“军训，不把她们训出个样子，没法向组织交代呀，我们来干啥？目的一定要达到！”

“得想想办法，尽快进入严训状态。”

“对，不能软性子弹棉花，越弹越絮絮叨叨。”

……

啊，我们已经严得受不了了，他们还说不够严啊！

继续训练时，跑步换成站军姿。

“同学们，看着我，抬头，挺胸，收腹，微收下巴颏，目光正视前方，双腿夹紧，双脚脚后跟靠拢，脚尖张开六十度夹角，也就是一拳头的距离，两臂自然下垂，中指贴住裤缝。”教官说。

“站好后，一动不动，就是蜂蜇鼻子了，也不能动！”

啊，小蜜蜂？大黄蜂？大马蜂？钻地蜂？

女生本能地紧张了一下，眼睛乱瞅，下意识地摸自己鼻子。

“我就打个比方，听不懂人话？乱动什么！动，动，谁再乱动，我让她跑二十圈！”教官发怒。又来了，拿跑二十圈吓唬人。

我们按他的要求站好，他挨个儿在队前检查。

“你，收腹。”

“你，腿绷直，不许打弯。”

“头仰那么高干啥，天上有飞机啊？收下巴颏。对，保持住，不许动。”

“腰带扎紧，老虎都能钻进去，扎它有什么用？”

“脚尖之间，一拳头距离，你自己用拳头试试，角度大了还是小了？要找到感觉。”

他转到队列后面。

“你，不要撅屁股，丰乳肥臀啊你？有意识上提一下。叫你提臀，你提裤子干啥？裤子是卡在腰上的，臀在哪里？连臀都不知道？臀就是沟子，文明地说就是屁股。对，对嘛，你这圆绷绷的屁股，上提一下，不显得腿长吗！哎，好，看看，训出个大美腿。”

“别前凸后撅，不需要你保持这么夸张的曲线。”

“脚后跟站不齐啊，一个前一个后的。”

这一站，就是半个小时，站得人两腿发麻也不能乱动一下。

幸好下午临近六点了，天还有点阴，没有太阳毒晒，要不然非晕倒几个人不可。

习惯定点吃晚饭的我们心存侥幸，以为站一站就可以了，该开饭了。

谁承想，教官居然没有时间观念，让我们一站站到错过饭点。感觉肚子很饿了，总教官才下令结束训练。

分训教官带我们列队走向食堂。趁教官不注意，许多同学抬手看表，呀，真是吓人一跳，都七点了！

教官布置课外作业："今天学习的站立基本动作，下去后自觉练习，可以靠在墙上、门上，头、臀、脚三点与墙面或门板相贴，最好一次站半小时以上，不许偷懒，要多练，这是最基本的要求！站都没个站相，你还美女啊？谁信呢。"呸呸呸……嘴里吐不出象牙来。

饥肠辘辘了，饭，饭，快吃饭，啰嗦什么。

我们在心里抗议，嘴噘得能拴头牛。

在家吃惯了精细制作的饭菜，再看军训的饭，啧啧，看一眼就没胃口。对它的难吃，我早有耳闻。当初听学哥学姐说，我还在心里发笑，不至于吧？太夸张了吧？

现在，轮到自己了，眼见为实。

尝了第一口，差点吐出来，世上还有比这更难吃的饭吗？

但是尝了第二口，我淡定了下来，还真有啊！

"训练强度大，体力消耗就大，大家多吃主食。"教官说。他口音是哪里的？我们几乎都听他说多吃"猪食"。

呵呵，形象啊，这米饭呀，面条呀，可不特像猪食吗！

教官一吃，全体女生都发出“哼哼”的声音。教官停下，“哼”声又没了。

教官忍不住问：“你们到底是说我是猪啊，还是你们是猪啊？”

没人回答这一问，这是道悬疑题。

14. 发明一个聪明反被聪明误的“向后看齐”

军训才头天，稍松散些，晚上明言不加训。总教官带着我们席地而坐，学唱军歌。他唱一句，我们跟着唱一句，唱了好多，也学会了好多。

开始大家都觉得不好意思，不敢张口，可后来，我们的声音越来越大，唱得越来越有感觉。

回到宿舍，我们八个姑娘兴奋得睡不着，就集体唱歌。只是，我们不唱军歌，大唱流行歌。一拨子人的声音此起彼伏，唱着，叫着，好不热闹！我们唱得忘乎所以，旁若无人。

“都给我安静！505！你们不睡了出来！全楼道就你们的声音！”楼管咚咚地砸了我们的门，站在过道上吼起来。

“楼妈来了，楼妈来了！快睡！”有人低声喊。

楼管意犹未尽：“风羽奇飞，你这舍长咋当的，负起责任来。再瞎嗡嗡，让你们今晚别睡觉！”

“哦，我知道了。”我回应了楼管，又对姐妹们说，“再不许说话，听到没有。”

纷乱的歌声戛然而止，互相连晚安都忘了道一声，开始屏住呼吸，努力进入梦乡……

常言道，给你松个套，让你越钻越紧。还真是。

往后的军训日子一天比一天正规。你提合理要求也没用，教官只要你符合标准，不要你叽里哇啦乱叫。

苦不苦，围着操场迈大步；难不难，顶着烈日打军拳。

教官的强迫症十分强烈，他始终都是对的，你不听他的就是错的。

军训没有讲理的工夫，只有肢体动作的千百次重复。

有一首老歌唱得教官青筋暴起，就很能说明问题：“说打就打，说干就干，练一练手中枪刺刀手榴弹；瞄得准来投呀投得远，上起了刺刀叫他心胆寒。抓紧时间加油练，练好本领准备战……”

教官说军训没有捷径可走，就一个字：练！两个字：苦练！三个字：坚持练！四个字：踏实地练！不练不成形，不锻不成兵。

天天这样说，说得你耳朵起茧。

天天就那几个动作重复来重复去，新鲜感早训没了。好乏味的训练啊，练得你歪瓜裂枣也不换招式。

稍息呀立正呀，向左向右看齐。

哎，对了，怎么没听教官喊向后看齐？向后能不能看齐？试一试：“向后看齐！”

我去！人扭成麻花了，还看齐呢，看你个东倒西歪。

教官终于喷饭：“哈哈哈哈，这叫聪明反被聪明误。咦，这句话是谁说来着？”

不等我们回答，他自答：“《红楼梦》里的王熙凤。”

我忍将不住，驳他：“凤姐没说过这句话。是作者曹雪芹说的。他写诗喻凤姐：机关算尽太聪明，反误了卿卿性命。”

教官没面子，冲我：“不对，它总该有个出处。”我掏出手机查，哎哟，要说出处，还真有，出自宋朝大文学家苏轼的《洗儿》诗：“人皆养子望聪明，我被聪明误一生。”

“哦，被他儿子的聪明误了一生啊，人心莫测，世事难料。就好比你们，稍息立正都做不好，还发明个‘向后看齐’，把自己看背过气去吧你！”教官终于逮住理，把我们冷嘲热讽了一顿。

我们虽娇气，却不泄气，已经慢慢适应了军训生活。

每次饭前，都要比赛唱歌。

“会不会，是个水平问题；唱不唱，是个态度问题；唱得声音大不大，是个集体观念问题。”教官能给你戴一长串大帽子，你敢不开口唱？

“咱当兵的人，有啥不一样，只因为我们都穿着朴实的军装……咱当兵的人，就是不一样，为了国家的安宁，我们紧握手中枪！……”

“战友战友亲如兄弟，革命把我们召唤在一起。你来自边疆我来自内地，我们都是人民的子弟……”

“天还没亮号角已响，立即起床就要出操，步伐整齐跑出营房，一二三四口号响亮……”

“一棵呀小白杨，长在哨所旁，根儿深，干儿壮，守望着北疆。微风吹，吹得绿叶沙沙响啰喂，太阳照得绿叶闪银光……”

“泥巴裹满裤腿，汗水湿透衣背，我不知道你是谁，我却知道你为了谁……”

……

当然，唱军歌唱得最好的被安排先进食堂，唱得最烂的被惩罚最后进食堂。

唱得好，分训教官脸上放红光，很有面子地一挥手，春风得意啊！唱得孬，分训教官的脸紫了青，青了白，饭前给你砸一顿冰雹子，冷到你骨子里去，饭后必有暴风雪——变相惩罚！

军人就是奇怪，唱歌不比音律准，管你成调不成调，关键是比谁的声音震天响。我们管这种唱法叫吼歌。

哪个排学不会吼，佯装斯文，哪个排就要吃苦头了，饭比别人吃得迟，歌比别人唱得多，挨训还要加倍。真是要多划不来，就有多划不来。

我们的教官抓住“向后看齐”的小辫子，动不动来两句：“挺能随心所欲的，想一出是一出，向后看齐。听好喽，都给我精神着点，稍息，立正！向前——看！唱歌本身的意义不是音准，是显示团结，显示力量，显示勇往直前，敢于压倒一切敌人的精神。你唱得软绵绵的，唱得人没有斗志，这叫败歌。是军人最忌讳的。”

我喊报告。教官让我讲。

我说出我的理解：“阿Q的精神胜利法。”

“屁！”教官斩钉截铁地反驳，“阿Q算老几？他的胜利法叫滑稽，岂能与军人的战斗精神相提并论！想当年，我英雄豪迈的志愿军，闻令即行，浩浩荡荡，唱着‘雄赳赳气昂昂，跨过鸭绿江’。打得怎么样？历史自有公论，打出了中国人的志气，中国人的威风。你们少拿‘向后看齐’的胡思乱想，尽搞些跑偏题的瞎明堂。”

我不服。

教官指着我：“噢，我想起来了，你不就是测我们智商的那个黄毛丫头吗！哈哈哈哈，你的智商高，发明个‘向后看齐’。你向后看齐一个给大家看看？”

15. 唬人的紧急集合

教官说，军训嘛，就要拉紧急集合。只有紧急集合，才能检验训练的作风过硬不过硬，军人的素质养成够不够。紧急集合慢三拍的，就要加训。要不然，打起仗来，敌人才不听你讲这客观理由那主观因素。一句话，集合迅速的抢占先机，集合磨蹭的可能被包饺子。

说得够吓人的，我们哪敢大意？

有几个晚上，貌似要搞紧急集合，传言很盛行。

我们都不脱衣服睡觉，因为怕半夜三更梦里水乡的，突然哨子暴叫，睡得迷迷瞪瞪的，摸黑穿戴慢半拍，被抓了反面典型，丢人现眼不说，一人落后，全排受罚，一只老鼠坏一锅汤，你好意思啊？

谁拖了全排的后腿，谁就放着自在不自在，招骂。后果是，吃的苦比别人多，看教官的冷脸比别人久。

所以干脆和衣而睡，一宿舍的人要么坐在床上等着吹哨子下楼站队，要么上铺的人全溜下来，与下铺拼组合，背对背，沉默对沉默。

有睡觉不老实的伸胳膊蹬腿，鬼使神差地把另一个挤下床，扑通一声闷响，哎哟哎哟地叫苦连天！

没事吧没事吧？受惊的宿舍一片关切之声。

一阵状态的上床动作，便宣告了无大碍，继续半迷半醒地呼呼……

其实我们一次紧急集合都没有进行。

教官就是吓唬我们。

按他们的话说，军人，时刻紧绷着备战的弦，要有灵敏的警惕度，要有快速反应的能力。不能死猪一样，睡得黑天昏地，敌人摸到床边了，还连眼睛都不眨一下，那不送死吗！

他们说，在正规野战部队，每个战士睡觉都是一只眼睛始终睁着。

我们不理解，一只眼闭着一只眼睁着睡觉？有这样睡的吗！

我们试图睁着一只眼睛睡觉，难受死了，个个跟妖怪似的，又奇怪又睡不着。

教官喷饭，睁一只眼是打个比方，意思是说，躯体睡着了，心不能睡着，得一直醒着。

我们还是不理解，也学不会。

教官似乎跟我们有仇似的，依旧吊着个脸，左边写着严厉，右边写着冷峻，对我们的训练毫不松弛。

我们依旧很有情绪地努力着，在背后大骂教官：三愣子，吃罢放屁拧绳子；二杆子，半吊子，缺心眼的秤梁子。

但极少有人站出来与教官说透自己的不满，仅仅是心里暗暗较劲。

训前就说了，军训不合格，扣两个学分。谁还傻不啦唧地往板子口上撞。

大家互相鼓励，绝不给团队掉链子。不能让煮熟的鸭子飞了，到手的学分丢了。

16. 联欢挨着一顿剋

有句得寸进尺的话，给教官最为合适。他们只会上发条，不会松发条。训的天数越多，教官越发狠。

我们渐渐意识到，对于教官，不想找死就绝对乖乖听话，不要说三道四的指责，也不要抬高下巴老大的不服气。

听从命令，保证做到三条：第一，虚心服从；第二，绝对服从；第三，完全服从！

即便这样，他们还鸡蛋里挑骨头，你这儿不行，那儿差劲。也就是说，你的素质，始终赶不上他的要求。所以任何他下达的训练科目，重复一百遍，也是必要的。

训到第四天，总教官看我们个个蔫黄瓜似的，人也变了样子，脸上消失了刚报到时的嫩气，多了一层粗糙的太阳色。

听话是听话，情绪不大饱满。他希望打破这种沉闷，重新唤回我们的活泼。

下午军训，他发话了："今晚，我们不加训。各排组织野营活动，希望大家活跃一下气氛，放松一下紧张情绪。男排可以和女排联欢，拉拉歌，讲讲故事，做做小游戏。具体怎么组织，各排商量。一个要求，要活动得有意义，把每个人的每根汗毛都调动起来。"

哇噢，晚上搞活动，这太好了，大家近乎欢呼。

"但现在不能乱，继续训练！"总教官下达命令。

我们盼晚上，晚上迟迟地到来了。

爱训人的教官和蔼了许多，脸上挂着难得一见的笑。

同学们早憋不住青春的冲动，一个个本色显出来，由装乖的绵羊变成闹腾的猴子。

大家忘记身份，尝试着与教官开起玩笑。教官应了，大家就蹬鼻子上脸。

教官也知道快乐是好东西，你给我扔个枣，我还你个梨，彼此彼此，两不拖欠。

于是气氛急速地向热闹加剧，自告奋勇大显身手的人越来越多，又唱歌，又跳舞，又演小品，又猜谜语，又跳锅庄，哪还有严肃的样子……

《让我为你唱首歌》，这是我们送给教官的歌。

毕竟教官从部队来到学校，不是为自己，是为我们。苦劳有，功劳也有。我们不能木头人似的，无动于衷。

一伙高高矮矮的女生，俏公主有，肥鸭子也有，站得像锯齿似的，头向这边一歪，再向那边一摆，极其努力而温馨地唱着。

男生们打着拍子。

让我为你唱一首歌，
全世界都陪你听着。
这是爱你会明白，
你是唯一不可替代。
让我为你唱一首歌，
闭上眼睛把心交给我。
这一刻，
要你听见幸福的颜色。
琴弦的快乐，
在我手中为你颤抖着。
多一秒你的笑容，
付出什么都值得。
旋转八音盒，
每一个音符都记录着，
你的喜怒哀乐，
让我来谱成歌。

唱惯了军歌的教官，听我们的歌很不顺耳。“哪来的，这么难听的调调？”三排的分训教官忍不住冒了一句。

“什么，难听，土包子，这是青春偶像剧《一起来看流星雨》的主打歌！郑爽、张翰、俞灏明、魏晨、朱梓骁，知道不知道？不知道？

对牛弹琴。”我十分恼怒地抱怨。

一排二排的教官平时可羡慕三排四排的教官了，难得有这么个机会和女生在一起，他们高兴得嘴巴咧得像怒放的石榴，双手不停地呱唧。因为他们面相年轻，不像三排的教官，一脸老相。我们四排的教官也还可以，不老不少。

即便这样，我和几个哥们儿姐们儿仍然摇头：代沟啊代沟，这就是代沟。要问我们代沟有多深，教官不懂我的心。

算了，不计较，你过你的独木桥，我走我的阳关道。

跳起来呀，为了当好明天的主人。

全体同学不约而同跳起锅庄，大家手拉着手。“康琼阿佳啦，刻啦琼勒哟，森给给呵露接勒，路家四零羌吧。康琼阿佳啦，刻啦琼勒哟，歇别康啦麦多，刻克歇同扎邛。哦～呵～呀，呀路藏布给勒，给吗拉你给嗦，热噶冷木你个僧木，特比穷米拉北，哦～呀哈啦嗦～呀哈啦嗦，热卡热米呢个森，可接穷拉热……”（藏语歌）把操场围成一个流动的圆，圈子越转越大，人数越来越多，音乐点击着我们的步伐，旋转成开心无比的欢声笑语。

教官感叹我们的释放如此精彩，没有一点点拘束。

他们被我们所感染，原本习惯发冷的脸抹下来，揣进裤兜里，换上放彩的喜悦，也加入进来。他们同我们手拉着手，一起享受美妙的时刻。

音乐的美好，不在于它唱了什么，在于节律传递了什么。

藏语歌绝大多数人听不懂，但随旋律起舞，没一个不会的。你怎样舞是你的理解，只要踩着点，就找到律动的感觉。

这是训练期间，难得的一次紧绷的心散漫地松弛成欢欣。

从此以后，教官不再给我们任何享乐的机会，恨不能一天下来，就把我们训成他们的样子。教官开始从我们中间挑人，树样板，让我们有看齐的标杆。

我是最早进入最佳军姿状态，被教官另眼相看的人之一。可能与自己一直以来学跆拳道、街舞有关系，自己的臂力出奇的好，做俯卧撑，教官规定女生必须做五个，五个算达标。我能很标准地做七个。教官说，好，起立，你，不但过关，还很优秀。

大多数大姐大就没我这么好的运气，俯卧撑像是扑地撑，身子一放下去，扑在地上就再也起不来了。

教官发火："你这是胳膊还是麦秆啊，饭吃哪儿了？自己的身体自己都撑不起来！"

教官再吹胡子瞪眼睛，扑在地上起不来的还是起不来，做得一塌糊涂的还是一塌糊涂。

算啦，降低标准，不那么严格要求，只要你能伏下去再撑起来，就算你过关。屁股要翘得朝天高就翘吧，腿部不能和肩膀平行成一条直线也行，只要你能撑起来。

啊哟，我的天，没法看，有的仍然软泥一样扶不起来。

"你有没有骨头啊，真是水做的？"教官立在边上跳蹦子，脑门上的青筋一根接一根地冒。

"不行的，这样不行的啊，你饶不过去！胳膊上一点力都没有，再来了日本鬼子，你是能跑啊还是能反抗啊……"

教官最后一句话激怒了一些女生："你有毛病吧你？盼日本鬼子欺负中国？汉奸一个！"

教官赶紧自打嘴巴："别、别误会，我的意思是，你们体质不增强，假如遇到战争，怎么办？日本是一个狼性的民族，不得不防啊！

你们脑子里不能尽想和平。我们要和平，万一有的国家破坏和平呢？是不是？我们得练好自己的本领，强筋健骨。只有时常准备着，战时才不会吃亏。这是我的本意。”

哦，教官这一解释，大家默然同意。

有的女生臂力实在太差，做哭了，教官没一个字的怜惜：“哭啥哭，做成这熊样儿，哭给谁看呀？吃了核桃等枣是吧？训练科目关关过，哪关不过你难过，我就是死磕，也要磕出杏仁来！你咋？你是女生，人家风羽奇飞也是女生，她长三头六臂了，她比你多个鼻子多个眼了？多个眼，三眼花翎？那是古代官帽；三只眼？那是二郎神杨戬。人家是风羽奇飞，和你一样一样的女生。你必须达标。不达标就是给团队丢人，抹黑，狗熊一肉墩。你想算一个呀？不想算，那就练！像你这样的，战时……”教官把话没有说完，咽了回去。

女生都能想得出来他要说什么。

我得到表扬，士气高昂，带头自觉地强化训练。

“你过关了，还练？”同类噘着嘴问。“陪差的同学练。教官说得对，现在撒娇，战时糟糕。不就是练得身上有劲儿吗，这难吗？哼，连这都难，还有什么是不难的！”我说，“多练肯定行。”

一些身体素质差的女生抱怨情绪少了，跟着我开练。

太阳晒，晒黑黑，一滴汗水一个认真，谁说女生太倒霉，练好本领不吃亏……

17. 军训倒计时，教官打出温情牌

盼星星，盼月亮，盼着深山出太阳。训呀训，熬呀熬，几人成了神气鬼，几人熬成阿香婆！

军训第七天，早上，中午，下午，依旧训练。加班加点地训练，除了吃饭，上厕所。谁都觉得，我们是一根根刺儿青的苦黄瓜，吃得苦到根上了。

没料到，每个人耷拉的表情，触动了总教官的目光。

晚上加训时，总教官前来训话，问：苦不苦？

苦！

能不能坚持？

稀里哗啦，有的能，有的不能。

总教官要求大家坐在地上，放松一刻。来，聊聊天，一个方队一个方队来。

我们是四排，所以最后一个与总教官话聊。

总教官和四个排的分训教官一起走到我们面前："别拘束，啊，放开聊，放开聊。现在这里没有你们的上级，没有你们的教官，只有你们的朋友……"

真的？

"真的。"

我们敢拍你肩膀？胆大的女生问。

"敢。"

我们能给你起外号？

总教官愣了一下："能。"

我们起了哈！

"起。"

四排有我带头疯，所以尖锐泼辣的女生多。

我们先给我们排的教官起。我们的教官耳朵最大，还用想吗，叫他"大耳朵图图"。

我悄悄问他："怎么样，能叫你'图图'吗？"他微微一笑："行！"

总教官平时满脸六月雪，可长得有点胖，很像《喜羊羊与灰太狼》里的蛋蛋"潇洒哥"，于是我煽动大家叫他"潇洒哥"。"挺不赖，好！"他也答应了。

三排的排长长得像"奥特曼"，他戴着眼镜，猛地一看，就像是奥特曼在夜里会发光的眼睛。当然，三排长的眼睛也会发光，只不过是灯光在眼镜片上发生反射，弹出来的散光。

一排排长不戴帽子时长的真像"黑猫警长"！犀利的眼神，高高的个子，美中不足的是比"黑猫警长"要白一点。有人起哄：那就叫"黄猫警长"！他转过头对我们说："那你们是老鼠吗？"

二排排长长得最精神，却和哪个卡通人物都不像。我们只能叫他教官了。

我们还想闹腾一阵，没想到总教官只给我们二十分钟找回乐趣的时间。他掐着表，点一到，立即起身，下达口令："一二三排注意，组织讲评后，解散回宿舍！四排留一下！"

噢，总教官"潇洒哥"要干什么，为什么留下我们排？我们心里直打鼓：怎么，想反悔，整我们啊？

其他三个排"稍息，立正，讲评"，依序而行后，纷纷解散上楼了，就我们四排原地不动。

真是奇了怪了，想报复我们啊？

"潇洒哥"和"图图"还有"黄猫警长"依旧面对我们站着。从他们的脸上解读不出好事还是坏事的判断。大家只好等待他们摊牌。

"黄猫警长"先开口了："非常感谢大家这几天来对我们的配合。这几天里，我们一起哭过，笑过，努力过，受到惩罚过……可我们绝对不会排斥任何一个人，我们始终相信你们是最棒的……希望在以后的日子里，你们能更快乐、更乐观地生活！你们给我们起的外号，我们会记得……”

噢，别说得这样温情呀，一反常态，我们会不适应。

不过这些掏心窝子的话，碰到了我们感动的底线。

风吹日晒六七天，不光晒出了油，也晒出了彼此信任的对称轴。

我们满眼莹光闪烁。

“黄猫警长”说着说着哽咽起来。

教官会哭？

这大大出乎我们的意料。

我们和他一起哽咽着。

时间仿佛也停止了，只剩下悄然流泪的我们。

忽然对他们万分难舍，不想他们离开，不想军训结束。

因为，这一夜过去，就到了要分别的时刻……

18. 这个亮相，是给现在，还是未来

军训第八天。汇报表演，就在今天。

朝阳被汗水擦拭得鲜亮，一蹿一蹿地攀上楼顶，热情过度地照耀着我们。

我们站成四个方队，在画定的区域伫立成风景。

天蓝得格外开阔，风爬行的影子很隐身，湛色如洗的宇宙像拉开的一张巨大的幕布，等待着我们有棱有角的演出。

校长走上检阅台，总教官跑步上前，声音豪迈地报告：“校长同志，队伍集合完毕，汇报表演是否开始，请指示！”

校长毕竟不是军人，站姿明显没有总教官潇洒。

他欲还礼，又不知手往头部的哪个位置放。像是打招呼似的，挥了一下说：“开始。”

总教官请校长检阅!

校长从观礼台走下来，在总教官陪同下，一个排一个排问候。他最先来到我们四排的方队前。我是排头兵之一，与校长只有一脚的距离。

校长欣赏地望着我们，鼓励着我们，我们行着注目礼。

校长问候：“训练辛苦了！”

我们回答：“锻强素质，无怨无悔！”

校长咧大嘴朝我们笑，笑得像慈祥的父亲。

汇报表演正式开始。

一排男生，表演军体拳。二排男生，靠边稍息。三排女生，表演稍息、立正，敬礼，原地间的三种转法（向左转，向右转，向后转）。四排女生，表演行进间的三种步伐（齐步走，跑步走，正步走）。

我们统一穿着迷彩服成了相似的人，你可以不知道我是谁，但你会被我们一群人的协同动作所感染。

我们都不再是白嫩的娇小女子的模样。

恶毒的太阳在我们脸上印了一层又一层深厚的底色。这架大自然的印刷机呀，把军训的图章就这样墨色很重地摁在每个女生漂亮的脸蛋上。

我们少了一些鲜俊,多了一些刚强; 少了一些娇气,多了一些坚持。

大家黑黑地彼此鼓励，黑黑地走在方队里，黑黑地呼吸着阳光，黑黑地面对高中。

那首上世纪的河南坠子《非洲姑娘》怎么唱来着？没人会，我也不会。

黑珍珠？黑宝石？黑玛瑙？黑猩猩？

我去，联想到哪儿去啦，至于吗，黑成这样。非洲姑娘也没这么黑过呀。世界体坛女子百米飞人大战，赛场刮起的黑旋风不挺靓丽的吗！

别勾着头看，那位男生，想什么呢，想我们这么黑怎么当同桌啊？哼哼，到时候，往你身边一坐，天黑黑，黑死你！

没听人家包大人唱吗，黑是黑来是本色，浑身上下一锭墨。得，呸呸，拐啦拐啦，性别变啦，谁浑身上下一锭墨啦，只是脸黑而已嘛。

现在好喽，没几个人臭美了，镜子装在提包里，你看我我看你，没人带头掏出来。不看不烦恼，看了真糟糕。呀，这、这、这是我吗？分不清哪里是脸，哪里是头发。别夸张了行不行？

白种人白不白？超白吧？人家还隔三岔五晒日光浴呢。不过，人家经得住晒，怎么晒也晒不黑，白皮肤越晒越红，红白红白的，像煺了毛的五花肉。

这不说了等于白说，中国人能跟白种人比吗，人种不同。只能和非洲人比。你放开晒吧，晒死了也成不了非洲大美女。咦，有个问题，非洲美女晒太阳，会晒成什么样儿？谁见过？嘁，井底之蛙，孤陋寡闻。我啊？我也不知道，我只知道在伸手不见五指的夜晚，她对面走过来，我看不见。

我走过来，你看得见吧？能看见？那还成，说明还不黑。嘿嘿，嘿嘿，不黑不黑就不黑。

口令下得十分有力，我们走得十分整齐。

保持，再保持，直至胜利。

谁敢出差错，我毙了谁！

哦，没佩手枪，我不是教官……

我们，昂扬成少年老成的英姿，迈着整齐的步伐，在操场上大步向前。

我们，坚定成没有依靠的制式，紧紧地合并在一起，发挥着整体的战斗力。

我们，幻想成祖国未来的长城，高喊着震天的口号，威武地面对召唤。

前进！前进！前进！我们是赶着早点结束？还是在追逐我们的明天？

“向前进，向前进！”《红色娘子军》连歌？哇呜，洪连长，你常青不老！

我们的教官躲哪儿了？不，我们不能让他们付出太多又留下遗憾，我们要“前进！进！”唱着《义勇军进行曲》，歌声激越，勇往直前！

我们也不想让寄予我们厚望的校长和老师感到失落，不想让成就我们自己的我们感到出师不利……

拼了，和过去的自己拼，以崭新的姿态步入高中大门。

在校长宣布军训表演到此结束后，也就意味着我们和教官即将分别，目送被太阳拉长身影的他们离开，挥手，再见！

一句珍重，包含千言万语；两行热泪，承载真情无限；三声再见，却不知何时再见……

我们彼此表征没有什么不同，深究下去又有质的区别。

我们互相看对方的心，都是热腾腾的红！

教官从学校走出去，我们从校外走进来。

第三章

到了方正才知道我很穷

19. 坐个破桑到学校

方正中学大门两边的矮墙上爬满了蓬蓬松松的青藤，只露出“方正中学”的牌匾和栅式大门来。

守大门的老头儿矮矮胖胖，一脸正经。他穿上那身保安服，猛一看，像在哪部电影里见过——很有官员范儿的旧式警察。

他眼力很好，我们从大门进进出出几次，他就能记住你是几班的学生，判断出你家境如何。这叫经验加眼力。

说到这一点，老头牛着呢，你唬他白唬，他见过的大员要员比你爹的叮嘱都多。

哪个学生由什么样的家长陪着进来，留着什么发型，穿着什么衣服，开着什么车，身边围着多少人，他扫一眼，对你的来头就猜个八九不离十。

那天，一个不知受了谁气的小胡须男跨出大门时，嘟囔了一句：“什么破烂学校，下辈子倒找钱我都不来！”

看门的老头就截住他，损他：“烂学校？没钱的人家打破头想进进不来。你还不知足？娃娃，学好点，要对得起你父母的辛苦钱。在咱学校，有钱人家多的是，一抓一大把。你有几张银行卡？你家有几辆小车？娃娃，你家那情况，到这里算不上富，你得争气才行，别让你父母白供你。还牢骚哩，发牢骚要有底气，有实力。钱少就没底气，不强就没实力。好好学，从这里考一个大学，大学出来当个官，开个公司，要啥有啥，你再可着劲儿骂吧你！”

哎哟我的观音菩萨南海神啊，一个小小的门官，竟有这等的气场！少刺头，别惹事，撞上他的枪口，弄得有意思变成没意思，何苦来着。

不过我心里发寒，一向自认为家境相当不错的我，开学一报到就当起缩头乌龟。

眼睛下面摸鼻子，能比谁特殊啊。

瞧瞧，这哪是报到呀，简直是家庭实力大 PK。

一长串的私家车比着牌子开进来，中间夹杂着吆五喝六的公家车。

私家车送来的学生，大包小包背了多个，有钱，武装得起。

公家车送来的学生，许多人跑前忙后照应，有势，摆布得起。

人家各有各的道，你强我更强，强势入校啊！

我就有些寒碜，爸妈双陪，打着丧气的（桑塔纳）来的。开始就没在意，报个到嘛，挺普通事儿，有啥可顾虑的？一家人说说笑笑，随手挡了个能坐的。

到学校一下车，才感到忒没面子。

校园里人山人海，人盯着人看。大门里飞进来个鸟，都会被人们的眸子灼得毛光腚露，何况人呢。大家就是盯着人看的，看谁比谁气势强。

我坐的车又老旧又脸脏，到处跑风漏气的。听那发动机嗡嗡嗡的，像农村的四轮拖拉机屁股一加油门一股扫地黑烟。

嫌脏的人有捂鼻子的，转身的，手摇团扇扇空气的。

我一来，就这样不受人待见，别人看我的眼神都很鄙夷。

傻眼了！

你把面子不当回事儿，你就丢面子。一来就丢面子，往后的日子咋混？气势上不来呀，低人一等呀，心理矮，腰能直吗！

好在，我老爸长得还算体面，高高的个子，文绉绉的，又像个领导，又像个文化人。

我老妈的脸面如霜般白皙，不染一丁点化妆品，很本色，走起路来气度非凡，利索，果敢，又武断，很有女副长（省长、厅长、县长）的范儿。

这会让人难以判断我的家庭背景。

这个女生，是官宦子弟呢，还是书香世家呢？

我敢说，绝没有人往富豪人家去想。因为我们一家三口站一起，怎么看都没有富的阔绰感。没有名牌衣服，没有名牌手表，没有鄙视别人的眼神。

不过能占一头也好啊，省得两头都不占，最后只能划归穷苦庶民一栏。这年月，当穷苦庶民是会受夹板气的。同学嫌弃你，老师也未必会对你好。

周围到处都是人，可谁肯帮你啊。凭什么帮你啊，你既不能让人家经济上受惠，也不能给人家社会上撑腰，白帮啊，出力不讨好，脑子漂拖鞋咋的。

正常的人，越来越势利，越来越实际，眼睛瞅着高处，能攀就攀，能沾就沾。

学校怎么啦，又不是真空世界。没听说社会上刮来的风会绕着学校的墙头走，不进校园来。豪车能开进来，社会风气就能挤进来。社会风气挤进来，啥怪事儿都不怪。

有合理的认同，就有合理的解释存在。不过呢，我认为，有些合理认同是罪过，有些合理认同是高尚，有的合理认同是惬意。

神曲《忐忑》风靡大江南北前，谁知道龚琳娜是谁。神曲爆红，龚琳娜的名字炙手可热。

你说它不是歌吧，谁都会啊啊啊啊几声；你说是歌吧，唱的什么，啥意思？几人能理解。

它就没有歌词，但有情绪，或包含了一个如梦如幻的故事，而这个故事难以向人启齿。

你心情大好，哼一哼神曲，你还真神叨叨的，心境畅快淋漓；你心里憋得慌，仍然哼一哼神曲，神经兮兮的，好啦，睡觉觉，做梦梦，一身轻。

啊噢啊噢个没完，但攻破所有流行歌的堡垒，以旗手的姿势，占领听力市场。

有听力市场需求，它就火爆和流行。

也许它很中性，不沾染一丁点杂念，是真正的歌曲。即便到了国外，也不用劳心费神地翻译，跟着啊噢啊噢就是了。如果你再带上龚琳娜那种表情，你也就太神了。

我就莫名其妙地“一个逮一个逮”地哼唱着，满校园寻找我的同类项合并。

20. 报名认识红老师

教学楼前的照壁上贴着新生分班表，尽管烈日炎炎，人头依旧攒动。

老妈打着伞，我推开：“一票子人围着，咱们的伞碰到别人，不又要多说话吗！”老妈反击：“那也不能晒着我女儿啊！”“得得”，我不耐烦，“又不是没有晒过。军训都过来了，还怕这会儿晒。”

老爸站在高处看西洋景，才不管这些琐碎的小事儿呢。不时有熟人与他握手。

呀，有一个是我们楼上的邻居，在《黄河商报》工作。有一个是部队的，说话打着首长的手势。又来一个，是个女的，虽半老徐娘，颜面却还亮清得很。

老妈有些异动。她趔趄着身子，伸长脖子，尽可能听那女的和老爸说些什么。

“你孩子也在这儿上啊？”“对。你送谁？”“我儿子，分五班。”“你是……”“忘啦？新华厂的。”“噢，好，好。那你忙吧。”“再见！”“再见。”

热切的见面，简短的对话，好像没什么猫腻。

老妈在人家走后蹿到我老爸身边，问：“那谁呀？”

老爸淡淡地回答：“好像是熟人，但我不知道她是谁。”

“心虚吧，不敢说是吧？”老妈故意挑衅。“笑话！”老爸很有无欲则刚的架势，“她说她是新华厂的，可能就是。她说我们见过面，我这人粗疏，可能把人家忽略了。”

老妈以欣赏的神情剜了我老爸一眼：“德行，好像正人君子似的，有没有花花肠子谁知道呢。”老爸指了指我：“好好陪女儿。想七想八的，我是皇帝啊，全天下女人都归朕。我就一个芝麻大的职员，那点破工资，养你和女儿都费劲，还敢朝三暮四。这不自绝于家庭吗？这不从树洞里爬上树头，向雷公电母要雷劈吗！”

我老妈笑得像一朵花儿：“就知道你有贼心没个贼胆。”“去去，”老爸摆手，“连贼心也没有，六根清净！”

我分在高一三班。向爸妈打了招呼，跑步上楼，到班上报到。

高一整个在三楼。三班在楼梯口右拐第一个教室。

前后门都开着，人多了要通风的，大暑天的，不然会闷死。

班里乱哄哄的。早来的同学，有坐着的，有站着的，有走动着的。

我的脖子伸进后门，又退出来。刚来，想堂堂正正亮个相。

一癫一癫地绕到前门，瞅瞅，哪个是老师。讲台上好几个女生，一齐看我。

“报到的？”一个女生问。“啊，报到的。”我说。她摊开花名册：“你是……”我报上姓名：“风羽奇飞。”

她的右手食指在册页上滑着，又停住，看来是从中找到了。

“风羽奇飞。”她默念了一遍问，“复姓啊？”我边动边说：“我爸姓风，我妈姓羽，取他们俩的姓，合成我的姓。我名：奇飞。”

“哇，好听。”几个女生叫。问我的女生很漂亮，她朝我笑笑：“先随便找个座位坐下。”

我朝教室里的同学摇摇手：“嗨哎！”大家有理睬的，也有不理睬的。

我走到第三排中间，找到个空位，问左右：“这个，有人吗？”“没。”他们懒得多说一个字。“谢谢。”我一屁股坐下。

“前面说话的那是谁呀？班长？”我忍不住问。“哼，班长，有那个权吗？她是班主任，红老师。”瘦瘦的高鼻梁男生说。

哦，她就是班主任呀，长得像学生似的。

红老师，比我的姓还奇怪，有姓黄的，姓白的，可算遇着个姓红的。

细端详，可不嘛，她脸蛋就红润红润的，难怪姓红。又一想，要是遇着个红白复姓的，看相貌又该如何描绘？那还用说，白里透红，与众不同呗。嗨，不就个姓吗，追究这个干啥，爱姓啥姓啥去。

红老师一直手不离花名册，进来一个，核对一个，直到对完。

她模样很清秀，脸儿“甲”字形，不描眉，也不涂口红，个头还没我们中间的“大洋马”高，头发稍稍过肩，自然披散。上身穿件白卡袖，腰上扎件格子裙，扎在学生堆里，一点不像是老师。

她脸上的年轮，与我们差不多，看不出能大到哪儿去。比胸吧，还没这伙新生里某些人高呢。比腿吧，也没这伙新生里某些人粗。

从哪个方向看，都是条子好。她是“三细”型，腿细、腰细、脖子细。同时也是“三长”型，腿长、颈长、胳膊长。

美人一个呀，可以呀，这么个班主任，养眼，忒养男生的眼。

欣赏完毕，多少有些妒忌，你长那么美，风头全抢了，咱班这半壁江山的女生咋办？还要不要我们活了？唉，如鲠在喉哟，如鲠在喉啊！

我很快就和班里的同学热火起来。我有这个特长和能力，天生的，不怯生。有我的加入，班上的喧嚣之声更大。

我笑起来，是那种不顾左右的爆笑。我说起来，是那种渲染气氛的海阔。

班主任只观不语。她一会儿看看我，一会儿看看别人，一会儿看看花名册。

我呢，谁能和我说得来，我就和谁对着吹，反正不上税，吹得黄牛满天飞。正好，有军训时同住505的姐们儿，熟人一见，分外热情，这更激发了我聊天的兴趣。

“静一静！”班主任红老师发话了，“有在学校午休的同学，已办了手续的，趁这个空当，赶快上教学楼东侧那栋黄楼，那是宿舍楼，找自己的舍位，收拾好自己的床铺！”

乖乖，黄楼，这学校净出幺娥子，红老师，黄楼；黄楼，红老师，有必然联系吗？

其他同学跑得比兔子还快，我想这闲情逸致干啥！午休床，这个我有，我也得赶紧照办。

向楼下跑时，碰见老妈，她喊：“慢一点，小心门牙磕没了。”“去去。”我红着脸，朝她咧咧两声，只顾跑。

21. 人比人，气死人；床比床，怨我娘

上宿舍楼一看，我们从军训时住的阳面宿舍搬到了阴面宿舍。

一个宿舍的人，同年级不同班。三个架子六张床，一面桌子两把壶。门上贴着分到这个宿舍的同学名单。

名单的顺序，就是床铺的顺序。我的床位依然是窗子前面的下铺。

三个同学的床位已铺好，还挂上蚊帐。

“你们蚊帐哪来的？”我问。“自己买呀。”她们说。

掀开她们的蚊帐，看床上铺的盖的，全是整洁美观的大雅大贵的三件套。外加羽绒被、蚕丝被，马海毛毯、兔毛毯，像展览品一样，高傲地叠放在床头。别说睡着盖了，看着都是一种享受。

哎呀，我就不好意思显摆了。从大提袋里掏出来的床上用品，全是从家里带来的旧品。

这都怪我妈。她说学生宿舍人多，被褥容易脏，你只住一个中午，没必要太好。硬是哄着骗着让我带上旧的床上用品。

你看看人家一个个的，啊！车，车比不过人家；被褥，被褥比不过人家。我甚至怀疑，自己这一张脸，是不是也比不过人家啊？

观念一落伍，花钱就落伍；花钱一落伍，啥都落伍。

我没心情铺开自己那些老古董。

正犹豫，爸妈赶上来了。

宿舍里的新面孔都挺有礼貌，见了我爸妈，阿姨好！叔叔好！

我老妈也挺能给自己打圆场：“哎哟，你们用这么好的东西，脏了怎么洗啊！”净操闲心，又不用你洗。我趁机金蝉脱壳，说班里有事，甩身走了。

其实班里有没有事，我哪知道？红老师又没叫我。

爸妈替我忙活起来。

我那张床是四块木板拼的，其中一个钉子开铆了，有点离群和松软。上去踩一踩，床就浑身扭动，各块板子各顾各，离散架不远，但又没有散架。

宿舍有人提醒我爸妈：趁同学没到齐，从别的床上换一块好的来。爸妈觉得这主意好，瞎想不如行动，立即到别的宿舍转了一圈儿。

果然，他们挑中一张新配的床板，以极快的速度对换过来。他们高兴得像偷了谁的宝贝似的，红光满面，乐不可支。

他俩一个用抹布擦床板和床架子。铁架子床的每个拐角，三角铁里隐藏不少灰尘。他们掏啊掏啊，像给床掏耳朵。一个找到几张报纸铺在床板上。再铺上褥子，床单，摆好枕头，叠好被子。

总之，一切收拾得整齐利落。

他们的代价是，热得满脸灌汗，头发也散了，衣衫也湿了，裤子沾在腿上，全然没有了文人雅客的风度。

宿舍没有空调，全凭自然通风。窗外的树纹丝不动，室内很闷热。

收拾好床，老爸左瞄瞄右看看，总想发现问题，再及时解决问题。这是他当机关干部的习惯，把问题找干净，不留后遗症。确信没有问题了，再看看别的同学的床。

看着看着，老爸表情不自然地说："唉，给女儿准备的也太寒碜了。"

老妈立即打断老爸的话："行了行了，孩子上个学嘛，搞那么雍容华贵，参加比赛啊？你挣了多少钱啊，能摆得起阔吗？打肿脸充胖子有意思吗，凑合着能用就行了。人家家里几百万，你有吗？就那点工资，脸面还昂贵得很，典型的要面子不要里子，虚伪主义。"

老爸被老妈呛得脸色急速转黄，他很愤怒，却不马上行动。他要注意影响，不能给我的同学留下糟糕的印象。老妈嘟嘟囔囔，你自个嘟囔吧，他以避热的名义退出门外，自个生气去了。

老妈却不依不饶，非赖着他不可，跟出门来，一把拽住老爸胳膊："走，给女儿买个蚊帐去，这个有必要。"老爸一听说给我办什么事儿，窝火的情绪也没了，屁颠屁颠的。

老妈挽着老爸的胳膊一起下楼，没走两步，她抬手理理老爸的头发："傻样，乱蓬蓬的，像个汉奸似的。"

老爸心里骂自己：还不如狗汉奸呢，至少狗汉奸还能要两天人物，我掏心掏肺工作了半辈子，挣下啥了？给女儿啥都没有，就一副人模人样的假正经。

他心里的酸楚，难以用语言表达。

22. 搬书搬出手机大 PK

我提前回到教室，想用班里的气氛冲淡宿舍的不愉快。

班主任红老师已记住了我。

她接了一个电话，点着男生和女生里的高个子："你，你，还有你，你们几个，到军训时领服装的那个楼知道吗，从咱们这栋楼出去，向西一拐，穿过并排的实验大楼，迎面横着的镶蓝边的白楼，就是图书馆，到一楼，领书去。认真一点，不能出差错。这是对全班同学负责。”

她特意交代我：盯着点，一本都不能差，缺啥不能缺课本，有啥不能有意见，明白？

我明白。

图书馆的正面外墙上竖着一行大字：“知识是人类进步的天梯。”字是黑色的，像如来佛压在五行山上的黑金帖子。孙猴子被它压得翻不起身，我们会被它举过头顶？我瞎想着。

各班同学唧唧复唧唧，人群熙熙攘攘。

图书馆的正门敞开着，双扇大红门开圆一个大风洞，一条很长的米黄色会议条桌从门里伸出来三分之一，占了门的宽度的一半。还有一半空间可以行人，但有一张二斗桌挡在那里。

只有拿了校某人的“尚方宝剑”，允许进的人，才可以搬开二斗桌走进去。当老师的仿佛享有豁免权，十分自由，谁都可以给管理员打个手势，说两句无关痛痒的话，对笑一下，然后从二斗桌上跳过去，或者搬开来，自己很有风度地走进去。

学生就不行了。

轮到哪个班领书，管理员问清楚：“几班的？”

回答白菜煮萝卜，一清二白，她才下达指令：“只准进去三个。就三个，别磨叽。对，最好是男生。挑有力气的。没得商量，多一个都不行！”

进去三个同学，她给分工：“你，负责从地上抱书；你，负责在桌子上数书；你，负责向外推书。”

地上的课本堆积如山。但各年级的放在一起，看似乱，实际一点不乱。

学生数好的课本，她再数一遍，一摞一摞摆在长条桌上，很整齐。数过，在登记册上用红铅笔画一个对号，表示 OK。

室内流水作业，门外排队等候领走。当里面数好的课本推出来，由守在门外的学生，再从条桌的三分之一处抱走。

有负责数书的学生要小聪明，见领的书太多，想投机取巧，只数一摞的册数，再把另一摞或几摞书并排放在一起，用手一摸，放平了，没有塄坎，便用其中一摞的册数乘以摞数，就给管理员报总数。

管理员见他这么快就数清楚这么多的书，很怀疑，扬起一本薄书拍他的头："懒，跟谁学的？你以为这样能行啊？给我一本一本地数，一本都不能错！"他还犟嘴："没问题的，再数一遍，也是这么多书。"

管理员就盯着他们一本一本地数，结果，数完了就咂舌头，还真有错。管理员用指头点他眉头："错没错？不听老师言，吃亏在眼前。是我有经验，还是你有经验？我干了快一辈子发书的活儿，我都不厌其烦，你干一会儿就烦了？没耐性。"

领书的过程很耗人的。

天气又热，守在外面搬书的同学晒得头昏脑涨。

太阳公公也爱凑热闹，在头顶上红哈哈地照着。没有一片云，没有一丝风。

班上来搬书的同学本来就偏少，一些不经晒的细皮嫩肉的家伙连招呼都不打，抱头鼠窜了。他们当了逃兵，你还不能向红老师打小报告。

初来乍到，给同学留下一个"小密探"或"马屁精"的不良印象，今后还怎么在班上混？

“三班的，咋回事，赶快抱走！再不抱走，你们就别领了！”管理员发火了。

课本从里面桌面推到延伸在门外的桌面上，越积越多。我也很着急，让留下的同学赶紧往教室抱。

男生大都有男子汉气概，抱个满怀，走路仰着肚子，很像帝企鹅。女生想巾帼不让须眉，那也得花木兰再世，可惜一个个柔柔娇娇的，每次只抱男生的一半，还未必能坚持到底。

我让大家分头打电话叫人。

嘁，手机一掏出来，联合国安理会啊，三星的，诺基亚的，苹果4的，全是国际流行风，一个比一个高级漂亮。我拿一款国产天意，原想天天如意呢，咦！羞死个人了，和谁敢比啊。

女生本来就心思细腻，加上我善于观察，宿舍的情景再现，我晕。

这是些什么同学啊，个个大款似的。

手机呼啦一亮出来，我就发现肥猪跑到大象窝里，再怎么仰脖子，个头都差一大截。

有的同学看我像看另类一样，你是90后贵族吗？观念怎么一点都不潮。

现在，论手机，国产的是次等货，有谁还拿你那破玩意，好使吗？能用吗？你家该不会穷途末路了吧？

穷还上这学校，大腿上劈下一大肌块，愣充煺了毛的优质大肉！

我只摁了两个键，发出黑老鸦的怪叫声，难听得要命。扭头看一看周围异样的眼神，便全然没有自信心了，手机灰头土脸地溜回兜里。

我不打了，你们打。我说：“家里多次想给我买款苹果机，我说花那闲钱干啥，啥机不是用啊。”

同学们马上反驳：这就不对了啊，外国品牌手机和国产机能一样吗？就凭价钱，便能分出高低来。外国品牌手机好用，功能多。不用不知道，用了乐逍遥。你呀，赶快回去换一款。现在，谁家还差这几个钱呀！

这个课本领的，给自己领了一堆的懊恼事。

班上的同学一窝蜂叫下来，三下五除二，把该领的课本抱了个精光。但我的心有点酸溜溜的。手机趴在兜里，不好意思再拿出来用。

我甚至有些抱怨爸妈，上初中时就说我的手机 OUT 了，偏不信。

老妈还朝我吼："有个手机用就成，讲究什么呀，拿上好手机，就比别人高一头啦？"在更换手机的谈判上，始终没有大的进展。

老爸思想有所松动，有一次慢吞吞地说："女儿的要求也不过分，时代不同了，不能老按凑合着能用的标准行事。一代人有一代人的观念，这个没有可比性。"

老妈立即否定："观念重要还是实力重要啊？她还要一串星星做手镯呢，你有本事摘下来吗？也不看看自己挣了多少钱，跟着孩子瞎起哄。买好手机要用钱说话呢，你以为吹空气啊，噗噗的，动动嘴皮子就可以实现了？一个女孩子家，正在上学，拿那么好的手机，一天到晚玩啊？心思好好用在学习上，别成天想这想那的。要比就比学习，比手机，能比到清华大学去，还是比到北京大学去！"

老爸仅有的一点倾向心，被老妈一顿数落，花开花谢又一年了。

23. 穷酸的心事

自懂事以来，我一直认为我家日子过得不错。从来没有怀疑过拮据呀，清贫呀会与我家挨着边。但进了方正中学，才一天，我就对自认优越的家境产生了怀疑。

前来报到，没有私家车相送。到宿舍铺个床吧，是从家里提来的旧铺盖卷。打个电话吧，手机又拿不出手。

接二连三的打击，我的心头坐上一位不速之客，那就是悲凉。

货比货不是货，人比人吓死人。

在初中，上公立学校，生员五花八门，有比自家富的，也有比自家穷的。富得流油的家庭不多，穷得揭不开锅的家庭也很少。中档家庭一抓一大把。那时候我的优越感还比较突出。

现在进了私立高中，高学费的门槛把生员过滤得非常单一。真是私立校门朝南开，Money 太少莫进来。

我的家庭优越感一落十万八千丈，在富人堆里，突然意识到自己变成一个穷人。

环境变了，对比的对象变了，我，也就变了。以前比，越比越像有钱人；现在比，越比越像穷苦人。

我对这个学校有了一些莫名的敬畏，这里不仅是考验我的忍耐力的绝佳地方，也是考验父母承受力的最为绝妙的地方。

父母的本事强不强，Money 的体现四处张扬。每一处比对，都会暴露自己家境的盛衰强弱。

我陡然觉得，自己的压力远远不及爸妈的压力。他们嘴上不说，在这种富豪盛行的氛围里，感官的撞击虽不比如坐针毡，心里的滋味却一定是五味杂陈。

我又感念起父母养育的不易。生在一个不算富裕，但又绝对不算贫困的家庭里，也是自己的福气。爸妈视自己为掌上明珠，全部的爱心做成大大的保护茧，把自己裹在里面，一直又温暖又快乐。

现在不快乐吗？我问自己。

有点烦，难坦言。

我不晓得别的同学父母怎样。

在我家里，就老爸的手机拿得好点，标的是摩托罗拉 5.0，上网去查，却查不到它的出处。可以百分之九十九断言，老爸那款手机是个水货。

样子稍稍的迷你了一些，白色，透明翻盖的。但轻飘飘的感觉，不像摩托罗拉系列产品那样敦实。再说那价格，当时柜台零售价也就一千八百块，比其他摩托罗拉机矮了一大截。

老爸就是冲着便宜下手的。老妈却一如既往心疼地说：“算算，你用了多少好机子？挣一个花两个。”

我说：“老爸大小也是个机关干部，人前体面一些，是应该的。”

老爸说：“就是，我这算啥。我们单位刚上班的毛头小伙、葱花丫头，哪个拿的手机不是四五千块钱的！我和领导更没法比了，人家那手机，啧啧，都是潮人族，美日韩最新款兴什么，他们就拥有什么。”

老妈嘴一撇：“那就怪你没本事。你挣那点破工资，总不能都给你脸上贴金吧？一个月工资买个手机，一个月工资买件衣服，行吗？我和女儿喝西北风啊！”

老爸无话可说，默不作声。

其实老妈的刀子嘴不光对老爸苛刻，对自己也舍不得。她很多时候都是用老爸淘汰下来的旧手机。

你想啊，老爸都不用了，她拿来用，肯定有按键不灵、接听不清楚、功能退化等问题存在。

后来她的同事实在看不下去了，嘲弄她说：“你在咱们中间大小也算个有钱人，也太抠门了吧？天天这样装穷，怕我们借钱咋的？”

老妈受到强烈的刺激，才下决心要为自己选款新手机。选来选去，选了款国产康佳 D310，小鼻子小眼的，当时市价仅标六百块。老爸过意不去，说要买就买个像样的。老妈坚持就选这款。她说：“可以了，我就是接打个电话，又不玩游戏又不上网啥的，要那么高级的干啥！”

他们对自己抠，对我还算可以，爸妈还算慷慨解囊的，买款面子大点的平板天意，少说比老妈的还贵两百多块。

24. 在攸关利益问题上

想了一圈儿，我只能对自己说，自己的家境就是这样，没法和其他同学比。

回到教室，我忙碌着给大家发课本，生不出闲心来贬低自己。

教室里吵吵闹闹的，红老师一个劲让大家安静，好好待在自己座位上，不要乱。但新生就是拗着来，跑前跑后更换发给自己的课本。

红老师喊：“现在不许换，等发完了再换。”

有男生就不同意：“发完了就没有了，还到哪儿换去？老师，这不明摆着骗人吗。”

是呀，发完了到哪儿换去？可边发边换，鱼目混珠，万一出了差错，有的同学缺这少那的，谁又负这个责？

在攸关利益的问题上，人人都是自私的。平等条件下，你让谁大度一些，亏着自己，很难办得到。

即便是课本，发到谁面前的，哪怕有一点点瑕疵，比如封皮有破角的，有划痕的，有弄脏的，有运输途中被带子勒出深槽的，都要求换。可这样的问题反映到学校教导处，人家根本不屑：影响阅读了吗？拿回去，该谁用谁用！

发到此课本的同学偏不认倒霉，坚决不要：“凭啥给我用啊？我比别人少交钱啦，还是比谁矮一等啊！”

僵局面前，红老师提倡拟选班干部的同学高姿态一些，将这些课本换给自己用。

乐意的人仍然不多。但冷场，太不给老师情面，有些说不过去。

静观了一会儿，我率先回应了红老师的倡议：“好吧，我可以换两本。”七八个同学拥过来。我打手势挡驾：“打住！干吗，趁火打劫呀？我说过，我最多只换两本！”

他们嚷嚷：要我的吧，要我的吧！

我晕。要这个的不要那个的，这种刚见面就有偏向性的选择，实在不是上策。我跳到桌子上，用脚踩着自己的一摞新课本：“不许乱来啊！你们把自己有问题的课本交给红老师去，我再从那里换。”

球踢出去，这样好一些。不然这么多的球，不砸晕才怪。

红老师逐个检查递交上来的课本。

“你，这个拿回去，就脏那么一点点，用橡皮擦了不就完了吗！”

“我没橡皮。”

“自己买去，怎么，还要班上给你配发呀？”

打发了上一个，又接住下一个。

“你穿衣都不讲究，领个课本挺讲究呀，绳子勒了一下就不能用了。字勒了吗？”

“没有。”

“书页勒少了吗？”

“没有。”

“你勒出毛病来了吗？”

“我……”

“拿回去！”

你还别说，红老师嘴皮子好利索，能追击得你哑口无言。

“你换什么呀？”

“皮儿撕破个口子。”

“用胶带粘一下不行吗？”

“行是行，我就是……”

“别就是了，给，这是胶带，自己粘去！”

……

经红老师挨个教训，哈哈哈哈，刺毛的家伙们哑巴吃黄连，有苦倒不出。他们又噘着嘴巴，拿着自己的课本回座位去了。

我落了个态度积极，最后一册课本也没换出去。

这笔口头生意做得划算。自己一点亏没吃，还分到倍儿多的红利。

新课本拿到手，下午放学的第一件事，就是买花纸包书皮儿。

那些生意人像蜘蛛，哪里有财源到哪里结网。一拨人踩着点来到学校门口，摆了一地的各式书皮儿。

有最普通、最原始，也最单色的牛皮纸，有各式图案的薄型花纸，有加厚型花纸，有铺了防雨膜的花纸，有塑料花纸，也有与各种课本成形配套的书皮袋儿。

当然，优质优价，货不一样，价格自然不同。成形袋最贵，高级的一个五块，普通的也要两块。

我看了又看，的确是好，犹犹豫豫，不敢下手去买。最后喜欢上花纸，一大张才两块、一块五不等。一张花纸可以包两个大书皮儿，或者包四个小书皮儿。

我精打细算，要买得一个不多，一个不少。

那位摆摊的老奶奶见我占着她的摊位不买又不走，有点不耐烦了：“娃娃，上这学校，你家富啊，还在乎这几个小钱？你挑得这么慢，挡着别人买了。我这么大岁数，一天就挣你一个人的钱，能挣你几个啊！”

我一听脸就挂不住了，讨厌，一个摆地摊的，你有什么资格羞辱我啊？好，你卖你的，我还不买了，又不是你一家搞经营，我到别人摊位上买去，气死你。

我挪了个摊位，一看，也是，难怪人家老奶奶嘟囔呢，我确实挑得有些慢啊，和自己一起来选书皮儿的同班同学，剩下没几个人了。同学大都抓一把成形的皮子，扔下七八十元，扬长而去。

我选一卷花纸，撑死了二三十元，人家不嫌我嫌谁呀！

唉，我又 OUT 了！

回到家，我既有开学的兴奋，又有与同学相比黯然失色的迷茫。

我想到了地球板块。五大洲同属于地球，但因地缘不同，人的肤色就不同，生活方式和质量就不同。富的地方富得流油，穷的地方穷得皮包骨头。穷地方的富人，在当地趾高气扬，算作人上人，吆五喝六的。到了富的地方，他显不出出人头地的气派来，也只能算个普通人。富的地方的普通人，到了穷的地方，他觉得自己高高在上，原来还可以这样享受啊！

人就是这样，此一时彼一时。不到富人区，不知道自己有多穷；不到穷人区，不知道自己有多富。

人在来来回回的挪动中，起起伏伏，感受着不同的滋味，品味着不同的时光……

第四章

第一考逼我下地狱

25. 我主动和后排的男生坐在一起

三班。我的同学按各自挑中的座位坐了一个星期，矛盾交错着反映到班主任红老师那里。

有的说，自己个儿低，坐在后面，被前面的大高个挡得死死的，上课全看了他的后脑勺了，不清楚老师在黑板上写什么。有的说，坚决不和谁谁坐，他毛病太多，严重影响到自己的心情。有的说，眼睛近视，坐偏了黑板反光，狗看星星一片白，不知是星还是云。有的说，我周围都是学习差的，互相起不到促进作用。

有的学生家长也找班主任红老师，希望能给自己孩子调个座位。

红老师也就二十出头的年纪，刚大学毕业。别看她小，计谋还挺多。

她让班上乱了一周，也算基本摸清每个同学有多少正能量，又有多少负能量。心里有了数，对症下药的行动就开始了。

她不再容忍嗡嗡的乱象持续下去。挑了周五下午一节班会课，正式排了一次座位。

这次排座次，依据四个参考：中考成绩，个头高低，近视程度，入校表现。

我倒没顾虑那么多，什么学习好呀学习差呀，似乎与我现在的心情关系不大。我想在高中第一年有意识放纵一下自己。

因为学姐秘传，高一是个空当，你若不能抓住这个机会潇洒地大玩一把，等上了高二高三，就一点属于自己使野性子的余地都没有了。这个说法有没有道理，只有亲自验证了才清楚。我就是一部验钞机，把高一的时光整个过滤一遍。

所以我才不情愿往前靠呢，你想给我排多后，我就能坐多后。坐在后面好说话，好做小动作啊。

我个儿在全班女生中排第三高，论个头，也坐不到前面去。又没特殊理由，比如近视眼、听力障碍什么的。我很引以自豪的就是，你别看我成天写呀写，写出的文字登报上刊的，可我眼睛北斗星似的亮，很好啊，没有大毛病。从初中一路体检过来，不是 5.2，就是 5.0。

即使学习压力大了些，狗屁作业多了些，也不会熬出多大问题。我有特殊保护措施。完全不像眼镜族们，没学到多少真东西，却把自己搭进去了。

近视眼，往本质上说，就是一种病态。这种病态，多半是苦熬出来的。在学校死压板凳啊，回家没完没了做作业熬夜啊，不近视眼才怪呢。

我没有死学的习惯。老师布置作业超出我承受的范围，对不起，我以各种理由不做，顶多给老师一个面子，拿上标准答案狂抄一通，交差了事。

美国中学生为啥近视眼少？人家有科学的规定：每天，两门主课作业，布置不得超过作业本的两页；副课作业，学生做完不得超过一页。请注意，是小三十二开纸张哎，别以为是大八开。哪个老师犯规了，是要接受处罚的。学生的作业，都是在校内完成的。每天临回家前，将完成的作业撕下来单页上交。一本作业做完了，也撕完了，最后，什么都没有了。所以，他们不需要背个书包，像蜗牛背房屋一样，背来背去。

我就是按这个标准衡量老师布置作业的量的。超了，我就以应付为目的，不那么当真。

我骗老师，也在骗自己。

这可苦了那些太听话的同学，做啊做啊，累得要死，最后，男同学把自己熬成一张弓，女同学把自己熬成熊猫眼。

各科老师很快发现我对超负荷作业态度冷淡，曾在不同场合向班主任红老师反映过。红老师问我："做作业你嫌累，写作为什么不嫌累啊？"我说这是完全不同的两个概念。有的老师布置作业，是为了加深对所学课程的理解，量虽少，作用大，我当然很认真地做；有的老师布置作业纯属变相体罚，挤压学生的活动空间，会的不会的布置一大堆，他才不管你占用多少休息时间，只管你听没听他的话，我对这种作业当然是抵制态度。写作就不一样了，每次都是创造性劳动，有种累但快乐着的感觉。

红老师并没有太多批评我，只是笑得很有内涵，我可以有多种解读。

同学，红老师，前者是一枚枚棋子，后者是下棋高手。她把一枚枚棋子铺展开来，你摆这里，他摆那里。

轮到我，大家都看着。

"小作家风羽奇飞，你眼睛真的好吗？"红老师问。

"真的好。"我说。

"你的意愿呢？很多同学反映你个儿高，坐在中间把她们挡住了。"红老师说。

"哦，是这样啊。"我左右前后瞅瞅，奇怪，女生可劲地朝前挤，男生可劲地往后溜。

第三排简直就是一道分水岭。在我心中，倒不希望和同性坐在一起，多么没劲，成天嘀嘀咕咕就那些事儿。和男生坐在一起多好啊，交流起来也有趣，他们还会照顾你。

我定定神："挡同学是吧？那我就朝后调一调吧。第四排？"

红老师示意我到第四排看看。反正周围都是男生，和谁坐都无所谓。

红老师望了望："坐中间还是不行，靠窗口那个座位怎么样？"

我没意见，正准备调整，最后排的高大个迪马举手有话要说。

红老师允他开口。他捋捋自己的短头发，脸微微地红，有些扭捏："那什么，你看后面一大拨都是男生，好不易过来个女生，别放在半山腰哇，干脆直接放山底下得了！"

全班同学笑。他补充："没别的意思哦，不要误会。"

红老师看看我，我朝那位男生细细打量了一下，还算帅气，就是嘴巴边上过早地长出一排灰乎乎的毛毛扎扎的短胡须。

"可以呀，坐哪里不是坐，我满足你这个要求。"我豪爽地说。

红老师指了指最后一排："同意，你坐过去。"

就这样，我从中间位置挪到了最后一排。

在全班男生眼里，我是最够义气的一位女生，能和他们打成一片。

当然啦，我获得好多照顾。比如，当值日生，下课擦黑板呀，放学打扫教室呀，给我帮忙的同学一大拨，我几乎不怎么动手。

男生也喜欢买零食的，只是他们不像女生那样小气，有了好吃的偷偷摸摸，生怕与别人见一面分一半。他们有巧克力呀，阿尔卑斯糖呀，新鲜水果呀，花生核桃呀，都不忘给我面前放一些。我和他们一起吃着说着笑着，其乐融融。

其他女生每当看到这种情形，心里就酸溜溜的，叽叽喳喳地说三道四。

事实证明，我调到后排很快乐，很有凤凰进了梧桐林的感觉。

但时间一久，我也发现情况有些不妙。

坐在后面的男生们，大都是富豪家庭的公子哥，对学习特不在意。上课，睡觉的睡觉，玩手机的玩手机，也不积极发言，也不向老师提问题。下课，做作业大都你抄我我抄你，因为自己没学懂，也就分辨不出谁对谁错，只管抄完交上去了事。

老师讲课的倾向性几乎放在了前三排。有时他们偶尔转到后面，也是走马观花，草草一看，又加快步伐到前面去奉献热情去了。

我有什么不懂的地方，问前后左右，都哼哈哼哈的，问不出个子丑寅卯来。

我说："你们是哼哈二将呀，能不能爷们起来？"

我们怎么不爷们啦？你瞧，个个够爷们！

嘁，我说的此爷们非彼爷们。在学习上呀，加把劲，攻出一个奇迹来给大家看呀！

一说学习，像瞌睡虫钻到他们鼻孔里，一个个无精打采的。

迪马大高个儿，对学习的兴趣特淡。他家是做家具生意的，据说做了三十多年了，绝对的爆有 Money。迪马的老爸对迪马没有过高期望值，高中混出来就可以了，能上个大学你上，上不了赶快回来，协理老爸做生意。迪马是做好继承家业的打算的，对于枯燥的学习，别逼我，我会疯的。

我搞清楚他的底细，心瓦凉瓦凉的。坏了，与这样的同学成天打得火热，我的理想，要砸他们手里了。

26. 这一考，我倒九

十一长假我出游了一趟。也没走远，就到九寨沟看了看自然风景。

假期一过，天气开始转凉。西北特有的季风刮起来，吹得人从皮肤凉到骨头里。

全市供热的土规定是，10 月 20 日后，陆续试热；11 月 1 日正式供热。可气温急转直下，在试热阶段，有许多居民给市长热线打电话，给报社反映，自家屋子阴冷阴冷的，冷得人打哆嗦，穿着加厚的睡衣也不暖和。

市长答应协调二热，灵活掌握季节走向，尽快向全市居民供热。

但二热也有难处，在些居民区拖欠暖气费不交的问题，提前供热没有纳入年度运行预算的问题……这些问题不解决，背负的债务太沉重，谁来解决？一来二去，供热还是到了规定的期限里。

我家是壁挂炉，自己烧地暖。老妈说："宁可烧钱，也不让人受罪。"所以我们提早烧起暖气。

学校里也还不错，比我家稍推后两天供热，教室里的寒气一扫而光。我们坐在教室里，像一根根苞谷棒子，层层剥衣。课间稍一活动，浑身汗乎乎的，不去掉些衣服，身上湿蒸蒸的，上课头发昏。

这样一来，同学们脱脱穿穿，再赶上雨雪大换届的空当，空气干燥，各种浮尘蜂拥而起，是病菌最为活跃的时候。

流行性感冒兴风作浪，击倒了班上一片同学。吭吭吭，喀喀喀，这种难受的病态声音占据教室，此起彼伏。

一群发烧友上课东倒西歪。有的清鼻涕长一道短一条的。有的脸膛红通通的，像抱窝母鸡。有的眼神迷乱，跟大烟鬼犯了瘾差不多。

我周围的大老爷们很没有抵抗力，说倒下就倒下，回家养病去了。迪马只是微咳，也告假回家休养去了。

我说他小病大养。他说不养白不养。一养一个星期。

红老师气得发火："你是龙体啊，这么娇贵。"迪马不以为然："就养了，怎么的。"

一场流行性感冒过后，期中考试来了。

各科老师都上着发条：这可是你们升入高中的第一考，成绩要记录在案的，必须重视起来。

坐在后两排的男生们出现躁动，互相频频走动：哥们儿，关键时刻要互帮互助啊，你帮了我，就是帮了你，以后好处会大大的。

可他们怎么帮啊，你半斤，我八两，就是放开来传纸条，做夹带，准确答案在谁手里啊？

迪马说："哥们儿，帮帮。"我快昏过去："我也没好好学，心里一点底都没有。""得，听天由命，没啥大不了的。"迪马豁然起来，一副无所谓的样子。

我说不清是个什么心态，因为我与他不同，我抱定上大学的决心。不为别的，就为在大学里享受式的多玩几年。

考试特严，全校老师集中使用。考生单人单桌。每个考场四个老师监考。学校还有校长组成的巡考组。

谁敢作弊，除非你有障眼法，否则，被监考老师抓住，红铅笔在卷面画个大大的叉，你这门功课成绩就是大鸭蛋。考前美妙的侥幸心理，彻底砸个稀巴烂。

不会做的，大眼瞪小眼，也瞪不出个所以然来。晦气极了。上学以来最为晦气的一次考试。

我觉得考题大都面生，它不认识我，我也不认识它。没见过面的冤家，要达成某种合作的默契，真是天方夜谭。我意识到后果很严重，心发虚，腿发软，矜持下去，情何以堪？

果然，考试成绩统计出来，不出我所料，坐在后两排的，几乎都是压后阵、拖后腿的。我也不例外。用同流合污这个词打比方，再恰当不过。我们谁不说谁，筷子笼里挑筷子，都是一般高，考得极其糟糕。

全班倒数十名，被后两排包揽。

我，倒九。

隐隐约约想到一个旧得发黄的词：臭老九，不能走。我臭，但不可堕落。是不是这个意思？

对自己考出这个成绩，我羞得无地自容。

这是幼儿园、小学、初中、高中一路走来，考得最为耻辱的一次。

班主任红老师非常不高兴："小作家，你真是奇飞啊，飞得离奇！没飞到天上，奇到阴沟里去啦！翻船了吧，难受了吧，爬不出来了吧，让我……让我背过气去了吧！真行啊你。"

她深究我的问题，谈了三条："一、和男生在一起，屁话太多，浮躁，上课不专心；二、挑挑拣拣做作业，得到验证了，是行不通的；三、还没有从初中的学习方式转变过来，适应新环境、新教学的能力太差。"

收拾了我，我前后左右的男生们，也都未能幸免，挨个被收拾了一顿。迪马一副死猪不怕开水烫的样子，让我看得恼火。

27. 怒狮的妙论

这一考，让人太没情绪。

紧接着是开家长会。学校给每位学生发了一张开家长会通知书，红印章一盖，很郑重其事。学生拿回家，家长在回执上签过字，第二天早上再带到学校来。谁的家长不肯列席，请写明理由，为什么。

我想隐瞒都没法搪塞。但这样的成绩爸妈怎么接受得了？他们不气得吐血，也得躺在床上打摆子。

带上开家长会通知书回家，这顿晚饭，吃得我憋屈。平日的伶牙俐齿变得笨嘴笨舌。我语无伦次，说东道西。

“你很反常啊女儿，说，怎么啦？”老爸看出来了。

“没，没啥。”我不敢明说。

“说啊，对爸妈不敢说，你对谁说去！”老妈以关切的口吻催促。

我磨蹭了好一会儿，起身从书包里取出开家长会通知书，推给他们。

“开家长会，行啊，这有什么为难的。”老爸轻松地说。

“还是你去，学习归你管。”老妈推辞。

“我去就我去。我女儿，我不去谁去。让邻居老李去，那像话吗！”老爸带点调侃地说。

他转身从电脑桌上的笔筒里抽出一支碳素笔，大手一挥，名儿签上了。你别说，我老爸的签名大气磅礴，有领导范儿。

看着它，我想起了一则冷笑话。

说一个中国中层领导干部，到日本参加书法大赛。他平时批文件批惯了，一抬手就是“同意”二字。写了几十年，这两个字写得神采飞扬，力透纸背。他这两个字震惊日本书法界，一致同意颁给他金奖。后来日本人成群结队到中国找这位领导传授书法妙诀，这位领导露马脚啦！他除了把“同意”二字写得十分娴熟，其他字都写得十分蹩脚。

我调和气氛地说：“老爸，这则冷笑话不会是说你吧？”

老爸连连摆手：“去去，你这样看你爸呀？”

老妈搭腔：“就你爸那模样，又不是领导干部，够得上和人家一比吗！”

打开岔，我的眼神躲躲闪闪溜出桌面，怕他们再追问下去，护着我跑回自己房间了。

他们居然不再追问，跟没事儿一样。我老老实实待在自己房间里，再不与他们接触。

在关房门的那一刻，回头对爸妈说：“我学习了啊。”

老妈觉得有些异样：“这是咱女儿吗，一放下筷子就去学习，积极得我有些不适应。”

老爸示意她：“吃饭吃饭，很正常。”

难道老爸没看出来我心虚？不会的，老爸在跟我玩深沉，老妈都看出问题来，以他的智商和敏锐，不可能看不出来。他要么在装糊涂，要么现在沉默，等待时机爆发。

家长会在周五下午两点半如期召开。老爸推掉手头的工作，按时参会。他常说：“个人升迁和工作比起来，工作是大事，个人升迁是小事；工作和女儿比起来，女儿是大事，工作是小事。”

全班的家长都到齐了。老爸找到我的座位坐下。

班干部将每位同学的考卷分发给各位家长。

我躲在教室外的走廊，从门缝偷着看老爸的表情。

老爸接过我的考卷，粗粗翻了一遍，脸拉得老长，有些狐疑和难以置信。他反复查看了考卷上的名字，没错，是“风羽奇飞”，才长长地吁了一口气。

良久，他转身向迪马的家长：“你孩子叫啥？”“啊，红老师叫啥？叫啥我也不知道哇！”迪马爸爸满头的疙瘩，秃头，表情有点痴痴呆呆的，问东答西。

“你干什么工作的？”我老爸又问。“乙肝是怎么说的？”他傻乎乎的，再一次牛头不对马嘴，“怎么说的，我又不搞医学，我、我不清楚哇！”

我老爸呼地起身，蹬了一脚我坐的椅子，满面蒙羞的表情。在前言不搭后语的问答中，恼怒得醍醐灌顶。他走到一边去，脸肌异常紧绷，咬着牙，对谁都一副血海深仇的纠结。

坏事了。我断言，老爸从心底里被触怒了。他毫不掩饰的愤怒就是这个样子。

红老师向家长介绍全班状况时，点到了我，做了给家长保留面子式的温和的批评。

数学老师提到了我，英语老师提到了我，地理、历史老师也提到了我。他们婉转地说，这孩子很聪明，只要抓一抓，还是能赶上来的，一次考试不能证明什么，希望家长不要有压力，也不要给孩子太多的压力，找准问题，正确引导是上策。

我谢谢老师们的宽容，发誓一定要在期末考试时打个翻身仗。

老爸对每位老师的讲话都做了笔记。这是他的习惯。他的经验之谈就是：好记性不如烂笔头。

迪马的爸爸还不时张望我老爸，大意是，怎么回事，和我说几句话就走了。我老爸早把他淡在一边，想自己接下来要干什么。

家长会一结束，他径直走到讲台前，向班主任红老师提出：“必须给我女儿调座位，不能拖，下周一就要见效。你要不调，我就找你校长！”

红老师没想到这个面相文绉绉的家长也有狮子一般的暴烈。她好看地笑笑："等家长会结束，咱们到办公室谈，好吗？"

我老爸抬腕看了看表，说："就这么个事嘛，不耽误你更多时间，我看这可以现场解决。"

红老师年轻气盛，忍到无须再忍时，她也不忍了："坐后排是她自愿的。"

我老爸有些生硬起来："这我不管。你是班主任，你应该从孩子成长进步的角度考虑问题，而不应该以孩子的自愿为出发点。她还自愿不上课呢，你答应吗？"

红老师被噎住了，过了足足有十四五秒钟才缓过神来："就算不考虑她自愿的因素，可她个儿高，坐得靠前了挡其他同学呀。"

"那你总得考虑她视力的因素吧？她坐那么后，看黑板模模糊糊一片，怎么学习啊？"老爸变了个方式企图达到调座位的目的。

"她近视？没见她说过呀！也没见她戴眼镜呀！"红老师吃惊。

"她有眼镜，平时是我不让她戴。一个女孩子，老戴什么眼镜，影响美观。晚上做作业、看电视都戴。"老爸说。

红老师吸一口气："哦，是这样。这风羽奇飞，玩性也太大了，想玩，连这个缺陷也隐瞒。那这样吧，星期一我尽量往前调好不好？还有其他家长，咱们再不说这事好吗？"

老爸脸上露出难得的笑意："谢谢您啊红老师，女儿回家一直夸您呢。星期一啊，可不能再变啊，我会追踪问效的啊。哎红老师，自开学以来我没给您添啥堵吧？就这么个小小请求，在您这儿解决得了，犯得着让校长发一句话吗！对您来说，简单得很，是吧？"

红老师点点头，请我老爸走好。

老爸从教室一走出来，我就殷勤地迎上去挽他胳膊。老爸没有训斥我，也没有亲切得让我感到温暖。我们就这样走下教学楼，走到院子里。

行人疏而散乱，来来往往。老爸依旧一言不发。

出了校门，他才开口说话：“哼哼，你周三晚回来，说话极不自然，吃罢饭就回自己房间趴在桌子上看书学习，我就猜你肯定考砸了。但我没想到你一下砸到底了！就算你老爸脸面不要，你也不能砸得我脚指头疼啊！你这不行啊这个，刚一入高中，就给老师一个学习糟糕透顶的印象，今后三年，你怎么混下来？再说了，你坐那么后干啥？那后面都是些什么人？和你挨着坐的那个座位上，那个笨头愣脑的家长，是谁的？老子都那样儿，脑子不大清楚，孩子能聪明到哪儿去！”

老爸越说越来气：“你看看那样儿，坐没坐相，狗趴式趴在桌上，我问东他答西，整个一个牛头不对马嘴嘛。他要能把孩子教育好，狗连屎都不吃了！什么人呀这是，他孩子还和我女儿坐在一起，瞎胡闹，绝不允许！”

我急忙说：“你看他傻，人家可是个大老板呢，家里忒有Money。”

“屁！”老爸非常武断，“你以为有钱人都有本事啊？一些没本事的有钱人是历史造成的。刚改革开放那阵子，最听话、最守法、守着国营企业不放的人，都以为挣着稳定的工资，一辈子吃喝不愁。那时候政府提倡搞自主经营，也就是当个体户。人们脑子里的弯儿一下转不过来，都嫌摆地摊、当个体户丢人现眼，在亲戚朋友面前抬不起头，稍微有点办法的人，都挤破头到国营单位上班。谁经风受雨地去练摊？国家给的政策再宽松、再好，观望的人，看笑话的人，比做个体生意的人多得多。这反而给那些过去定家庭成分定得高的人、历史上有污点的人、劳教释放人员和找不着工作的社会闲散人员以机会，他们率先加入摆地摊、做个体生意的行列。哎，你猜怎么着，那时候中国全社会的人都老实本分，没有经济头脑，傻乎乎，死要面子活受穷，好哄，生意好做。你说这件东西值二十块、五十块、一百块，顾客就信，连价都不还。一些个体户就这样暴发了！一夜成为万元户。我看迪马他爸那迷里隆咚的样子，八成是属于这批人。”

我有些不信：“哦，照你这样说，中国的富人都属于这种人？”

老爸摆摆手：“历史是发展的。我说的是改革开放初期。当第一拨人轻而易举捞起第一桶金，全社会的人都害红眼病，说什么‘手术刀不如剃头刀’‘造原子弹的不如卖茶叶蛋的’。当时的情况也果真如此。这个时候，坐机关、站讲台、进工厂的体面人坐不住了，心痒痒，手也痒痒，也想到商海大显身手，于是兴起一股停薪留职风，公职人员纷纷下海经商。这就是有名的‘下海潮’，下海经商跟煮饺子似的。后来，一部分人发迹了，一部分人被海水淹个半死不活，又返回原岗位了。这是第二阶段。人们逐渐对经商有了一定的认识。做生意做生意，就是有利润的协商和交易谈判嘛。人们才慢慢知道任何商品，都是由成本价、出厂价、批发价和零售价组成的，利润有大有小，买东西是可以讨价还价的。再后来，有一部分人嫌在单位上班拿个死工资，吃不肥也饿不死，束缚性太大，干脆一心去搞私营企业，招兵买马，形成自己的规模。这是第三阶段。”

我听着听着，突然特佩服起我老爸：“可以呀，中国特色社会主义宣传员啊！”

老爸有点乐：“傻丫头，要学的东西多着呢。社会是发展的，每发展一步，都有很多学问在其中。你以为社会是一个模式往前推进啊？哪能呢。有起有伏，有坎有险，有曲折有光明。现在，先把文化课学好，给以后认识社会打个好基础。表个态，能不能？”

我说："能。"

老爸站定："不能光嘴上能，要体现在行动上。第一要务，赶紧从后面调到前面坐。尤其那什么，电驴呀电马呀什么的，离远点。你刚才说你同桌叫什么，迪马？电动车嘛。人家都开大奔满世界耀武扬威呢，你骑个电动车绕场追，能不差一大截吗！赶快调座位，不然，他们影响得你难以进步！"

我努嘴，意思是你也太片面，可能判断失误。

老爸继续批评我："要学机灵一些，女儿，教室的座位是有讲究的。前三排居中位置一般是留给学习好的同学的，成绩达不到领先没资格坐。后面的是留给混日子的同学的。你发现没有，老师对前面的同学管得严，对后面的基本放任自流。你还傻乎乎地主动要求调到后面去，有这样的吗？这次考试证明了吧，坐在后面，你就退步，大踏步地退步！我跟你红老师讲了，周一必须把你调到前面来，你到校后记着催问这事，马上落实。不然，你就真落下太多了！倒数第九，女儿，这可不是闹着玩儿的，要重视起来。"

我无话可说，谁让自己考成这样呢。

只是有一个问题，我没有配过眼镜啊，下周一戴什么给老师看啊？

老爸说这不难，回去，让你老妈领你去，配个保护眼睛的眼镜就可以了，可戴可不戴的那种。你可以偶尔戴戴，做做样子就行了。

这很好玩，眼镜还有假戴的。

不过呢，扮一扮酷也好！这个我喜欢。

28. 老爸是个反常人

周五当晚，老妈就贯彻落实老爸的指示，领着我到好视力眼镜店配眼镜。

我说："老妈你还真听话，雷厉风行呀。"

老妈打我："要不为了你，谁听他话呀。"

在眼镜店里，面对四五柜台样镜，我挑挑拣拣，试戴了二十多副镜架，最后选了宽边黑框的大镜坨眼镜。价格也不高。二百元的，让我老妈搞到一百四十五元成交。

人家速度很快，让我和老妈出去转悠半个小时就可来取。我们去了眼镜店对面的华联超市。

"老妈，可不可以买点好吃的？"我请求。

"哼哼，真是个大吃货。可以是可以，但学习抓紧哦。"老妈说。

"没问题。"我保证。

"你保证？嘴上功夫吧，要见效果。"老妈强调。

老妈对我还是百分之百好的，说买，一点不含糊。

到了超市，任由我挑。乐事呀，蘑古力呀，王子饼干呀，巧克力奶呀，奥力奥呀，好丽友派呀，抱一大堆，我都不好意思，考成那样，还猪一样的吃。

老妈眼都没眨一下，统统买上。

取了眼镜，提着好吃的，脚下生风地回家。

一进家门，老妈让我向老爸炫耀一下。

"怎么样，我觉得女儿戴着挺心疼的。"老妈说。

老爸并不热情："有个戴就行啦，孩子喜欢就可以。"

老妈不依："你必须表态，到底好看不好看？"

老爸这才正眼看了看："嗯，挺好，大小色泽，都适合女儿脸形。"

"这不就结了嘛。"老妈数落，"德行，回家里还耍架子，谁吃你那一套。”

我明白老爸的心事，他还在参加家长会的恼怒里没有自拔出来，生我的气。老妈没有老爸复杂的考虑。

老妈和我先后进卧室换了睡衣，来到客厅，坐在电视机前，一包一包打开买回来的零食，乐呵呵地又争又夺：“怎么，妈吃一点你反对啊？敢不让我吃，下次想买，门都没有！”我岂敢独占，每一样都送上，让她尝尝鲜，她笑得像朵花儿：“这还差不多。”

老爸默不作声，躺在二人沙发里。

老妈拿一片奥力奥，挪上前，往老爸嘴里塞，老爸摆头：“什么呀这是，胡闹。”

老妈吼：“德行，谁惹你啦？”

我暗暗拉老妈衣角。

老妈反应过来：“开个家长会开生气啦？你气性大得很哪，说开了不就完了吗！女儿已向我表态了，一定好好学。”

老爸斜眼看了看我，没有下文。

老妈敲我：“女儿，来，再给你爸表个态。”

我无奈地低声哼哼：“我一定好好学，要求进步。”

老爸立马伸出左手指我：“就这态度，学个辣子。你都想象不出来，她和一些什么人坐。全是班上不爱学习的，挤到一块，羊屎狗粪的，全是一个味儿。”

我不干了：“你怎么老和我同学过不去呢？说我就说我，请别侮辱我同学。不就是一次考试遭遇滑铁卢吗，又没灭顶，看你回来鼻子不是鼻子眼睛不是眼睛的。大度点行不行？风度哪儿去了！”

老爸火气上涌：“看看看看，还说不得了。你就不能和学习好的打得火热？近朱者赤，近墨者黑，你懂不懂？”

老妈面向老爸："好好说，发什么火呀你。"

老爸语气低了下来："下次开家长会你去，我脸皮薄，挺不住。"

老妈讨好式的："还是你去，你管学习。我到人前说不好话，给你丢了人咋办。"

老爸坐起来："女儿啊，下周一，调座位，听到没有？牢牢地记住。不调，你立刻给我打电话，我赶到学校去！"

我不耐烦地："说一百遍了，耳朵都起茧了。能不能换点别的？喊。"

经老爸一搅骚，再好吃的零食填进嘴里，都嚼不出多大味道。

哎呀！才看出来，这一考不好，老爸像变了个人似的。平常我的文章到处发表，人见人夸，老爸红光满面："呵呵，我女儿不错，像我教育出来的。"噢，现在就把这些一笔勾销啦，我在他眼里，快成垃圾了？

话说三遍比屎臭。你当我没心没肺啊，我的难受你能感受到吗？

是不是觉得我不做出点出格的举动，就没有触及灵魂？跳楼去，喝药去，卧轨去，自杀去？这样是不是就满意了！

喊，老爸你在我心目中的形象大打折扣。

我真的生他气了，零食给老妈一丢，回自己房间去了。

其实我从成绩一公布，就脸发烧，心愧疚。是人都知道受表扬好，挨呲的滋味傻子都不愿意尝。

但事已至此，能骂改变还是咋的？

老爸你在学校的忍力一直是挺不错的，没有在老师同学面前剋我，这让我很感动。从那一刻起，我就暗暗发誓：不学出个好样子，就对不住老爸。

可你一回到家里，怎么就变了一个人似的，嘟嘟囔囔婆婆妈妈个没完，若真嫌我碍眼，我就消失！这总可以吧？

嘁，全国一学期跳楼多少中小学生，多我一个不多，少我一个不少。让你永远见不到我，看你还这面子啊那别扭啊，能嘲叨几天！

马失前蹄犹可鉴，逆水鼓帆有转机，你为何要把女儿看扁？

我早早躺在床上，怎么也睡不着。我的胃部发胀，胸口像堵了一块大石头似的，辗转反侧，找不到一个舒适的睡姿。

什么时候，我走进月亮的梦里，我不清楚。

当我觉得天使的魔法棒指了一下我的眉心时，一道红光开智一样在我脑际散开，我泪眼扑簌，欢呼自己成为转世灵童。我紧紧地抓住天使的胳膊，跳跃起来，向春天的深处走去……

哦，我真的坐了起来，睁开眼一看，老爸坐在我床边，我枕在老爸怀里。我突然感到好温暖好温暖，幸福得陡然说不出口。

我的眼泪啪嗒啪嗒滴在老爸手上，老爸忍住眼眶转动的泪花，强忍着不让落下来。

“女儿，爸爸有些过分，向你道歉。啊，别往心里去。学习嘛，就是个态度和方法问题，知耻而后勇，善莫大焉。一次考砸就全盘否定，这是老爸的错，不应该的。你妈已批评过我了。你别有思想负担，在爸眼里，你仍然很优秀。我反过来想，就女儿写作上的天赋，有几个孩子能比？这是多么大的优势！女儿，继续走自己的路，让别人羡慕去吧。”老爸很贴心地对我说。

他的一番话，融化了我心上所有的冰。

春天真的已到来了，我的心放飞在春风里，呀，长出了绿色的翅膀……

29. 老妈是个顺杆爬

老爸的脸灿烂起来，我的开心又回来了。

这个周日，我还是如期约了我“媳妇”婷婷出去玩。爸妈都没有干涉我的自由。婷婷跟我从幼儿园一直要好到现在。她学习远不如我，高中没考上，只上了个技校。她的独立性比我强，经常节假日出去打工，给自己挣 Money。她手头 Money 多了，就约我上街潇洒，想吃什么任我挑。我俩经常形影不离。

她长得很像受气媳妇，和我走在一起，人家都叫我女汉子。有同学羡慕嫉妒恨:“你们也太西化了吧？同性恋呀，婷婷，是你媳妇吧？”

这一提醒，我虎口卡在下巴上一琢磨，挺好的，媳妇，就这样啦，我有了媳妇，哈哈，过过有媳妇的瘾吧。我“媳妇”就是这么来的。

“媳妇”特喜欢为我花 Money。但这个周日没必要。我只让她陪着我到街舞社观舞。我是在上个暑期学会街舞的。到了街舞社，麻麻黑一片熟面孔。他们拉我一起跳。婷婷不会，只好在旁边观看。

不一会儿，我就跳得热血沸腾，情绪大涨。舞姿冲击着大脑想事，没多时，那些烦心事一股脑全忘了。

街舞社的哥们都很义气。跳罢，大家一起去美食一条街吃串串烧。

街上寒风冷飕飕地刮着。我把衣领往上提了提。出了汗的身子，被冷风灌进去，格外的凉。

才晚上七点左右，天黑黑的。我同婷婷，还有舞友们有说有笑。

还没走到美食街口，手机响了，一接，老妈的。

“在哪里？”我不打埋伏，如实说。

“和谁？”我也一五一十，照实说。

“不会是和男孩子在一起吧？”老妈试探着问。我把手机交给婷婷，婷婷说：“阿姨您放心，我们在一起。”

老妈说：“你们干什么呀，还没吃饭。准备吃到什么时候呀？是吃满汉全席呀，还是吃燕窝鱼翅呀！”我说：“大概八点。”老妈下了最后通牒：“八点半必须到家，女孩子家，像什么样子，成天在外面野。”

我晕。一个星期就出来这么一次，凭什么下结论我成天在外面？到学校也算在外面吗？

婷婷劝我别生气，吃了饭赶紧回家。

我说：“没这样的，出来散散心，催催催的，烦人不。昨晚老爸烦我，现在她烦我，他俩换着班儿来烦我。”

婷婷说：“你有爸妈关心多幸福啊，哪像我，死在外面爸妈都不问一声。一个脑残，一个脑缺氧。我的苦向谁说去。”

我见“媳妇”悲伤起来，赶忙安慰，不再提不高兴的事。

街舞社的舞友们，男多女少，他们几个爷们包了我们所有人小吃的费用。我和婷婷等于白吃。

刚吃到兴头上，老妈又来电话了：“还不回来呀，你爸脸可吊着呢，说你还松松垮垮的，没个学习的样子。”

我很愤怒：“说好八点半，你急什么呀？”

老妈说：“现在都七点四十了，你还吃，八点半能回到家吗？”

我反击：“大家都没吃完，我把人家全晾在这儿，自个走人，我以后还见不见哥们儿呀？”我先挂了电话。

过了五六分钟，老妈又打电话催：“啥理由都不要讲，立马回家！我不管你们吃完没有。”不等我回嘴，老妈挂了电话。

舞友们劝我：回吧，以后坐在一起吃饭聊天的机会多的是。

我尴尬地起身，想扔下二十元，他们挡住：不够意思是不是？你再这样埋汰我们，就是瞧不起我们。

婷婷替我把Money塞进包里，挽着我的胳膊，和大家打了招呼，匆匆离开美食一条街。唉，关键时刻，还是“媳妇”对我好。

紧赶慢赶，回到家，八点二十分。

还好，老爸单位有事，叫他上单位了。

老妈见我提前十分钟回到家，也就闭口无言了。

30. 我被挂在了头牌位置

又到了周一。早六点二十，老妈就叫我起床。洗漱一番，六点四十吃早点。七点读英语。七点十分出门。七点十五分前后，校车准时到我家门口的停靠点。可今天奇怪，我站到七点二十五，也不见校车的踪影。

我判断自己可能错过了校车，怕迟到，挡了个出租车，急火火地向学校奔。到学校一看，校车没回来，气得我呀，骂了一句脏话。

校车像这样晚点，自开学以来，首次遇到。害得我白花了九元Money。

这真应了一个俗语：人倒霉，烧煎水都粘勺呢。

上早读前，班主任红老师叫我到办公室：“你眼睛近视吗？”

我长吁一声，幸好新配的眼镜就装在书包里。我掏出来给她看。

“那你为啥一直不说啊？”红老师问。我支支吾吾。

“你看，我是这样想的。”红老师说，“你周围那几个同学，确实不爱学习。你又是小作家，有这个好的基础，所以不能耽误你。我查了一下你中考成绩，不算好，但也不算差，比这次期中考试成绩要好很多。这说明你退步了。退步，不可怕，可怕的是就此破罐子破摔。”

不待红老师说完，我插话：“纠正一下，红老师，我不是破罐子，谁爱是谁是，反正我不是。既然不是，那我摔谁的破罐子？”

红老师怔了一下说：“我打个比方，可能这个比方打得不够准确，你别往心里去。我的意思是，要给你创造一个好的学习条件和机会，你明白吗？”

我说：“请您明示。”

红老师说：“我一直观察你，你有这样那样的缺点，但也有优点，就是聪明。不能荒废了你的聪明。我想给你调个座位，你有啥想法？”

我说：“还是调回我刚来坐的第三排吧。”

红老师一听，霍地站起来：“第三排不可能，我给你调到第一排！”

“为什么？我这么高的个儿，坐第一排不把别人挡死了！”我反驳。

“这你甭管。我有我的考虑。”红老师说，“你只能被照顾到第一排，这还要看你学习成绩能不能赶上来。如果赶不上来，连第一排你也没资格坐！”

我在心里直骂：太缺德，第一排有什么好呀，尽吃粉笔灰。但我不能明说。我要明说出口，红老师恰好抓住把柄，给我老爸一个电话：你女儿不同意往前调，我再没有办法了。那我不傻眼了！

第一排就第一排吧，不然，老爸回去又找我的事儿。依他的性格，到了万不得已，他会直接找校长。我才不想因为考试成绩差而弄成学校的名人呢。这样的名人，几百年都不想成为一次。我还是低调一点，老师安排什么样，就什么样吧。

做好我的工作，红老师就趁早读，到班上宣布个别座位调整方案。

我从最后排挪到了最前排。

同学们议论纷纷：小作家脸就是比别人大，想坐哪里就坐哪里。

红老师听得见大家的议论，她咬咬嘴唇，忍了。

我正好坐在讲桌的下面。也就是说，老师讲课，第一个看到的就是我。我始终离不开老师的视线。

别说做小动作，稍一走神，老师的粉笔蛋就会准确无误地掷在脸上。牙长一点距离，斜眼的人也能投得准。

我成了上课老师重点监视的对象。红老师呀红老师，你够恶毒的，这样来整我！

一天课上下来，我憋得难受。一下子从宽松的状态扭转到紧绷绷的状态，搁谁谁受得了？还有，一动不动地仰着脖子听课，仰得脖子酸疼，你尝过没尝过这种滋味？

我恨恨地瞪着与我换了座位的家伙：可以呀，小屁精，自己受够了罪，跑了，把这份罪交给我来受，你良心大大地坏！又一想，怪谁呢，谁让自己考那么臭，在老师面前说不起话，只好逆来顺受。

同学们还大都不理解呢，以为我沾了多大的光。

有几个性子直的，冲我就喊："老师面前的红人，考成那样了，还勇往直前啊！小作家，风羽奇飞，你真会奇飞啊，扑喽扑喽，从祁连山飞到天安门。"

其实这哪儿跟哪儿呀，八竿子打不着的推理，尽瞎掰。

我情绪不高地回到家里，一进门老爸就乐："坐第一排好，受老师监督，好，看你还敢自由散漫。"

嘁，这红老师，通气比放气还快。既然家里人都知道了，我也懒得说。

老妈前来凑热闹："第一排好，你上课好好听讲，一定会进步的。"

我阴着脸，敢情你们没在第一排坐，说话不牙疼。我是受老师监督了，专心学习了，可我的健康受损失啦！天天吃粉笔灰，多少细菌进了我气管里，你们算过吗！

"这你不能怪别人！"老爸说，"要怪怪你自己。不过，吃粉笔灰的现象是暂时的，你成绩若能在期末考试赶上来，你红老师说了，下学期开学你就能坐到第三排。记住，前提是，总成绩排名全班前十。"

我跳起来："这可能吗？从最后跃到最前，发射导弹哪！啊呀老爸，你一点不具科学发展观，还干部呢，政治不晓得咋学的。"

老爸乐了："还给我讲政治呢。还不是你把老爸逼急了，整得我神经兮兮的，一阵愁一阵乐的。听着，或者，你有很大进步，比如进步幅度有二十个名次，在全班无人能比。也可以回到第三排。"

我扳着指头算了算："你是说，只要我能考进二十一名？"

"啊，没错，这个进步幅度就很大的了。"老爸肯定。

我与老爸击掌："说话算话。这个我有把握。你等着瞧，别小看你女儿。期中考试，权当走夜路栽了一跤。期末，我走在阳光下，道儿看得清楚呢。"

"好，有这个态度就一定能行！"老妈鼓励。

还用说嘛，我是谁呀，不服输的赢神！

我发誓，一定要雪期中考试的耻，赢回我的尊严！

加油学习计划书上墙。

目标：考进全班二十一名。

强调：要树立"知识在课内，成绩在课外"的思想。

实现目标要努力的几个方面：

1. 英语，多张口说，牢记单词。

2. 有不懂的地方要不耻下问。

3. 上课认真听讲，课后认真巩固。

4. 文综方面要特别加强。

老爸还找来优等生学习方法，供我参照。

开头一句就是：学习要好，方法要巧。三大要领：课前预习（要学的新课提前看一遍）；课堂听讲（带着问题上课，有一定的针对性）；课后复习（学过的课程回过头来看，常温习，增强记忆）。

还附有一首打油诗：

功夫下得到，
学习向上冒。
时间在哪里？
平时挤牙膏。
天天小进步，
期末大飞跃。
细小不注意，
粗枝冒瞎泡。
苦学加巧记，
好运要来到！

这谁写的？还挺上口。

行吧，就照上面说的做，不看广告，看看疗效。

第五章

莫名的骂老师事件

31. 前排多一个月满楼，后排缺一个党代表

倒九，钉在自己的耻辱柱上，时时警示着自己。

数学老师上课，低头一看：“你是……小作家，风羽奇飞。风中的羽毛奇怪地飞。”嘁，这与数学有关系吗？何况解释得这么难听。

“近距离噢，我要看看小作家与其他同学有什么不同。”他说。

我成靶子了，嘁。

历史老师讲到李清照，看着我。

“啊，这个婉约词派代表人物，有千古第一才女之称。她使宋代的文坛飞凤呈祥。她流传下来的词，都可以说是婉约词派的典范。你看那首《一剪梅·别愁》：红藕香残玉簟秋，轻解罗裳，独上兰舟。云中谁寄锦书来？雁字回时，月满西楼。花自飘零水自流，一种相思，两处闲愁。此情无计可消除，才下眉头，却上心头。呀，太女人味儿了，几时读来，垂泪到天明。江山代有才人出，代代风格不相同啊！”她唏嘘着，感叹不已。

我发现她眼睛有些湿润，明摆着，把自个掉进李清照的词境里了。

我就想自己，能把文字拼成那样凄凄惨惨戚戚吗？

坐在第一排中间位置，真是坐在火炉上烤呀，哪个老师进来，都

可以用我说些不即不离的事儿。

我劝告自己，学习，学习呀，这才是正本。

但老师们有意无意地提到我的写作，这让我的心在平静之后又泛涟漪。

我几乎忽略和忘却一起考砸的坐在后排的男生们。

课间，他们忒喜欢绕个弯儿，放着后门不走，偏偏绕到前门出出进进。

迪马前门进来喀喀两声，从第一排走过去又退回来，见我不起来活动，“啪”地拍给我一块法国巧克力：“变了？也学会死压板凳了！防忽悠热线提醒您，注意保持体内热量。给，补充补充。”

我停下整理笔记的手，有种异样的快乐：“谢谢啊。我想吃啥你就送啥，真乃我肚子里的蛔虫，默契！”

迪马高高的个儿往桌前一竖，身子稍一倾斜，一条腿搭在我桌沿：“别价，怎么能是蛔虫啊，那简直就是心灵感应啊！”

我觉得自己的脸有些泛红：“去去，送一块巧克力招这么多事，还让不让我吃啊？”

迪马抽回自己那条骑马的腿：“老同桌，够绝情的哈，天鹅一去不复回。考砸了怎么了，那也是一种纪念。谁有本事和胆量，也砸一回啊！没人敢吧？落后也是需要勇气的。你看啊，进步有人抬轿子，老师抬，同学抬，坐上舒舒服服的，这没啥可考验的；落后就难了，学校不待见，家庭不待见，两头受罪，能挺过来的都是英雄豪杰。对不对？古有红色娘子军，今有黑色男子班。你们这些女生啊，连个党代表都难产。好不易自告奋勇来了个你，半途秃噜——飞了。从此我们就‘长夜难明赤县天，百年魔怪舞翩跹’了！”

他说完，把自个的嘴巴从里到外很夸张地活动了一圈，抬脚走了。

真没看出来，这个典型的不爱学习的男生，也会引经据典的，说些很斯文的话。

迪马回到他的后排，我的目光跟着去了后排。男生依然是那些男生，只是那种在一起的亲切感渐渐淡远，他们的脸上，越来越停顿着我所读不明白的陌生。

邻桌小星趁我不注意，一把夺了巧克力："本公主抗议！凭什么小作家享受优待，我们望梅止渴？"

我还没缓过神来，四五个女生挤成一堆，五马分尸，将酱色的巧克力瓜分殆尽。她们享受着，快乐着，没我什么事儿了。

嘁，我就落了个名。

小星还不依不饶："哎，我说，你原来和男生坐一起，是不是有很多美食啊？"我献给她一副读不懂的表情，让她猜。

小星嚼得满口黑牙，搂着我脖子："读不懂你，羡慕你。"

我向后努一努嘴："他们缺一个党代表，你去啊。"

小星朝后看了看，头摆得像拨浪鼓："不去，我 hold 不住。一个个五大三粗的，我要去了，还不被逼上梁山，孙二娘是也！"

我胳肢她："干吗非得孙二娘呀，扈三娘不是挺好的？"

小星朝我下巴就是一个推手掌，但不是很使劲的那种："我才不嫁给那个矮脚兽呢。"

我还她一个鹰爪戏白兔："没羞，动不动就嫁呀嫁的，急啦？小屁孩！"

快乐就是这样由点及面，又收缩，又蔓延。

女生里渴望与男生打得火热的人很多，但有胆量和他们当同桌的人很少。

真正的富二代，便是他们中的一大批人。

他们可以悠哉学哉，女生里的很多人却不能够。

她们还寄希望从某个大学飞凤呢。好模样现如今也要配好文凭哦。模样加文凭，将来才能嫁得好。知识女生，似乎比纯美女更有魅力。

大家对这个问题的讨论，从开学到现在就没有停止过。

女生心目中几乎都有心仪的白马王子，有的敢说，有的不敢说。说了的，没有人说她有早恋倾向；不说的，也没有人证明她一本正经。

大家就这个样子，话赶话的赶上了，嘀嘀咕咕一阵子男男女女的事儿。赶不上，便相安无事，什么波澜都没有。

到了高中，女生能不能和男生交往，这是个问题又不是个问题。

我老爸赞成交往，但开门见山，必须把握好一个度。

我请教老爸把握个什么度？老爸说："在一起有喜悦感，分开却没有恋念。就这个度。"

我说你这是教条主义。老爸说这是经验主义。

老妈则不然："男生女生是有界限的，要保持距离。"

我问保持多远的距离？老妈说一米远。

我说老妈你这是上银行取 Money 啊，要等在一米线外。老妈说这样绝对不会出格。

我说老妈你这是纯理想主义，一点不务实。班上的桌子挨着桌子，坐在一起上课，中间连五十厘米的距离都没有，你想抗议学校的教室设置啊！男生女生之间，你想多了，事情就多；你想简单了，同学之间就那么单纯，啥事儿都没有。我在后排坐了半学期，连芝麻大的绯闻也没有缔造出来啊！

算了算了，不想这事。

一个倒九，压得我喘不过气来，不打个漂亮的翻身仗，对爸妈没法交代。这是我保证过的。

其他的事都是浮云，来来去去，去去来来，有也是无，无也是无。

对于所有的课程，我都尽力去学懂它。大部分，不为掌握它，只为能考试。

我们刚好赶上新教改，越改越难。每学期要积攒学分，学分不达标就毕不了业。每学年还要会考，会考一次过不了关，补考只能等轮到低年级会考时，参和在他们中间，和他们一起考。

这个安排既耗人又丢人，谁受那份洋罪干啥?

与其那样让自己作难，不如一鼓作气，考他个大通关!

32. 奇谈怪论

我不认为考试会带给我荣耀，我只想每一关都顺顺当当地过。过了，就轻松自在。能考得很好地过了，我也就交差了。

说白了，就是出示一张证明给爸妈看，你姑娘我有这个能力，请不要在心中贬我。真正考试的意义，我想得很淡。

将来的人生，肯定不是靠考试一步步完成的，得靠谋事、成事、定事的实力。

实力是什么?实力就是本事。

美国人考试不一定行，但个个像总统。他们喜欢周游列国，看尽世界风光，在享受中开阔视野，思考问题；他们喜欢用自己的行动证明自己的能干，创造属于自己的财富；他们喜欢纵论天下，国事家事一齐搅拌进自己的思维；他们喜欢辩论和演说，使自己的性格健谈又外向。所以美国人没有那么多琐碎的烂规矩束缚，却有护国凝志的大规矩可循。

日本对中国人来说，民族大恨在里面，一涉及就想狠贬。但你细细观察，不难发现，日本人走路急而凶悍，形象执锐。这能证明什么？证明他们偏重动手能力，你追我赶，生怕自己落后。这样一来，一摊水搅活了，做永动性循环。他们的动力加心欲，在本土不能完全包容以后，就冒险去扩张。日本能成为经济、军事强国，根本原因就在这里。

他们不注重死板的知识，热衷实践的知识。

实践使他们的创造活力无限放大。创造使他们享有强大的自我欣赏资本。所以他们蔑视摇头晃脑哼哼呀呀的书呆子民族，时机一成熟，就用武力欺负弱于他们的国家。偌大的中国在历史上被日本多次侵略和蹂躏，就证明了中国的教育不是雄壮的教育。

古代写一篇破文章就能中状元，皇帝还美滋滋地把公主嫁给状元郎，成为当世样板、后世美谈。以至影响到后来，这种死读书式的唯分教育根深蒂固。

老电影《刘三姐》里的一票子秀才与刘三姐对歌，秀才个个号称满腹经纶，可到了就地取材、读透生活的刘三姐面前，他们笨嘴笨舌，斯文锦袍罩，情急乱翻书。《刘三姐》里那一票子秀才的落败，就是古板的旧教育自打耳光。

中状元着红袍，策马长安好热闹，有什么用？

呸，典型的教条误国！

状元能造出先进的枪炮？状元能改善和发展经济？不能！只能制造更多的空想游戏和狗咬狗的内斗。

我们恨日本人侵略中国的同时，也得恨自己混沌不开的世袭教育。

教育强筋健体了吗？教育拓展创造空间了吗？教育盛产群体精英了吗？

我们一说自己国度，就是基础薄弱，国力不强盛，与发达国家有很大差距。怎么造成的？这原因那原因，根本的原因，还是教育的原因。

但没有人盯死这个原因，纷纷找借口绕开这个原因。

原因依旧在，如何不青苔……

33. 地理课上发生的阵仗

“风羽奇飞，别跑神，上课啦。”小星摇我。

哦，思想抛锚了。对，叫回来，上课，上课。

看一眼贴在桌上的课表，是地理。

地理老师被同学们尊称为“尖刻婆”。皆因她年龄大，脸形削瘦，说话尖酸。她个儿很高，像根竹竿；短短的头发，稀疏，花白。脸上被岁月一刀一刀划出深深长长的竖纹，从眼部一直延伸到下巴。这是我见过的皱纹最怪又最长的女人。这样皱纹的女人，看上去很冷。

她穿衣也不讲究，似乎一年就更换两次。天热穿洗得发白的暗花格子上衣，宽松的蓝裤；天冷就上裹一件咖色的羽绒短大衣，下穿一条浅黑的薄棉裤。

她曾是金城第一个获全国优秀教师荣誉的人，敬业了一辈子，退休又返聘回来，继续站讲台，授业解惑。

据说她年轻时没有脾气的，老了才有了戾气。她教过的学生众多，一辈子的教学生涯给了她一双检验好学生与差学生的慧眼。一眼看上去，谁能成器，谁不怎么样，基本都得到验证。久而久之，她养成说实话的习性，不管中听不中听，面对学生，她张口就说。

人一旦被自己的习惯格式化，就不是一天两天能改变的。

我压根没想到，这节平平常常的课，会发生一件比我考倒九还糟糕的糗事。这件事，彻底摧毁了老师对我们的守旧式管理。

事情出在英语霸主绒绒身上。

她的英语铁定为“校通”。平日不见怎么学，玩着玩着，玩成英语奇才。不论大考小考，只要她不缺席，几乎都能第一个交卷，考出全年级、全校甚至全市英语第一名。她的英语成绩，每次离满分都是八九不离十，一两分之差而已。

班主任红老师和英语老师同时送她一个“中国的西洋人”称号。

期中考罢试，校长亲自来看她：“我瞧瞧，绒绒长什么样儿？”校长上上下下端详了她：“没看出有什么特别嘛。呵呵，不简单，不简单。你这个成绩，放在全金城市也是顶呱呱的。不要骄傲，好好保持啊。”能惊动校长前来观瞻，这令全班同学羡慕极了。

绒绒当然很得意，她弹着自己尖瘦的下巴：“我就是要用单科成绩，打败全能冠军！”

大家劝她：其他成绩也能考得很好，不更有优势吗？

“我不想。”她说，“费那神干吗，我将来是要去美国或英国的，精通英语，就足够了。”

谁也改变不了她的偏执，她却偏执得通透和鲜明。

就是这个她，居然成为这节地理课的焦点人物。

地理老师已站在讲台上。

绒绒的脸没有朝向她。她东摇西晃，像一尊被人拨动的不倒翁。

地理老师朝她看了一眼，她熟视无睹。地理老师再看，她竖起大开本的地理课本，架在前面，挡住自己的脸。

地理老师提醒：“大家注意，开始上课。有个别同学不专心。请把课本平放在桌上。”绒绒不理。她正在忘情地玩手机。

地理老师从讲台走下来，径直走到她跟前：“干什么呢？这是上课，不是课间休息。”

“我知道哇。”绒绒淡定地说。

“知道还玩？”地理老师不高兴。

“我玩我的，你讲你的，我影响你啦？”绒绒还嘴。

地理老师下不来台，大声说：“大家看看，看看啊，这就是你们的班风！就这学习态度，能学出个啥好来！”

绒绒霍地站起来：“给你脸你不要脸，非要叫我把话说成白开水吗？那好，大家听着，我对她讲的课不感兴趣。”

地理老师也来气了：“你对什么感兴趣？”

绒绒不示弱：“我对英语感兴趣。”

地理老师说：“这么多课，你只对英语感兴趣，这能考上大学啊？”

绒绒义愤填膺：“单对英语感兴趣不够是吗？那好，我告诉你，我还对其他课有兴趣。”

地理老师问：“你的意思，就只对地理不感兴趣？”

绒绒歪着头：“你回答正确。”

地理老师质问：“你的意思我讲得不好？”

绒绒用脚把板凳蹬开：“知道了还问。”

地理老师气得呼哧呼哧的：“我的教龄比你的年龄大三轮还多，我讲得不好？讲得不好教出了六七百名大学生。”

“谁知道你是咋糊弄他们的，反正我不喜欢你讲课。”绒绒说话丝毫不留情面。

“不喜欢你可以出去！不要影响其他同学。”地理老师发怒。

“我凭什么出去？这是我的教室，我有权利待在属于我的位置。”绒绒反驳。

地理老师顿了顿：“想待在教室，就不能玩手机。”

绒绒像刘胡兰要英勇就义一样凛然："我就玩，你管不着。真是吃饱撑的。学不好是我的事，你瞎操心啥！"

地理老师脸都气白了："我都六十多岁的人了，啥学生都见过，就没见过你们班这样的。这课没法上了，你们爱咋咋的。"

绒绒并未闭嘴，仍然还口："早都该这样，装什么装。"

地理老师回到讲台上，将手里的半截粉笔恨恨地一丢："我说你们长没长脑子，好赖话听不懂。我管你们是害你们啊，考不上大学谁可怜，你自己可怜！到时候，上大街掏垃圾筒去吧你！"

地理老师话音刚落，绒绒抢起手机就朝老师摔过去："谁去掏垃圾？你在辱没我是吧！"

咣，手机扔偏了，地理老师没砸着，手机在黑板上开花了，稀里哗啦散了一地。

地理老师惊了一下，我们都骇大了嘴巴。

地理老师的胸脯一起一伏，牙齿咬得咯咯响："你好胆大呀你，敢使用暴力！"

说完这句高亢而凌厉的话，她抱起自己的讲义，一甩门，迈开大步，如离弦的箭似的走了。

地理老师平时很守校规，每课踩着点来，踩着点去。既不误课，也不拖堂。她的原则就是：占满属于自己的每一分钟，不额外分摊和抢占同学们的其他宝贵时间。

她唯一的儿子就是北大的高才生。她经常拿她儿子做例子："我教育成功不成功，我儿子可以做证。一个老师，如果连自己的孩子都送不进名牌大学，那他还有什么资格教育其他孩子呢？我对你们还不是很了解，但有一条，我敢肯定，你们大部分底子很差，又不刻苦，加上天生的灵性不足，照现在这个样子下去，想考一所好大学，啧啧，做梦去吧。我劝你们，也别夸海口为国家而学，你就为自己而学吧，为对得起你父母花这么多学费送你们到这来上学而学吧！我看你们自己好像不这样看自己，一个个还把自己估得很高，能上天入地，哼哼，苹果树下张嘴巴，尽想天上掉果子的好事。我儿子那学习，比你们上进多了，你们有他三分之一的水平就很不错了！”

她一遍遍地说这种尖酸刻薄的话，说得人气鼓鼓的。听她的课，心情极不顺畅，确实有种无奈的抵触情绪。

但绒绒以这种方式对抗，大家似乎没想到。

她毕竟是老师。

我们无法知道，她对她儿子是不是也以这种口气说话。如果她儿子气个半死，会不会考上北大？这是个谜，只有“尖刻婆”自己清楚谜底。

绒绒和她这样一闹，她委屈得欲哭无泪。

回到办公室，她重重地往教桌上砸下讲义，心口绞痛，捂着胸在沙发上靠了一会儿。眼泪在她对自己教学生涯的回忆里哗哗而下。

她几次起身走到校长门口，想诉说自己的遭遇，但她顿了顿，又犹犹豫豫地回到自己办公室。她想用“重刑”责罚这个学生，一转眼又打退堂鼓：毁了她的前途，值得吗？内心激烈斗争着，拿不定主意。

班主任红老师很快就知道了事情经过，来看地理老师。

她心里好受些：“算了，别闹那么大动静，还是个孩子，算了算了。”红老师说她在班上处理一下这事。

地理老师用温水冲下一粒药片，揉揉自己的胸口说：“你看着办，不要追究太过就行。可能，可能我自己也有问题。当老师的，先检讨一下自己。唉，我一辈子就毁在认真上……”

34. 迪马、绒绒和校长顶牛

没有不透风的墙。校长还是知道了事情真相。

班主任红老师正上语文课，校长踹门进来："这节课你们别上了，我来整顿整顿你们的班风。"

红老师赶紧把讲台让给他。

校长环视一眼我们班，单刀直入："可以呀，绒绒同学，你德艺双馨呀，啊？英语考出了名，地理砸出了名！敢打老师了是不是，想翻天啊？看你们都长得端端正正，好孩子嘛，怎么还有脾气如此暴躁的人呢？地理老师多大了你们知道吗？她可以做你们的奶奶！你们就是这样对待一位老人的，骂脏话，抢手机，都敢！且不说她是你们的老师，单凭年纪大这一条，你们尊老之心何在？礼让之德何在？有个学生的样子吗！你们知道这是什么性质？这是极其严重的违纪！就凭这一条，我也不说开除你，至少，学校可以劝退你！太不像话了！我听到这个事情，肺都快气炸了！你们可别误会，不是地理老师给学校反映的。是别的老师，还有你们班有正义感的同学看不下去，向我汇报的。就在我们召开校长办公会研究最后决定的时候，你们称呼的所谓'尖刻婆'老师却来求情，说算了，不追究了，都还是孩子，给孩子一个机会。比一比，将心比心啊同学们，什么是老师？这就是老师！你把她气得住进了医院，差点心绞痛送了命，她却不记恨你，回过头来还求情原谅你！你们应该感到愧疚才对！绒绒同学，你有愧疚之心没有？你这种超一流的出格行为，全金城市都没有！找不出第二个！"

校长刚加重语气说完，我的老同桌迪马呼地站起来："校长，您说绒绒的行为外校没有，这不客观。"

"等等，你叫什么名字？"校长指着他问。

班主任红老师立即上前："他叫迪马。"

校长要迪马自己说。

迪马说："爱迪生的迪，马作的卢飞快的马。"

校长思忖着，是想他回答得还算满意，还是想他要挑什么刺头？我们不得而知。

校长追问："你说说，我讲的怎么不客观？"

迪马说："我有一哥们儿……"

校长打断他："同学就同学，搞得跟黑社会似的，什么哥们儿！"

迪马说："这不重要。重要的是，他上全市最最重点的高中。我不点学校名，这你知道。全市人民都知道我说的是哪所高中。重点高中啊校长，他们班还发生同学打老师事件呢，比绒绒骂老师严重多了。那个同学当着全班的面狂扇了老师三四个耳光。老师躺在医院里等待学校的处理结果。你猜怎么着？我哥们他爸是这所高中校艺馆的赞助商，不看僧面看佛面，学校没法处理。人家很大方，白给了学校一车钱啊，是爷啊。谁脑残啊，得罪自己的财神爷啊！为此，老师闹情绪半个月不来上课。校长，这么轰动的事件，您不可能不知道。"

校长做了个打压的手势："你坐下，乱弹琴。我没有叫你们谁发言，你们不许随意站起来瞎说。"

我们很好奇，想让校长证实迪马说的事件到底有没有。

校长赶紧把话题收回来："不许扯远了，就说咱们自己的事。绒绒同学，你英语学那么好，很有希望嘛，上地理课怎么能做这样的傻事？看在老师求情的情面上，不劝退你可以，但是，你要写出书面悔过书，进行全校通报！这样下去还了得，我们这还叫学校吗？啊，改叫骡马市场算啦！每个同学，都要对自己严格要求，严是爱，松是害。谁放任自己，就是对大家的伤害，同学们要群起而攻之，不让不良风气在班上存在！”

红老师在一旁保证，一定好好吸取教训，对班里严格管理。

校长看看红老师，又看看我们：“其实我很看重你们高一三班的，这是咱们设立播音班以来招收人数最多的一届。你们里面藏龙卧虎啊。有搞写作在全国产生影响的，叫，叫……”

全班同学与红老师几乎同时回答：“叫风羽奇飞。”

校长到处瞅：“现在坐在哪里？”

我站起来。

校长一伸手就拍到我的头：“就在眼皮底下啊！不错，咱们学校很荣耀嘛。大家要向她学习，啊。”

校长话刚落尾，不知谁又冒了一句：“学习她考倒九啊！”

我脸腾地红了，觉得像火一直烧到耳根。

校长也很尴尬：“哦、哦，一次考试，还不能证明什么。我相信风羽奇飞同学会在学习上有一个长足的进步。”

他毕竟是校长，会拓展话题：“听说你们班还有全国中小学生才艺表演获一等奖的？叫什么，叫胡小？这也不错嘛。绒绒同学的英语也学得相当出色嘛，在全市都是挂上号的。这些都很好。好的，我们要发扬光大。不好的，我们要下决心克服。这样，高一三班才能更上一层楼。”

“大家鼓掌。”红老师带头，全班掌声响起。

校长很高兴：“坏事不是包袱，能痛改前非就可以变好事。出了绒绒同学打骂老师事件，吸取教训，就可以少犯，甚至不犯这样低级的错误。”

绒绒举手。校长示意她说话。

绒绒站起来：“校长，更正一下，是对骂，不是我骂她。我也没打她，她也没打我。”

校长平和的心又动怒起来：“你怎么还犯糊涂啊？用手机砸，这不是打？”

绒绒说：“没砸着。”

校长拍了桌子：“你还要怎么样？砸着了，问题就非常严重了，你还有学上吗！”

班主任红老师赶紧批评绒绒：“不许你再乱说，听到没有？校长百忙之中来教育咱们，这是关怀爱护大家。”

我转过头给绒绒使眼色，劝她不要再较真。

绒绒坐下来，坐得很不服气。

校长的手机响了，他掏出来远视了一眼，对红老师说：“好好整顿班风，这样下去不行啊。绒绒的悔过书，必须写，要抓紧，这件事的处理不能慢，要杀杀不良风气。”说完，匆匆离开。然后，走廊里传来校长接听电话的回音。

35. 我替闹事的绒绒写悔过书

班主任红老师做绒绒的思想工作，要她尽快写出悔过书。

绒绒坚决不写，反问：“这是上学还是拍电影？我怎么觉得像进了国统区，对地下党搞策反呀还是咋的？还写悔过书。”

红老师歪着嘴巴：“你就死嗑吧你，哪一天把自己嗑回家了，别说学校无情。”绒绒说：“我不会写。”

红老师敲她：“不会写求人写去。小作家不就在咱们班吗，你不会写人家还不会写？放下架子，求人家教教你。”

我被红老师点将，有点丈二和尚摸不着头脑。写过小说，写过散文，写过童话，写过诗，唯独没写过悔过书。

绒绒看我，红老师也看我，我是应承，还是不应承？真作难。

“时间很紧，拖久了，学校会有看法的，到时候对绒绒不利。”红老师急切地说。“好吧，我帮绒绒试试。”我答应。

绒绒朝我笑。

红老师又补一句：“对你来说，小菜一碟。抓紧啊！”

绒绒一直对我挺好的。帮她一把，无可厚非。

让我左右为难、感到不安的是，我刚刚完成一心一意攻学习的战略转变，她这一搅和，我又要分心了。

写作是很费脑子的事儿，每次都死我几千上万个脑细胞。

有这么帮忙的吗？我在怨红老师。

绒绒表现得不急不慢：“屁大个事，能把我开了呀？死‘尖刻婆’，都毁在她那一张嘴上。不是有话好好说嘛，她那叫好好说啊？动不动就揭学生短，听着就来气。”

我说：“那你也不能让她下不来台啊。”

绒绒嗤之以鼻：“活该她受。我不知为啥，一到她上课，一看到她那副尖刻的嘴脸，我就有一股无名火往上攻。”

其实我也有一点儿这种感觉。可她毕竟是老师，我们是学生，只能忍，还能咋的。

绒绒说：“要辛苦你了，放心，我会报答你的。”

我说：“你不能推给我一个人呀，这是你的事。”

绒绒不以为然：“是班主任红老师的事。你的悔过书写不出来，急的人是她！”

我面对绒绒张口结舌：“颠来倒去，与你无关了？全成我的事儿了？敢情是我惹了事似的，我喊。”

绒绒笑：“谁让你能呢，能者多劳呗。”

真是的，我招谁惹谁了。绒绒每天下课照样玩得很欢。我愁眉苦脸，苦思冥想着替她写悔过书。

花了两天时间，写了两页，交给绒绒看，绒绒说我不看，你交上去得了。我说你拿去交。她说是我写的，该我去交。

我拿给红老师，红老师阅览了一遍：“真不错，不愧是小作家。”

我闭上眼睛，有点难过。辛辛苦苦两天，就为换这一句表扬吗？

红老师立马给学校学生处送去，学生处又送给校长看。校长也认为能够体现是真心悔过。

很快，在教学楼前面的照壁上，我给绒绒同学写的悔过书贴了出来。

人们几乎一个声，赞赏绒绒有才，悔过书写得相当有水平。

迪马打抱不平，从鼻子里嗤了一声，对我说：“就你听话，管她呢，学校爱咋咋的，与你有啥关系？出力不讨好。看看，谁知道是你写的？绒绒又犯错误又扬名，啥都不耽误。”

身材最可人的胡小，一个媚眼一个笑，一个招式一动作，很有舞蹈演员的天分。她州官不管百姓事，班上天大的状况出现，也依然一副灿若星河的表情。

她对我替绒绒写悔过书，摇了摇头：“周瑜打黄盖，一个愿打，一个愿挨，有啥好说的。”

我在绒绒的悔过书过关后，没有一丝丝成就感，反而有些说不出的窝心。

回家把此事对爸妈说了，老爸的态度是：“写了就写了，让它过去，惦念有何用。对你来说，这是再枝节不过的枝节，不影响大树的茁壮。

再说，救人一命，胜造七级浮屠。不管绒绒同学啥态度，她毕竟是个孩子，没有丢学业，我女儿的善心便没有白付。”

老妈说：“傻丫头，管那事干啥，劳心受累，还耽误学习。”

36. 绒绒给了我一个天大的回报

我求苍天保佑，别再有意想不到的事来缠我。还好，宁静终于降临，我可以专心致志地学习了。

我并不是脑子笨的那种，只要用心，学啥啥有样儿。不就是一堆课本嘛，别人能学通，我也能。

此后，各种作业本上得“+”号、“+1”号、“+2”号的情况密集起来。

红老师也喜欢和我多交流。她感叹：“你们这些吾皇一族啊，真不好教育。打不得骂不得。动不动就喊叫有压力，动不动就耍愣，动不动就寻死觅活的，整得老师成天提心吊胆的。不管吧，学校通不过；管吧，怕管出啥事。新闻上常有这儿咚一个，那儿噗一个的悲情报道，看得人迷茫。是老师错了，学生错了，还是教育错了？唉，陷在困局里，真的很困扰。”

我能和她探讨什么呢？我管不了别人，只能按自己的路子走，走到哪一步是哪一步。

眼前的路都是黑的，穿过黑夜，才能看清楚是走对了还是走错了。走错了也得往前走，岁月退不回来。当成功淹没了错，身后跟着的影子，就永远是对的。

到了2011年12月30日，学校给每位同学发送了新年校历。校历制作得精美实用，什么时候放什么假，什么时候考什么试，在上面标注得一清二楚。

一查，期末考试在下年元月5日进行，离现在仅有一周时间。

同学们欢呼着，迎来公历旧年的最后一个周末。

我早淡忘了绒绒骂老师事件，可绒绒没忘。下午一进教室，她就拿出一个礼品包拍在我胸上：“这个，送你。”

“什么东西？”我问。

“打开看呀，看了就知道了。”

我当着她面打开，呀，是一本以我的十二张照片制成的个性化台历！

我惊喜不已：“这谁做的，太贵重了吧？”

绒绒很神气：“这，就是帮我的回报。”

我奇怪：“你从哪里弄到我的照片？”

绒绒摇摇手机：“上你QQ啊。”我闷，窃取情报啊。

“花多少Money这个？”

“我老妈是开印刷厂的，花哪门子钱啊。”

我说：“谢谢，谢谢，太谢谢了！”

她指我：“收回去，有意思吗你？你帮我写悔过书，我谢过你吗？真情不言谢，都装在这里。”她戳戳我的心房。

这一刻，我感到绒绒超级可爱。

她一根指头嘘住我的嘴：“还没完呢。周末了，我请你。不许拒绝！今晚，一块儿吃饭饭，K歌歌。”

我说不用了，我还要回去，给老妈没请假。她武断地说：“得了，你妈那边我说。”她要我拨通电话，她来解释。还真管用，我老妈给了她大大的一个面子。

放学后，她带我先去了一家叫漂亮宝贝的美容店，给自己化妆。她一打扮起来，简直判若两人，少了几分纯真，多了几分成熟。

我小声说：“你的妆太成人化了。”

她一眯眼：“小屁孩，学着点。”

她让化妆师给我也描描抹抹。我半推半就。因为我从来没化过妆，也想试试。但我声明，不要她那种妆，我要淡一点。

化妆师就依了我，轻轻描了个眉，脸蛋上涂了些浅红的粉，点了个肉色红的唇。

还真是，比原来漂亮多了。我抑制不住激动，摇头摆尾。

绒绒有贵宾优惠卡，只刷卡，不用自掏腰包。

我问化一次妆多少 Money？

她轻描淡写地说：“没卡，每人每次五十。”

“有卡呢？”我问。

“每人每次二十五。”

“差距这么大？”我惊叹。

她笑我土老帽，亏还是城里长大的 90 后。

出了小店，来到西关的一条大街上，她叫了出租车，直奔“重金属世界”。那里的二楼，已经有人在等着。

光怪陆离，霓虹闪闪。我们上二楼，一推开门，轰的一声，音乐冲门而出，那样有震撼力。

有两个明显比我们大很多的男性，摆好了爆炒花、小点心、瓜子和啤酒。我吓一跳。

绒绒很麻利地向他们介绍：“我同学，小作家风羽奇飞。”“欢迎欢迎！”他们伸出手握我的手。绒绒又向我介绍：“我哥，一烂子，二烂子。”

我一听就心里不爽，这名字不像好人。我很警惕。

人家可能也看出来我有戒心，微笑着说：“我们就是前来给你们安排的，你们来了，我们就走了。经理那边还有客人，得我们陪。”

我听得一头雾水。

绒绒说：“走吧走吧，回见！”他们果然说走就走了。

是些什么人啊？我嘀咕。

绒绒催我尽兴地唱，往死里唱，今晚归我们两个。

我忍不住问：“什么人给咱们安排的？”

她笑得在沙发上翻跟头：“什么人，坏人呀？今晚绑架了你不成？嘻嘻嘻，哈哈，跟我唱个歌把你吓成这样！他们是我妈的下属。我妈在另一个包间与老顾客唱歌呢。”

我长吁了口气，原来是这样。看来绒绒经常来，对这地方熟悉得不得了。

“好吧，唱他一宿。”我放松下来。

绒绒可能还不知道，我是个麦霸呢。我会的歌有一打，不多，百余首随便的。

绒绒很惊讶：“不会吧？前面还装得乡巴佬似的，一转眼就成香格里拉啦？呵呵，居然比我还能唱，你是个伪君子！”

玩得高兴的当口，我推她：“就咱俩多浪费呀！”

绒绒问：“你想怎么着？”

我说：“何不请地理老师一起来，也算你用实际行动向她认错，从此你们就是没有心结的师徒啦。”

绒绒“咚”地扔了话筒：“你给我添堵是不是？就咱俩，别节外生枝，我不接受。”

我摆摆手：“权当我没说。唱，看谁唱死谁。”

我们俩来回抢话筒，肆无忌惮地唱疯了。有人敲门进来。我俩都以为是服务生，没在意。

“哦，唱得很嗨嘛。”一个浑厚的女中音传来。绒绒举着话筒迎上去：“妈，你怎么过来了？”

我凝神一望，还真是，和绒绒很相像。我赶紧问一声阿姨好。

绒绒妈打量了一下我，向另两个男人打着手势说：“这是《丝绸之路》杂志社的常总，这是花儿出版社的牛总。他们听说小作家风羽奇飞在这里，一定要过来看看。你名气很大嘛！”

常总、牛总分别与我握过手。

“嗯，长得很靓嘛。你的《风公主》我看过。有好作品咱们合作合作？”牛总说。

常总问：“对游记感不感兴趣啊？感兴趣的话，明年在我们杂志上给你开个专栏，就写游历我省的山山水水。怎么样？我这可是郑重地向我们的小作家约稿哟！”

绒绒妈很会把握时机，举着手中的高脚杯，里面红红的酒液在晃漾：“来，祝贺小作家深受二位老总器重，合作愉快！”

我和绒绒各端了一杯啤酒迎上去。

牛总说：“干，干了哟！”常总说：“干！”

五只杯子碰在一起，发出悦耳的声响。

他们看着我，我豪爽地一仰而尽。

大家开心地大笑：“有气量，有气量，大事可成矣！”

常总、牛总给我赠了他们的名片。我灵机一动，主动要了绒绒妈的名片。绒绒妈说："出书，找我来，最优惠的价格。"

绒绒弹我鼻子："多此一举。难道我不比我妈的名片管用吗？"

送走他们，我兴奋极了，绒绒给我办了件大好事。

看来，乐于助人，迟早都会有好的报应的。

第六章

我夺回了第三排座次

37. 用求知法给自己减压

期末考试，于我来说是尤为重要的。我要证明给爸妈看，我可以的，挺进全班二十一名，彻底甩掉落后帽子。

元旦放假两日，我没有赴约去玩。摊开一桌子课本和笔记，将学过的知识囫囵吞枣地过目了一遍。

这是听了老妈的谆谆教导：“临阵磨刀，不快也光。”

老爸才不管我复习不复习呢，他不看广告，观后效。

2012 年元月 5 日，小寒。北风那个吹，雪花那个飘，考试说来就来到。

我分到学校大礼堂去考，单人单桌。监考老师在门口站着，只允许带一支笔、一块橡皮、一把尺子进去。

一个考生与一个考生中间隔两个座。考生全部对号入座。有疑问可以举手。不许东张西望，不许带夹带，不许在试卷上做记号。

老师在考试过程中有两次提示，一次在离交卷前半小时，一次在离交卷前十五分钟。交卷时间一到，立即停笔离座。凡是交卷铃声响过仍答题者，哪怕写一个字，监考老师都会在卷面标出一个违规的记号，这个记号扣十分。

我的天，烤不干你，就不算真考。

我懊悔自己搞什么写作，到哪里都被人惦记着。考场上，被监考老师盯着望来望去。

我是一辈子渴望照张彩色照片的国宝熊猫啊，有这么耐看的吗？你盯得勤，我浑身不大自在。

其实考自己的试，与老师盯不盯有何干？

我的紧张，实质在于我有倒九的“劣迹”。这个阴影驱之不去。越是想跳出这个困局，越是担心自己再次落入它张大嘴巴的陷阱。

我努力克制着自己，不去想它，认真审题。我有审题粗疏的毛病，有的太熟悉的小题，我瞅见它大喜若狂，简直就是跑风漏气的老汉吃豆腐——软拿。结果人家出题的老师在细微处动了手脚，我没有发现。

就说语文考卷。“下列词语中，没有错别字的一项是（　）”。原来出的题是：“下列词语中，有错别字的一项是（　）”。

过分不？就多一个“没”字，我没看清，答案“失之毫厘，差之千里”呀！

这类题，我闭上眼睛都能答上来，会呀。但题审错了，答案正好相反，会有何用？失分了！

再说数学选择题。原来出的题为“下列给出的赋值语句中不正确的是（　）”，现在老师小改了一下：“下列给出的赋值语句中正确的是（　）”。少个“不”字，蒙混了我的眼。像这种丢分气人不？气得你都不知道恨自己还是恨老师。

地理。原来问：“下列各组工厂，每组工厂之间基本上有投入一产出联系，而在地理上不能联系在一起的是（　）”。现在问：“下列各组工厂，每组工厂之间基本上没有投入—产出联系，而在地理上可以联系在一起的是（　）”。做惯了“不能联系”的，突然问“可以联系”的，脑子还转不过弯，结果把自己绕进去了。

历史。问：“黄梅戏《天仙配》里有一段经典唱词：‘你耕田来我织布，我挑水来你浇园。’这是古代中国传统经济的写照。这种传统经济不被称为（A. 商品经济；B. 小农经济；C. 市场经济；D. 计划经济）？”原来是要你回答“这种传统经济被称为四种经济形式里的哪一种”。

不注意咬文嚼字，文字反过来就咬你。辛辛苦苦答错题，哭天抹泪没人理。

你不得不佩服老师一个个鬼得很，就知道有人要在平路上崴脚，故意给你使个小绊子。

会的题答上错误的答案，分儿丢得冤不冤。可你跟谁说理去，老师说谁让你眼大无光，粗心大意呢？

这一次吸取教训，细致地过一遍题，会的要确保百分百准确，不会的要尽量答得靠谱。每一分都要力争稳拿，不做无谓的牺牲。

连续三天考下来，不算太困难。

我没有司马光砸缸的呼喊。因为缸不太深，我自己能爬出来。

星期六上午，最后一门副课考毕，学校通知各班下午组织打扫教室和校园环境。从明天开始，高一高二连放三天假（不包括周日），给高三的学哥学姐们腾地，他们要“双基”考试。

我去，考试名堂真多。只要想考你，就一定有个说法。而且这个说法冠冕堂皇，理直气壮。

高一的老师和同学们都松弛下来。满校园都是大家的身影。跳个舞，打个鼓，扮个货郎卖豆腐。打扫着环境听着歌。

东北二人转在猛扭猛唱：腊月里来飘年味啊，家家户户迎新春……

我这人有个好奇心重，打破砂锅问到底的毛病。为啥十二月要叫腊月？

我问同学，十个就有九个半摇头。

我必须要知道。查。手机上网一点，哦，有的。

解释大意是，它和季候的关系，就像考试与将来要干什么不相干的关系。

爆料说，老祖宗的老祖宗那时候，手握简陋的工具去打猎，危险常常使人恐惧和丧命。科学又不发达，人们信神信鬼。就在新旧年相交的一段时日，家家户户点蜡烛，祀神灵，以求降福降运。农历年的十二月就成为“祭祀之月”。

那蜡梅花儿开呢？这绝对与祭祀没有关系，只是深冬盛开的梅花的简称。

脑子里尽想古怪的邪门事，一个接着一个。

腊月初五，家看家，户看户，端上老碗喝五豆。初五就喝五种豆，初七还不得喝七种豆？可惜没有七豆节。

那为啥有五豆节这个讲究？老师说，据说与秦始皇修长城有关。

工程太浩大，动用的劳工太多，到了那年的腊月初五，始皇帝承诺要给劳工发饷，结果食言了。劳工要 Money 没 Money，要粮没粮，在荒山野岭受冻挨饿。眼看年关将近，回家过团圆年无望。劳工们把自己身上仅剩的一点五谷杂粮集中起来，熬了一锅稀饭一起乐和。劳工们给腊月初五这顿杂粮稀饭赋予美好的心愿，遥祝来年五谷丰登，人人有吃有穿。后来，喝五豆就成了一种风俗习惯。

那么腊月初八吃腊八呢？哎，这个难不住我，在《隋唐英雄》里就有。

皇帝吃腻了宫廷里的山珍海味，在腊月初八这天，突发奇想，想尝一点民间最原始的谷物味。皇后悟性高，很快安排御厨把七八种谷物搅在一起，烧了一锅粥。皇帝一尝，哎呀，味道好极了！

他和皇后一数，碗里的谷物正好是八种，就满面欢喜地称此粥为“八宝粥”，让在朝的大臣们各品尝一碗。这还不够，他要把这种简单实用的美味让黎民百姓一同分享。就吩咐御厨在京城东西南北大门各架几口锅，烧好此粥，恩赐百姓。此后立下规矩，每年腊月初八，吃一顿“八宝粥”。腊八吃粥就是这样来的。

过小年又是怎么一回事儿呢？

看看，事儿真多，一个一个排着问。你要把过大年前的所有小节都弄明白是咋的？这与考试有关啊？这能给你加分啊？不能，但就想搞明白。

没办法，自己拗不过自己，只好由着心去。

过小年，这个我在上小学时看过《中国少年儿童百科全书》，知道它是什么。

过小年也叫祭灶节，设在腊月二十三。从这一天开始，年味儿一天比一天浓了。这一天，先把灶王爷请下凡间，请他老人家坐镇，保证灶头上菜满肉丰，粮油齐全，一家人好无忧无虑地过春节。迷信的人说，你过年敢不请灶王爷到你家，你还想吃上热乎饭，冰锅冷灶去吧您！

真是不敢让心思爬进去，一进去就出不来了。腊月的知识真丰富。也好，有这些杂七杂八的事儿想，便减少些期末考试后的精神压力。

成绩没出来前，心情很忐忑。是英雄是狗熊，未知数。

谁有绝对把握吹嘘自己一定能过五关斩六将？班上这么牛气的人

不多。反正我不敢对着气球的屁股吹，怕吹炸了。

教室擦得窗明几净，桌椅都摆放到位，红老师一检查，过关，各位，走人，放羊去吧。

38. 只差一分就实现了既定目标

你别以为我们舒服得不得了。这三四天假日，满脑子装的都是考试成绩高呀高，一步一步高上去，高到不能再高处，就阿弥陀佛。

谁还有心思东打梨罢西打枣的？让你玩，你也玩不出十分的开心。

老爸看我表情没有张扬跋扈的色泽，劝我每天出去找狐朋狗友侃大山去，放开地疯，他不干涉。他还让老妈给我一些零花的Money。

老妈掏Money最没品位，嘟囔嘟囔的："哟，考得怎么样还不知道，这就成功臣了？骑在人民币脖子上作威作福了！"

嘁，不给就算，那来这多风凉话。

我吃奶的力气都使上了，还要怎么样呢。

12日放假后，学习委员特别的忙，与老师一起汇总各科成绩，进行制表排名。

我到红老师那里打探，红老师笑容有点可掬："明天公布。你还可以，有很大进步。"

到底有多大的进步啊？是一丈远，还是八丈远十丈远？你给个准头啊。我急着想知道具体的结果。

趁学习委员扭啊扭啊扭啊扭，扭着圆咕隆咚的屁股上厕所，我像嗅觉灵敏的绒绣球小嗅嗅，讨好地追上去舔人家的冷脸，就想问个水落石出。

“你的啊？没记清，我被整的晕头涨脑的。好像是……好像是……好像是进步挺大的。”嘁，说和没说一个样。

这一夜我非常难熬，到底实现既定目标了没有？鬼知道呢。

你说这个蒲松龄，当哪门子清朝人呢，你那好心的狐娘啊狸精啊什么的，也变一个出来，帮帮我啊。

我有赏赐啊。赏什么？赏我高兴啊！

真是，在那个朝代，家徒四壁妇愁贫，穷其一生写《聊斋》，傻呀你。

就知道让婴宁帮王生，你就不会反过来，让男鬼帮女主吗？

死脑子，一根筋。我都急成这样，你还跑到那棵槐荫下喝茶去，聊八竿子打不着的虚无的故事。

唉，菩萨保佑，我佛慈悲，阿弥陀佛，求求你显灵，快显灵啊，我能不能在爸妈面前趾高气扬起来？能不能？不说是吧？

我去，反正骂死人不偿命。

好不易熬出个“东方欲晓，莫道君行早”，比往常起来早了许多，天黑黑，鸟昏睡，星星困眼朝西坠。

我呢，急急切切要去学校。

老妈扭开床头灯，看一看表，纳闷：“几点啊，你这样折腾的。校车是定点来的，你出去这么早，站在马路边喝西北风啊？”

可不是吗，心急吃不了热豆腐，才五点四十，校车司机还在蒙头大睡呢，人家沿袭老规矩，还得踏着时间点来。

哪能我想让他啥时候来，他就啥时候来。司机又不是我爹，有那么好使唤的吗！

今天至关重要。明天就是学生家长会，后天就放寒假。

我必须知道我考得怎么样，心里没底，说话不硬气哦。

到校一看，气氛很宽松，老师除了布置寒假作业，就是公布期末考试成绩。

进了校园，我本想直接去教室，被同学拉着上食堂。我说不想吃。人家不允：“你这人奇怪呀你，猪老婆和食打气憋，到头来还不苦了自己？”我跟上大家一块去。

有要油条的，有喝牛奶吃馒头加鸡蛋的，我要了碗牛肉面。

小星戳戳我肚子：“记着哦，早饭不吃，容易得胆结石。”

还科学上了。谢了啊。

班主任红老师超级理解我心情。同学一到齐，她就进了教室。

腔子痒了挠脊背的事儿她不干，开门见山，单刀直入。

“我知道大家都念着考试成绩。学习委员，来，将分项成绩表和总排名表，还有期中成绩与期末成绩对比表，一块贴黑板上。看了不许破坏，明天家长会还要用。”

红老师真有伶俐女子的范儿，废话全部省略，直接往要害里说。

学习委员在热心同学的帮助下，将三张表一字排开，贴在黑板上。

红老师又说：“看过这几张表，谁进步谁退步谁原地踏步，一清二楚。有同学进步光荣的，就有同学拖后腿抹黑的。抹黑的自个看，我给你留面子，你可别给我一直整那个死狗扶不上墙的事儿。”

她不点名批评的“死狗”同学，名单上大都是坐后排的男生，其中就有我的老同桌迪马。她有选择性地表扬了几个同学，其中就有我。

“风羽奇飞同学提出表扬。期中考试倒九，期末考试第二十二名，进步了十八个名次，是咱班进步幅度最大的。”红老师说，“这说明什么？说明只要学习态度端正了，踏实了，用功了，成绩就能赶上来。”

我听后头脑轰地一下，大面积空白。

我没有实现自己的承诺，离二十一名还差一个名次。

好多同学向我祝贺，我的表情很抽搐，不知道是该哭还是该笑。

迪马涛声依旧，但他不觉得难堪。他站起来，将一块方形法国巧克力像投手雷一样掷向我：“喂，自行废黜的党代表，继续补充热量。祝贺，厉害！看来山沟打游击就是太局限，一进到大城市，你就发达了！”

红老师笑他贫嘴：“词还整得一套一套的，用在学习上啊。”

成绩原地不动的胡小看了很不爽，老大的不服气，乜了我几眼。

我与她比是一种飞速的超越。但不得不承认，她的舞蹈水平是一流的，我没法和她比。

绒绒打出个“O”形手势：“小作家，众望所归呀！”

红老师笑：“用词不当，什么众望所归，乃实至名归。”

大家的骚动并没有让红老师反感。她以欣赏的眼光看着我们。

我们像一锅煮沸的水，咕嘟咕嘟地冒傻气。一学期的辛劳，用一纸成绩榜单见分晓了。大家情绪波动波动，可以理解。

她讲完话，叮嘱大家切记把寒假作业抄好，寒假里一道题都不能少地做完。

这是死规定。谁开学带不齐作业，对不起，回家面壁思过去。

红老师千叮咛万叮咛做好寒假作业的重要性，大家高呼记住了，她欣慰地走出教室。

全班同学一窝蜂地拥到台前，详看自己的各科成绩。

我没有去凑这个热闹，埋头从发下来的试卷里寻找一线翻盘的生机。

我把各科的分数认真加了一遍，看老师有没有汇总错。我又把每一道题细看了一遍，看有没有被老师判错。

我想通过这样细致的寻找，来补救和提高一下自己还不太理想的成绩。但令我很失望。

老师没有给我留下挽救革命挽救党的余地。

所有分数评判很正常，连 0.5 分的差额都不保留。

39. 数学原来很奇妙

闷闷不乐，在心里骂该死的数学，是我的单项成绩里最弱智的一个，不及格。

心乱，翻人教版本省专用“普通高中课程标准实验教科书语文读本”，属于自学本，不在教学之列。

平时学习太紧张，把它搁在书包里背来背去，目光没闲置，谁来乱翻书？现在好了，有一点充足的时间消磨。

我打开第一册，书名叫《你的微笑》，有文学色彩。

扑啦扑啦从前朝后翻，翻到九十五页停住。

这是徐迟写的《哥德巴赫猜想》。

徐迟？

等等，在我出生那一年，有个叫徐迟的老人不堪病痛的折磨，从武汉同济医院六楼的高干病房纵身一跃，回归了大自然。

我要证明一下，那个徐迟是不是就是这个徐迟。百度一下，果然是，享年八十二岁。

一个用生命制造轰动的人写的作品，我要好好看看。

我不与别人闲聊，别人也休骚扰我。看我的样子挺别致，一手拄着头，一手翻页，十五个页面一口气看完。

唏嘘，再唏嘘。

原来这是写我国著名数学家陈景润的报告文学啊。

我诅咒数学，偏偏有文学大家写数学家。不看不以为然，看了觉得世界之大，数学真奇妙。

我们认为简单的几加几，这个通俗易懂，在幼儿园就融会贯通的不是问题的问题，怎么还要数学家用自己的一生智慧来证明啊！

好生奇怪，越是简单的东西越不简单。

把简单的数字搞个通透明白，比登天还难。

这就是数学的奥妙。

所谓的哥德巴赫猜想，是德国大数学家哥德巴赫 1742 年 6 月 7 日给欧拉写的一封信。

他在信中提出：任一充分大的偶数都可以表示成两个素数之和。

到底这个猜想对不对呢?

十八世纪没有人能证明它。十九世纪也没有人能证明它。到了二十世纪，数学花开红艳艳。满世界的数学家茅塞顿开，取得了富有成效的进展。

1966 年，中国的数学家陈景润证明了 1+2。

陈景润一生都在研究数学问题，熬得自己疾病缠身，生命垂危，居然惊动了中央，专门为他作出指示，要求中国最好的医院尽一切可能挽救他的生命！

数学，竟然这样令人着迷，又是这样进展缓慢。

关于 1+1 为什么等于 2 的问题，至今还没有得到证明。

我突然对数学肃然起敬。

这个成心捣乱于我的害人精，原来这样奥妙无穷啊。

哎呀，在校图书馆里曾碰到一本《数学传奇》，我当时暗骂：屁传奇，数学干巴巴的，有啥引人入胜的地方！尽是作家故弄玄虚。

看了《哥德巴赫猜想》，就格外冲动地想看它。走走走，上图书馆找它去。

同坐第一排的小星问："犯神经啊，都考成裸体啦，该歇歇啦，还学啊？"我拉她一块上图书馆，她摆手不去。我嗒嗒嗒下楼去。

还好管理员在。我说明来意，她说："爱看书好哇，进来，自己找。"

我在一排靠墙角落尘的旧书架上找到了它。书很薄，封面有些泛黄。

我征求意见："能不能借回去看？"管理员看到这本书眼神很呆。

她可能万万没想到一个 90 后的我，会翻箱倒柜地找这种上世纪八十年代初期出版的旧书看。

她接过来登记了一下："你很古怪呢，少见。"她书推给我，她目送我离开。

我向班主任红老师谎报说我肚子疼，可能大姨妈要来，想上宿舍休息一下。

红老师允了："去吧去吧，考得不错，继续努力。"

我抱上《数学传奇》，躲到宿舍看书去了。

我"生病"的消息很快被舍友们知道了。午时，她们花自己的 Money，给我打了一荤一素两样菜加米饭端上来。

我长久盯着书看，两只眼睛都泛红了。

她们不明真相，还关切地问我："呀，人都成啥样儿了，能不能坚持啊？不能坚持我们陪你去看校医。"

我掀开被子坐起来："不用不用，已好多了。"

舍友们的好，你没住过集体宿舍就体会不出来。她们怕惊扰我休息，轻轻地走路，轻轻地说话，轻轻地上床。下午上课前，又轻轻地到我床前给我拽被子。

我说没事，你们到教室去吧。她们千叮嘱万交代，有大的不舒服给我们打电话。

我猫在宿舍，一直看到下午放学，居然把《数学传奇》看完了！

有些章节看得粗些，大部分看得很细。原来数学还可以这样描述，新鲜有趣。

比如交换律、结合律和分配律的运用，并不是数学课上那种纯数学式的枯燥和呆板。

语文也可以用数学验证。

书中举例说："小宁吃东西的时候还在看书。"这一句给人的印象是：小宁太爱学习了，你看，吃东西的时候还在看书。

将词序前后交换一下，变成"小宁看书的时候还在吃东西"，意思就变了：小宁真嘴馋，看书的时候还在吃零食。

都是同样多的字，但前后词序一变换，句子强调的含意就变了。前一句是夸小宁酷爱学习，如饥似渴，连吃东西也在看书。后一句是贬小宁是馋嘴猫，学习不专心，看书学习还不忘吃东西。

书里还有有趣的举例：一位少年养猴子，早上给它吃四个栗子，猴子很高兴；晚上给它吃三个栗子，猴子就大吵大闹。第二天，这位少年改变了喂法，早上给它吃三个栗子，晚上给它吃四个。总数量没变，早晚喂的个数变了，猴子一天到晚都乐呵呵的。这位少年喂猴子，就是采用了数学交换律，前后收到了完全不同的效果。

你别说，这样一读进去，数学并不令人讨厌。它的趣味，远比数学书上的教条框框有意思得多。如果数学书能这样编写，那将多么令人神往啊。

我又想到一个年纪小小的博友，突发奇想做起数学文学。我见到她的三四篇数学文学真是绝妙好看，引人入胜。可惜仅做了这几篇，终因难度太大，就转行搞起正诗歪解了。

纯数学概念套用数学概念编书，逻辑虽然严密，但可读性太差，不利于普及。用讲故事的方式编数学书，相信如我一样不爱数学的人，最终也可能被它俘虏。

很多人为什么热衷宗教呀？你读读《圣经故事》就会明白。

因为它把自己要讲述的理，用一个个精彩的故事串起来，通俗又传奇，能给人烫上深刻的烙印。

但愿未来的数学，捧起来也像看《圣经》，那就好看多了。

果真是那样，谁再不去学它，那他一定是白痴。

40. 意外惊喜

放学回家又快乐又不快乐。快乐的是自己的成绩在大幅度提高。不快乐的是仍然没有达到自己确定的目标。

老爸又比我早知考试成绩。这红老师，嘴真快呀。

我一到家门口，就闻到红烧肉的香味。老妈在厨房忙得不亦乐乎。老爸又剥葱又端碟子。

他们看到我，几乎异口同声：“表现不错啊女儿，好样的。”我默不作声。老爸出来逗我：“考好了，人傻了？”我摇头：“比目标，还差一步。”老爸说：“这不能抹杀我女儿的重大进步！瞧，你妈做这么多菜，就是犒劳你的。”

我实在不想再吃粉笔灰，想尽快逃离第一排。但班主任红老师定下的框框，我并没有突破。我被框死了，活像一只蚕，被缚在第一排动弹不得。从动机不纯的角度说，我对自己有些自责式的不满意。一个名次跨不过去，真叫窝火。

老爸拍拍我的脸：“老爸满意。这个进步出我所料。你要这样想，只有半学期啊，你赶上来了，了不起！不愧是我风里斗的女儿。明天，爸爸和你妈妈一起去开家长会。”

老妈脸红扑扑的：“瞧瞧，你爸一高兴，精神就不合适了。女儿，有没有两个家长同时去开一个学生的家长会的？”

我哪知道啊？不过，想一起去你们就一起去，我没意见。

12 月 14 日，老爸老妈果然结伴而行，去了学校。

班主任红老师在所有家长面前表扬了我。

家长会正在召开，校长又找到班里来了：“红老师，那个谁，风羽奇飞在不？”红老师说可能在校园里与同学玩。校长说:“叫她上来。”

红老师脸上的笑凝固了。我老爸老妈脸上的得意也消散了。大家都在猜疑：风羽奇飞闯什么祸了？

我接到红老师电话，大步流星跑上楼，跑得气喘吁吁。校长背着手等在教室门口。我上前：“校长好，红老师好！”

校长面向我：“小作家，你行啊你！我到南方去开会，碰到肃州大学一位老师，居然提到你赞不绝口。说你学历史课，延伸阅读，写了两篇有意思的小文章，很有自己的见地。他还把你的文章挂到他们学校的网站上呢。带没带，拿来，我也学习学习。”

红老师提着的心扑腾放了下去。我爸妈的脸上重新燃起火光。其他家长在交头接耳地议论。

校长向教室里的家长打了个招呼：“真心感谢各位家长对学校工作的真诚支持。你们的孩子都很优秀。像这位风羽奇飞同学，名气很大呀！我到外面去开会，听到别人夸自己学校的学生，甭提心里有多敞亮！小作家的爸妈是不是都来了？”

我爸妈站起来，校长大步迎上去，双手握着我爸妈：“孩子培养得好，培养得好！有风羽奇飞这样的同学来我们这儿上学，是我们的荣幸。”他又对班主任红老师说：“要创造良好的环境，给予风羽奇飞同学优待，以利她成长进步。”

校长扒着我的肩膀，一起到他办公室。

我从网上调出上个月16日写的那篇《禹：把中国拖入奴隶社会》。

校长说：“我好好拜读拜读。”我说：“不敢。校长您批评指正。”校长笑：“哪来那么多批评啊，在写作方面，你是我老师。”我不敢担当，连连摆手：“校长可不要这样说，我要学的东西还很多呢。”校长说：“这倒是。知识无穷无尽，痴于学，厚于德，诚于信，讷于言，敏于行。”我不敢再接话。

校长开始心无旁骛，津津有味地看起来。

中国原始社会的时候，黄河流域部落联盟首领的传承就实现了有贤德者担大任。继黄帝之后，尧在部落联盟里威信最高。尧觉得自己老了，几番召集部落首领商议，看由谁来继承部落联盟首领大任。挑来选去，尧欣赏舜的为人。舜的父亲是个糨糊锅里乱翻跟头的人，后母又心肠比蝎子还蜇人，舜受了很多罪，不但不记恨他们，还全力尽行孝道，对后母生的弟弟非常好。尧经过明察暗访，对舜的品行大加赞赏，就选舜来做他的接班人。为表达对舜的信任，他把自己的两个女儿娥皇和女英嫁给了舜。尧死了，舜推举尧的儿子朱丹继位，以示对尧的敬重。众人都表示反对。舜便遵从大家的意见，正式当了部落联盟的首领。

在尧时代，奖罚还是很分明的。自从后羿射杀了九个太阳（天帝的九个儿子），触怒了天帝，天帝发神威，在黄河流域施布了一场巨大的洪水作为惩戒。尧派黄帝的孙子鲧去治水。鲧采用“堵”的方法，历时九年，以失败而告终。尧并不因为鲧的爷爷英明，就赦免鲧的罪过。他毫不留情地杀了鲧。随后指派鲧的独生儿子禹去治水。禹采用“导”的方法，在外奔忙十三年，其间结婚四天就与娇妻分离，而且三过家门而不入，终于疏导分流成功。舜继承尧的大位后，并没有因为禹的父亲有罪过，就看扁禹。舜晚年体弱多病，对许多事情心有余而力不足。他怕负了天下人心，就举荐禹作为大位的继承人。舜死后，禹允诺继位。

禹当了部落联盟首领，统治了不少民族部落，私欲滋长，特权表现浮出水面，对来参加部落联盟会议的部落首领随便处死，民主商议成为恐怖的栖居地，选贤任能的禅让制寿终正寝。他传位于自己的儿子启，揭开了家族权位世袭制的第一页。他的儿子等级思想极为严重，自觉不自觉地将人分为权贵与贱民两种。对民众搞起画地为牢，只有屈膝服从的份儿，堵死参政的渠道；对奴隶主贵族授予特权统治，子随父贵，坐享其成，以奴役贱民为乐事。从此，中国被拖入奴隶社会。即：专制制兴起，握有极权的人，亲系永远是豪门贵族，做人上人，当奴隶主。庶民百姓再有本事，也都是奴隶的角色，沦为会说话的牲畜和劳动工具，为奴隶主卖命效力。

人的平等权被剥夺了，部落同亲的氛围变为美好的追忆和传说，财富被少数人垄断，由奴隶主把持的集团式操纵工、农、商的架构逐渐形成。在集团内，奴隶的劳作有分工有合作，均为创造更多财富这个目的服务。不过，创造的财富再多，没有奴隶的份儿。奴隶就是产出源，奴隶主才是收获者和享受者。人与人严明的等级和高下之分，为上等人带来春天，为下等人带来寒冬。奴隶社会不论怎样推动了社会发展，因禹而起，由他儿子启推及更甚，强加给大多数人莫名其妙的贬损人格和遭受奴役的痛苦，剥夺参政议政权和享受好生活权利的极端政纲，都是十分罪恶的。没有人愿意为了社会进程，丧失自己的自由和幸福。开宗明义，禹导致了社会有等级的畸形发展，尽管他有贡献。

“哈哈哈，好，好，好！”校长赞叹，“你善于博览群书，善于思考，善于总结。这个学习习惯值得提倡。以后要多给其他同学介绍经验，促进咱们学校文学繁荣。成立一个文学社团如何？你考虑考虑，由你出任社长。”

我不敢应允。我的顾虑在于：学习刚刚见点起色，精力被其他方面一牵扯，再一走神，恐怕绕回来就晚了。没搞过写作的同学当然不知道，写作很费心的，学习很费神的，心神有限，再分一杯羹出来，我可能就垮了。

校长咂咂嘴：“这个，我有点遗憾。你，给我泼了盆凉水呀。不过，有你在，学校还是抱着一块宝啊！”

从校长办公室出来，家长会也结束了。

班主任红老师当着我爸妈的面保证，风羽奇飞同学的座位下学期调至第三排。

我虽然离自己的目标差一个名次，但校长带来的鼓励，填补了我成绩的不足。我如愿以偿坐到班上的最佳位置。

呵呵，我胡汉三又回来了，谁趴了我的桌，谁占了我的座，统统给我让出来！

班主任红老师还对我说：“好呀好呀，如今连校长都夸你是名人呢，咱班蓬荜生辉。这样吧，给你点特权，当个副班长怎么样？”

“我不要。你要给，就把语文科代表给我吧。”我不经大脑，说出自己的心里话，“我能胜任这个。语文不管咋说是我的强项，我当科代表，别人服，我也踏实。”

“好吧，依你。”红老师答应下来，那样畅快，那样速决。

41. 就要玩它一个爽

这真是山重水复疑无路，柳暗花明又一村啊！

12 月 15 日正式放寒假。

放假前我三喜临门：校长夸，调座位，当班干部。心情实在是大好。先前的一切顾虑扔后山去了，我特别想炫。

用手机上 QQ 发了条信息：“明天就要去吃肯德基了，好紧张啊。到底贵不贵啊？怎么才能装成经常吃的样子？能跷二郎腿吗？里面有厕所吗？万一我紧张想上厕所怎么办？穿什么衣服才不会显眼？坐到哪个位置吃才算舒适？两个人吃一份餐要上千元吧？吃不完可以打包吗？点什么菜才能显身份？菜单不会是英文吧？看不懂就丢人了。好紧张啊好紧张，大家帮帮我吧。”

立马有人来臊我：“你丫装吧你，损我是吧？每周都见你在肯德基熊吃呢，明天又犯哪门子紧张啊？”

“哥们别粗口啊，这不刚推翻亚历山大嘛，井喷一下情绪。”

“我也是这么想的，谁来与我会会呢？”

“阿嚏，吃一嘴口蹄疾。”

“呸，会不会说话？肯德基店里能吃出口蹄疾吗？咋那么没有文化呢？吃出脑短路，这还差不多。”

“贫吧你，再贫开除你过年的年籍，大家欢欢喜喜过大年，送你到极地和北极熊一起看北极光去吧你。”

QQ 上挤进来一票子人，你一言我一语，斩瓜切菜好露骨，爽，爽到家了。

我让老爸拿着我的东西，老妈扶着我，我双手操控手机，一路头都不抬一下，忘情地海聊。

“你注意看看车。”老妈提醒。“这不有你吗。”我说。

“走路看着点，刚夸你好，你就喘上啦？像什么样子。”老爸剋我。

我瞥他：“像石光荣一样，见不得别人高兴。这不给你把脸面挣回来了吗，还要咋的？”

“不能满足现状，女儿。你提升的空间还很大。下学期，有没有志向闯进前十五？只有学习不松劲，才能‘昔日龌龊不足夸，今朝放荡思无涯；春风得意马蹄疾，一日看尽长安花’。”老爸说。

我龇牙咧嘴成猫的面形：“去去去，轻松一下都不成？发条上得太紧会断的。哎，你知道人大脑中的发条断了会是什么感觉？我给你学学。”

我把舌头咬在一边，眼皮耷拉下来，脸色灰不溜秋的，两只手像提线木偶一样下垂着，摆来摆去，嘴里“呃呃呃”着。

老妈笑得喷饭：“死孩子，耍啥怪？捣蛋一个顶两个。”

老爸也乐了起来：“猴哩吧叽的，就是长不大。”

哼，我干脆一不做二不休，半路甩掉爸妈：“哦哦，你们俩寻找初恋的感觉去吧，我不充当电灯泡啦。我和同学玩去，晚饭你们自己吃吧。”

老爸吼我：“站住！”我森下脸：“又怎么啦？”

老爸小声向老妈：“问一问，小家伙手里还有没有钱哪？女孩子出门，别抠抠搜搜的。口袋里富余一点，就不作难。”

老妈不大情愿：“你就惯她。她没张口要，说明她还私攒了一些钱的。”

我听见他们说 Money 的事儿，三步并作两步跨回去，三根手指头在一起摩挲：“救济一点点的啦，全当是奖赏啦！”

老妈从钱包里掏出一张一百元面值的，看了看装进去；又找出一张五十元面值的，看了看又装进去；再找出一张二十元面值的，看了看还要装进去。她在找最小面值的。

老爸摇摇头，悄悄从自己裤子后兜里摸出一张五十的，折几折，趁老妈不注意，用特工一样娴熟的手技塞到我手心里。

我再一把抓过老妈的十元小钱，扬长而去。

哼哼，跟我斗……

第七章

谁是地痞我扒谁

42. 你知道啥叫友谊

哼着《海派甜心》里的“达浪，达浪，达浪达浪”：

你想逛逛月球，
101 够不够？
我背你上顶楼，
赴汤蹈火我为你做。
每天顶级面膜，
给你香槟漱口，
上流般的生活赴汤蹈火我为你做。
海派的天空让你尽情挥霍，
为你爱疯头到走火入魔。
海派的生活让你尽情享受，
为你爱疯头快流浪街头，
海派海派……
你想看烟火我拉炮拉到耳聋，
3D 现场效果赴汤蹈火我为你做。

海派的天空让你尽情挥霍，

为你爱疯头到走火入魔。

海派的生活让你尽情享受，

为你爱疯头快流浪街头。

海派海派……

海派海派海派……

你要相信我的用心。

海派的天空让你尽情挥霍，

为你爱疯头到走火入魔。

海派的生活让你尽情享受，

为你爱疯头快流浪街头。

海派海派……

我惬意！

世间的美事，莫过于和同学结成胡萝卜不摘把儿的死党，上天入地，一起相随。

我有这个与人结缘的嗜好。走到哪里，哪里一片风吹着杨柳，哗啦啦啦啦。

我厌烦孤家寡人式的生活。喜欢轻快明了，叽叽喳喳。

兔子年一蹦过去了，叶公好龙的来了。龙是啥？

一种传说，九种动物合一，能显能隐，能大能小，能长能短，春分能登天，秋分能入渊，要风得风，要雨得雨，神奇过人，无所不能。

你瞧瞧，中国人把能够想象的威力，寄托于一种幻觉。这种虚无的理念，曾经使科学的回归姗姗来迟！崇尚鹰，崇尚虎，那都是真实的凶猛，别崇尚空气，不管吃不管用的，白耗力气。

“你想的真多，我听着糊涂。”小星黏着我，不爱听这些四六不着调儿的语气。

我也就那么灵机一现，忽儿那么一想。国务院都管不着古旧的历史呢，我能改造它还是咋的？纯属痴人说梦。

好吧，逛街，选年货。

和小星好到一个鼻孔出气，还是调座位以后的事。

坐到第一排，经常胳膊肘碰胳膊肘，碰着碰着，就碰对劲了。眼看下学期又要分开了，我要重返第三排，小星还有点舍不得。

老话说，明个就月尽了。文雅话说，那是除夕。

小星打扮得像个洋娃娃，脚不挨地地来找我逛街。我巴不得呢，俩人一拍即合，一起滚，能滚多远滚多远，滚到城市的深处。

到处张灯结彩，到处喜气洋洋。

请春联的人络绎不绝。春联迎风，见墙上墙，见栏挂栏，到处红哈哈一片。有印刷好的，有现场写的。印刷的比现场写的便宜多了。

小星凑热闹：“哎，咱也练练毛笔字，明年在这儿写，一副四五十呢。”

小财迷一个。四五十一副，你也不看看那是什么人在写？

桌上有介绍，全都是省里书法家协会的会员，有一定的知名度。

你没高资质，谁要你写的那破玩意儿，又贵又单一。富足人家不在乎 Money，玩的就是文化。

不光内容要有文化，书写的人更要有文化。这叫以文化彰显文化。

普通人家玩不起这个，我也不陪你玩。印刷的多好啊，七彩生辉，物美价廉。怎么贴不是贴啊！

“走，上步行街，我买双鞋。”我催小星。

“傻瓜,会买不？再过一会儿,上夜市,便宜。”小星似乎特有经验。

我们俩转啊转，转到灯火阑珊时，夜市果然开张了。人挤人，脚跟脚。

小星只顾和我说话，突然被人拽住：“傻呀你，往哪儿踩呢？”

小星一脸迷茫：“我踩哪了？”

那女的好像和她男朋友一起闲逛。

她倚仗人势：“你自己看，踩我脚面了！少废话，马上擦干净。”

“哦，对不起，刚才那儿正好有个井盖翘着，我还以为……”

不等小星说完，那女的又骂：“你还以为啥？以为你妈的脚后跟是吧？”

小星胆子本来就小，人又生得单薄，被人家一拉扯，前后直晃荡。

我头上嗖嗖嗖直蹿火气：不就是踩了一下吗，这么不依不饶的。是断胳膊还是断腿啦，比天塌下来还恐怖吗？我一路走来，不知被多少人撞呀踩呀的，我吭一声了吗？这节骨眼上出来，不就是挨踩来的吗！踩了就踩了，多大个事，快过年了，图个和和气气，心情舒畅。你倒好，咋咋呼呼没个完了！

我一把打开她抓小星的手，她吓了一跳。

很快，她自我折腾，又跺脚又甩手：“喂，我被人欺负，你瞎啦？你帮我修理她！”

那男的眉头一皱：“与你啥事儿，你瞎掺和？”

我挡在小星前面：“我俩是一起的，怎么没我事？不就踩了一下脚嘛，谁又不是故意的，骂骂咧咧的，有意思吗？”

那男的一咬牙，鼻头拱了起来。

我才不惧呢，调侃他：“呀，你龙年呀，装得跟龙头似的。”

小星扑哧笑了，紧张得发抖的样子逃遁得无影无形。

那男的头也歪一边自己乐去了。

我说："这不就得了嘛，笑一笑，新年好，两位，开心地转吧您，我们走了！"

那女的摇那男的："就这样放她们走了？"

男的问："我像龙头吗？"

俩人对笑一阵，又头倚着头，肩并着肩往前走。

他们走的方向，与我和小星走的方向正好相反。

卖鞋的摊位很多。我心思放在买鞋上。小星却不一样，她念在我替她挡箭的好上。

我低头选鞋，她凑上来亲我："你可以呀你，巾帼不让须眉。爱死你了！"

我抹掉她沾在我脸上的哈喇："同性恋啊你！英雄都好色，谁让你长得小鸟依人。"

小星问："你勇气哪来的？"

我一挥拳："小学、初中，练跆拳道；前个暑假，练街舞。我有不可战胜的实力。谁狰狞你，我狰狞谁。"

我俩转转悠悠，东挑西选的。最后挑中一双橘红色矮腰二手革棉鞋，卖主要价一百，小星还三十。

人家急眼了："不能够啊大小姐，你们经常不大出门吧？现在都啥行情了。物价涨了两轮啦，进价都不够呢。你也让我们过个年行吧？大冷的天，挨冻受饿的，到现在年货都没买，就等着卖两个钱给孩子买吃的。"

我听了心发酸，多可怜的人哪，够不容易的。

我正要张嘴说八十，小星堵住我嘴："哎呀大哥，你看你这鞋，又不是正规厂家生产的，连个商标都没有。这质量，也就穿个过年这几天。我们是掏钱买你高兴的。你要不乐意，我们再去别的摊位看看。"

那摊主赶紧挡住我们："商量商量，商量商量行吧？你给那价低得邪乎。这样吧，咱们都别逗了行不行，你好好给个价。"

小星眼睛一眨："加五块。"

摊主张着大嘴："我叫你一声大姐，你多加点行不行？"

小星花开左手五指："再加五块。"

摊主叹一声："服，服你。年纪小，砍价厉害。加钱像挤牙膏。服。好吧，我赔血本卖你们一双。"

小星唬他："别带血字行不？祝您过年大吉大利。"

"好，好，谢谢。这丫头，将来不做生意亏大发了。这双鞋我等于白送你们，一分钱都不赚的。谁哄你谁是这个——"他的手做个王八爬的样子，"可谁让我碰上你们俩呢，白送了，心情还舒坦呢。"

男摊主一边给我装鞋，一边夸小星。

四十元一双，鞋提回家，老妈不相信："我单位小映买了一双和这一样一样的，七十五。"

我把我怎么保护小星，小星怎么帮我砍价的过程说了一遍。老妈说："啥叫友谊？这就叫。都是心甘情愿地为对方付出，回报却是皆大欢喜。"

小星合不拢嘴，喜气满面。

43. 春联里的学问

天黑得深了。

我老妈问小星："你还回家吗？"小星支支吾吾。

我凑向我老妈耳朵："你给小星妈打个电话，她明天再回去。"

老妈征求小星意见："晚上和我女儿住一块，可以吗？你家又远，现在回去不太安全。"小星向我老妈深深鞠一躬："谢谢阿姨。"

老妈要了小星妈的电话，一通自我介绍，连说带笑，把事情搞定了。小星又给她妈通话，我在边上凑热闹帮腔。

那边十分放心了，我俩手心手背嗨嗨嗨着，吵了个惊天动地。我老妈嫌吵，却不好说出口，怕伤着小星脸面。

老爸最喜欢布置过年的气氛。他从单位回家很晚，手里攥一把花花绿绿的东西。

我兴冲冲迎上去："老爸，看，您多了个女儿！"

小星一翘臀一低头："叔叔好！"

老爸脸上堆满笑："哦好好。这是……"

"我叫小星，风羽奇飞的同学。"小星自我介绍。

"哥们儿。"我说。

老爸呵呵着："开心玩，不要拘束，和在你家一样。"

我接过老爸带回来的一大卷东西，摊到客厅的大方桌上，一张一张地看。全是春联呀，福字呀，招财童子呀什么的。

老爸将一副最大最长的春联对放在地上："欣赏欣赏，今天花六十块，在广场主席台前面，请省里书法协会主席写的。"

老妈一听花了不少Money，心疼不已："买一副印刷的才八块钱，有个意思就行了，你烧包呀你！"

老爸摆摆手："不能那样小气。过个年嘛，总得讲究一些。"

我和小星猫着腰读这副昂贵的对联：

龙来了兔走了全家和睦兔年喜气

兔走了龙来了满门兴旺龙年大吉

“绕口令呀。”我说。

老爸眉毛一扬：“怎么会呢，多有年味的一联，打上灯笼找不着第二副。”

老妈乜一眼老爸：“吹吧你，看人家小星不笑话死你。”

小星扭捏：“没有呀，我觉得挺好的。”

“对嘛，小星同学最会欣赏。这，明天往大门上一贴，还不镇了整幢楼？谁家还能想出这么绝妙的春联！”老爸得意忘形。

老妈拉开客厅窗帘。

老爸摇手：“少来那一套，牛没有天上飞。”

“谁说我找牛呢？”老妈说，“我在看有没有 UFO，是不是外星人到咱家了。”

我和小星相对而笑：“我家大哥和大姐就这样，够闹的。”

小星羡慕：“多和谐呀，温馨。”

再看其他的几副内容不同，但是印刷精美的小对联。

我问老爸：“怎么不请人写呀？”老爸轻拍了一把我的头：“傻呀丫头，这是贴在每一个卧室的，省点钱呗。要不然，咱家的老虎还不发威了！”

老妈先给小星削了一个苹果，又给我们削。她边削边说：“知道就好。都放乖点，尽量别惹老虎。哼哼。”

我们逐个看了老爸的春联，还有六个不同花色的福字，三对大小不一、形态各异的招财童子。

老爸说：“这个数字是有讲究的。三六九，往上走。贴，把咱家贴满。窗玻璃上，门上，空调上，书柜上，厨房里……”

小星问：“叔叔，那九呢？”

老爸拨了拨纸卷：“看到没有，里面还有一卷。”

老妈怪他：“买这么多干啥？往哪儿贴？”

老爸回应：“死心眼了不是？给妈那边也有份儿啊！”

老妈噢了一声：“想得还挺周到。”

“那当然，不能光顾自己。”老爸很不谦虚地说，“所以，三六九，往上走。这个‘上’，在你爷爷奶奶那里。”

我们都恍然大悟。

小星和我回到我的房间，随手拿起桌上的语文课本。

“噢！对对，咱们不是学过作对联嘛。”

“没错，在七十七、七十八、七十九页。”

小星翻到七十七页，果然是。

“你连页码都记住了？”

“当然。要不，小作家的名，不白担了？”

小星指着彩印在课本上的一副对联读：文辞真比丰年玉，气味还同幽壑兰。

“意境好美哦。”她感叹。

“闭上眼回味，妙不可言。”我说。

她盯着对联落款看了足足一分钟，摇头。

“怎么啦？”我问。

“这书者叫钱……”

她说不出来，我说：“叫钱沣。feng（风），读一声，左右结构。”

她推我一把：“去你的，我不敢读出来，但我还看不出这是左右结构啊？”

好尴尬呀，卖弄得有点多了，从高级变低级。

她问：“老师讲过吗？”

我说：“咱俩坐一排，讲没讲，你还不知道呀？总不能给我讲给你不讲啊！这节内容属于梳理探究课，以自学为主。忘了？”

小星若有所悟。“你自学了？”

“当然。”我说，“不光学了课文，还延伸阅读了呢。这副对联的作者钱沣，在清朝乾隆年间，号称‘瘦马御史’。他是个清官，也是个有名的画家。画风见人格，人画合一。他非常讨厌请客送礼。钱沣在湖南当学政的时候，有个叫浦霖的人到湖南当巡抚。这个人特喜欢受贿。一到任就大办寿诞贺典，心安理得接受当地官员重金向他表‘忠心’。这种场合，钱沣不出面不行啊，他才不送金银珠宝呢，带去一对蜡烛和几斤莲藕作为贺礼。巡抚大人的鼻子差点被气歪了。这值几个破钱啊？钱沣静观不语。聪明人还是多啊。有人很快猜出钱沣的寓意，要巡抚大人当一个像蜡烛一样耿直忘我，像莲藕一样出污泥而有气节的清官、好官。正因为钱沣官品人品俱佳，他才能写出这样不吐浊气的雅联。”

小星趔趄着身子，弯着腰，斜仰着头，两只手像雏鸡欲张还合的翅膀，围着我转了三圈。

我说你干什么你，她连声啊呀啊呀的，好大的学问呀，我的老师呀……一大堆乱七八糟的话都喷了出来。

大年三十，小星和我一觉睡到中午，起来梳洗一番，吃了我老妈做的饭，小星匆匆告别回家。老爸选了一个“福”字，让小星带走。

小星还推辞，老爸说：“祝你爸妈安康，祝你快乐，年到福到，佳节号长春啊！”小星的嘴被堵上了。

这个年是金城1995年禁放烟花爆竹，2008年立法开禁燃放范围后，又一个地放明、天飞红的春节！

除夕夜，春节联欢晚会也阻挡不住新年钟声敲响的那一刻，满城炮声隆隆，窗前电光闪闪，声声急又声声慢，一直持续到天亮。

大家穿新鞋，戴新帽，过年新气象，人气旺旺旺。

整个春节期间，小星和我电话联系了几次，直到开学才见面。

44. 亿鹊放屁磨牙引起一场风波

二月二（公历2月23日），龙抬头，男女老少剪个头。

天气回暖，我们回到学校。

奇怪，宿舍又换了一个人。一班的阿梅走了，五班的亿鹊来了。

我们都不了解这个有些矮胖的女生。她像农村人过年蒸的椽头馍，两头一样齐。她话也少。就睡我的上铺。上床似乎不太利索，吭哧吭哧半天爬不上去。

不过她心眼倒好，给全宿舍的人散发了一堆结满霜白的柿饼。

军训结束后我就不再是舍长了。舍长是小星。

小星爱干净是出了名的。而亿鹊一来就没给小星留下好印象。

她在上铺，朝外撅着屁股整理床铺，噗呜噗呜不停地放屁。那屁，射程还挺远，臭得睡在对面床上的小星直呕舌头。

小星忍无可忍："喂，屁股夹紧点，你那是风口啊！"

亿鹊满宿舍瞅，一脸诧异：这是说谁呢？她木讷到都没弄明白这是说她自己。

她转过身子，继续忙活自己的事。屁股呢，继续噗呜噗呜地叫。

小星跑出宿舍，气得在楼道直跺脚。年还没过完，一到学校就摊上这事儿，郁闷。

小星找楼妈（我们管楼管叫楼妈），要求调换亿鹊到别的宿舍去。

楼妈不同意："哦，两个屁就把你孩打蒙了？你孩也太娇气了吧？不行。亿鹊也是个孩子，可能肚子不舒服，偶尔放个屁，这也成大事了？她这会儿放，明天还会放？后天还会放？天天都会这样放？我不信。要真能见天地放，我立马汇报学校领导，给她申报吉尼斯世界纪录！"

喊，怎么就不相信呢？她真的很能放啊！

后来，事实证明，亿鹊不但放屁是常事，一躺下就拉呼，妈呀，长一声短一声的，吵得人心烦意乱。

大家一度不想撕破脸皮，努力和谐相处，想了一个避开呼噜扰人的办法，就是每天上午最后一节课一结束，跑步上食堂用餐，抢在亿鹊前面回宿舍，等她上床拉呼，大家都已进入梦乡。

可事情不都顺着我们来。老师拖堂了，食堂打饭排队排久了，亿鹊中午不去吃饭，或者她比我们先回宿舍，这些状况都会使我们的设想化为泡影。

是灾又是祸，想躲躲不过。全宿舍的人对她意见都很大。

小星几次起来摇她的床。宿舍人人自危，谈呼噜色变，十分窝火。

实在折腾得受不了了，有的坐起来，挺一副吊死鬼的脸，一直坐到下午上学；有的像暴尸，满地走。

亿鹊起床后还莫名其妙："你们不睡中午觉啊？我明天也不睡了，和你们一起坐。"

我说："求求你，仁慈一点吧，别放屁磨牙打呼呼，样样不落下。

这是集体宿舍。”

亿鹊问：“谁呀，谁是这样的人？我怎么不知道。”

小星上前：“猪都比你灵醒。见过笨的，没见过你这样笨的。害了人，居然还大言不惭，装得跟没事人一样。”

亿鹊人笨脸皮薄，窗户纸捅破，眼泪唰地淌下来：“是我啊，你们在说我啊？我是新来的，你，你们，欺负我啊！”

她哭着跑到另一个宿舍，那里是五班的姐妹唱主角。

下午刚上第一节自习课，五班四个女生挤到三班教室门口，唤小星出来。小星一出门，她们就拽住衣领拉到一边。紧接着就是吵吵闹闹的声音。

我见事情不妙，追了出去。果然，她们发动车轮战，你一把，我一把，推搡小星。

有个大块头的女生朝小星吼：“你三班咋啦，特殊啊，中央电视台女主播啊，牛什么牛！你看你，跳蚤似的，屁大个舍长，敢纠集仨瓜俩枣的合伙欺负我们班亿鹊。真把自己当根葱啦！你以为你蹲着比谁尿得高哇？威风啊，厉害啊，熊啦？装得受委屈的小家雀儿似的，楚楚动人哦！呸，人不大，心眼还挺歪。警告你，五班女生可不是泥捏的，小心点！”

小星哆哆嗦嗦：“你们讲理不讲理？她好，你们把她要你们宿舍去。”“还嘴硬是不？”大块头女生抽了小星一嘴巴。很快，小星的牙龈就出血了。

我冲上去：“干什么你们？”我在学校大小是个名人，大部分同学都认识我。

五班女生对我还是以礼相待，劝我：“没你啥事，你别在这蹚浑水。”

我不赞同：“你们别欺负她。她那样瘦小，你们一个人对付她一个，都绰绰有余。你们还四个一起上，想置她于死地啊！”

五班女生沉默。

“有啥对我说，让她走。”我说。

五班女生不让她走：“亿鹊说就她最坏，我们就找她。”

我眉毛一扬：“怎么，不给面子是吧？那好，找她麻烦就是找我麻烦。她是我哥们儿。谁和她过不去，就是和我过不去！”

五班女生僵住了，风羽奇飞还是位女侠啊，以前没听说过。

互相对看了许久，其中的大块头才说：“我们也没想把她怎么着，就是劝告她，别欺负亿鹊，她长得胖，很自卑，同情一下行不行？人，谁没有个缺点和短处，包容包容不就过去了？非要逼得人家跳楼。”

我拉着小星：“话这样说就好商量。我们今后注意。但确实存在个问题，亿鹊屁多呼噜响，影响大家午休。”

五班女生又在一起碰了个头，被她们尊为女诸葛的女生对我说：“我们尽量和楼妈协调，把亿鹊换到我们宿舍，这可以吧？”

小星一听这话，千恩万谢。

我带头和五班的女生们握手，也让小星和她们握。

我说：“不打不相识嘛，认识了都是朋友。这事都别往心里去，亿鹊的问题，我们也有错，说开了，没有解不了的疙瘩。”

五班女生相视而笑。大家在友好的气氛中散伙。

常言道，只有打不开的死牢，没有解不开的活结。

宿舍风波一抹儿过去了，一切如常。

五班女生见到我们，即使不打招呼，也不至于咬牙切齿。

亿鹊搬出了我们宿舍。二班的一个女生又搬进来。各宿舍都没有空床，换铺，只能一对一的调整。调了就好。

亿鹊走的那天，我们全舍人一起送，帮她抱被褥、提鞋、端脸盆。

五班女生也来了不少，搞得很兴师动众。

大家都没有口舌之争，你情我愿，聚离相安。

45. 一场糊涂的车厢大战

可是，没消停几天，又闻到火药味儿了。

亿鹊有个表姐，在本校上高三。她知道了这事，义愤填膺，总想打抱不平。她每天和我们一起坐校车来，坐校车去。她仗着自己是学姐，就想教训一下小星和我。

每次，她上车早了，看我们嘻嘻哈哈有说有笑地上来，又擤鼻涕又吐唾沫。我们上车早了，她上来又摔书包又打坐椅，故意找碴，嘴巴不干不净的，指桑骂槐。

起初我们以为她受了谁的气，独个儿发泄。后来觉察出情况不对，这里面有问题，但说不清楚有什么问题。她是看到我和小星才变态的，说明她的不正常与我们有关。

我们还自我检点，是哪儿做得不对，冒犯了这位学姐？思来想去，没有和她闹什么别扭呀，也没有不合适的言词冲撞和得罪过她呀。算了，不理，由她去吧。

哦呵呵，她得寸进尺了，以为我们软弱可欺，骂骂咧咧有些变本加厉。连车上其他同学都听得出来，她所指的对象是我和小星。

小星问我咋办，我说以静制动，不惹事，不怕事。

回家后，我将这件烦心事说给老爸老妈。

老妈说："高三，马上就毕业了，这女子哪里中了邪了。"

老爸分析认为："她不可能好端端的无故找碴。你们之间一定有什么误会。一定有。她嫉妒你的才华？不像。她和你俩有仇？你也说不清个由头。她精神不正常，见到你们条件反射？拿不出根据。她替别人鸣不平？有这可能。替谁呢？你们得罪过谁？"

没得罪过谁呀，就是和亿鹊为睡午觉发生点不愉快。这事已摆平了。

老爸用两根手指头一张一合地摩擦着下巴上刮干净的胡子茬儿，眸子随着窗外飞舞的麻雀转了几圈，对我肯定地说："应该就与亿鹊的事有关。你想想看，亿鹊哭诉自己受你们欺负，能给他们班的女生诉，也能给与她相好或关系密切的其他人诉。五班的女生找过你们麻烦对不对？这高三的女生说不定和亿鹊亦有什么亲戚之类的关系，她出于亲情，也来找你们麻烦。"

怎么办？

老妈说："找她谈谈。"

老爸说："我不管，你自己解决。不论采用什么方式，只要能把事情平息，都是正确的。老爸相信你的智慧。现在一天天长大了，要独立处理各种问题。记得，一位伟人说得十分正确，人，是在矛盾中生活，解决了旧有的矛盾，又会产生新的矛盾。不断解决矛盾，不断衍生矛盾。如此循环往复，毁灭了怕事、躲事的人，成就了迎难而上的人。这个事儿不算大事，就看你怎么料理了。"

我也不知道我怎么解决，走一步看一步呗。

小星要告诉班主任红老师，我问："你给老师说啥？说怀疑高三的一个女生威胁我们？噢，随便怀疑一个高年级学生，老师会怎么看我们？"小星语塞。

我课间休息时有意到高三的楼层走了一圈，既想发现她在几班，也想让她发现我并不畏惧。

可惜，令人失望，我没发现她，她也没看到我。

又是下午放学坐校车。小星又坐上 6 号座，我坐了 11 号座。

那个高三的女生上来，瞪着小星："起来，滚一边去！"

小星怯怯地问："为啥？我坐得好好的，没招你没惹你呀！"

那高三的女生一书包抡下来，砸在小星头上："还敢顶嘴，找死呀你！"

小星被打蒙了，一时不知该怎么办。

我迅速冲上去，一脚将高三女生踏了个大踉跄，闪到驾驶员的后座上。

她惊疑了一下。也许她没想到一个高一的女生敢如此对她。

她吼："放肆！"

我说："还放五呢。你要啥威风啊，谁欠你的，还是咋的？"

她指着小星："那个座是我的专用座，凭什么她占着？"

我让小星起来找找，看座上有没有她的名字。没有哇，什么记号也没有。

她说："我说是我的就是我的，我都坐三年了，坐它吉利。"

我说："是你的你搬回家呀，又搬不走，凭啥让别人相信你舌头底下的证明。"

她见我不让她，突然像发怒的母熊，整个身子向我压过来。

我练过跆拳道，骨子硬朗着呢，她压不倒我。

小星怕我吃亏，抱住她一条拉斜了的腿："你松手！你不松手我咬了！"小星说咬还真咬，一口咬下去，咬得那女生哇哇怪叫。

也可能是咬急了，她想摆脱我，两手乱抓乱推，竟然从我脸面上挖了一把。我觉得一阵火辣辣的痛，意识到受伤了，火气直冲天灵盖，他大爷的奶奶！一屈膝，顶上她的小腹，再一蹬腿，踹到了她的小腿，再使劲抓住她的胸襟向前一扯，她重重地摔倒在车厢里。

小星也跟着摔倒。

我不过瘾，骑上她背，抡圆胳膊欲抽她，她抱住头："求求你，别打我脸！"

"你不是凶吗，还知道护着脸！"我吼她。

但我举起的手终究没有抡下来，两军交战，不杀俘虏呢。

我站起来，小星也跟着我站起来。那个高三女生最后一个站起来。

我恨恨地瞪她，她目光移开，捡起自己的书包，猫到后面一个角上坐去了。

小星掏出手绢擦我脸上渗出的血渍。一挨上，疼痛钻心。

我问："破得怎么样？"

"斜着三道指印。"小星说。

"厉害不？"

"有点影响。"

我怒目而视那高三女生，她急忙辩解："我不是故意的。"

我问："你为啥恨我们，不仅仅是抢个座位吧？"

她才说了实话，是为亿鹊的事报复我们。

46. 我差点破了相

喊，什么事儿，你个糊涂蛋。一场小规模战争，害得我破了相。

回家照镜子，越看越难受。女孩就靠一张脸，这死家伙有些过分，竟破我的相！我的心绪极不平静。我现在倒反过来想报复她！

老妈不让我早晨洗脸，她用热毛巾轻轻给我擦一下。

老爸很心疼："也不能搞成这样啊。女孩子打打闹闹的多不雅。就没有其他途径解决问题吗？"

老妈发怒："去，哪凉快上哪凉快去！你不是不管吗？让女儿自己处理，她有啥经验？多危险你看看。培养女儿自立精神也不是这个培养法，老子不像老子的样子。"

老爸不停地端详我的脸，问老妈："不会留下疤痕吧？要不要买瓶疤痕灵抹一抹？"

老妈推他："现在才慌啦？早干啥去啦？"

我说没事，你们不要为我吵嘴。

老妈不依："没事没事，谁知道有事没事。打哪门子架，人家又不是针对你。"

我说："她针对谁也不行。小星是我姐们儿，我得保护她。"

老妈数落："你能保护得了吗？把自己保护成这样。"

老爸背着手踱步："经一事，长一智……"

老妈吆喝："得得，你那理论空泛得很，连女儿的实践都这么失败，你还阐述啥？你就是个脱离实际的卖嘴匠。"

老爸瞪她，她根本不理。

到底能不能留下疤痕，我也很担心。越担心，越不舒服。

她竟然敢挖我，不管有意还是无意，造成的后果是真实的。我不能这样便宜了她。

其后几天，我一坐上校车就左看右看，到处找那高三女生。

我和她没完。

咦，她人呢？一连四五天都没她的影子。她也有一怕呀？我在心里有一丝丝得意。毕竟，打趴下一个高年级女生。

会不会她也哪里受伤？我这样一想，又有点不踏实。她伤哪儿了？伤得重不重？

咸吃萝卜淡操心，吃得不多，管得多的很。

我内心真是自相矛盾。一会儿举矛，一会儿挡盾。

小星一如既往地关心我。她一脸的愧疚。我弄成这样，咋说也是因她而起。我越说没事没事，她越摆脱不了有事的阴影。

日子相对平静了许多，一天天过去。

等那高三女生再坐到车上，我的脸已完全好了，脸上留下三道不明显的浅淡的白印。

老妈劝我少晒太阳，说晒多了，脸上的颜色会不一致，就真的会留下抹不去的疤痕。我再注意了一段时日，春风摇得满街道的树木发绿，我脸上的三道印痕才彻底消失。

呵呵，什么都没有了，我依然是我！青春期的皮肤愈合就是快，真是富有春天的生机。我快乐无比，心里憋着的气当然全消了。

高一女生揍了高三女生，老虎嘴边拔胡须，名扬全校了。

私下里还有老师夸我呢："哎呀，都说文人手无缚鸡之力，我们的小作家风羽奇飞'倒行逆施'，把天翻过来啦！你知道那女生是谁吗？是高三的一个刺儿头，横行学校无敌手。哪个老师教她哪个老师头疼。你一个低年级女生厉害呀，一顿揍，把个老虎屁股摸不得的东西教训乖了。哈哈，世间的事物实在奇妙，从来没有一年的风向着一边倒的，一物降一物呀！"

啊哟，我瞎胡闹，倒办了一件好事，歪打正着啊！

第八章

自树的非天才人物

47. 你请教我我请教谁去

我成为高一第二学期第三排中心位置的座主，每天早读还站在讲台上领读课文。因为我是语文科代表啊。原来的语文科代表升任了副班长。这还不是我风光的全部。

校长在全校师生大会上，向我隆重地颁发了“知名小作家”大红证书。这份殊荣是建校史上唯我独享的。

接下来，同学们纷纷请教我如何写作。我说，我不知道。他们说我不想帮助他们。我说我真不知道。他们说你不知道你怎么能写出那么多好文章来？我说我从小学到现在的语文课本都在我床头摆着，没事了就翻开看，有的课文看了三四十遍。

他们问这与写作有何关系？

我说：“卖油翁知道不？”

“伐薪烧炭南山中？”

“去，那是卖炭翁。《卖油翁》是北宋欧阳修写的。说有个老头一辈子以卖油为生。他给别人打油，将一枚铜钱放在葫芦嘴上，舀起一勺子油，不偏不斜地全部从铜钱眼里灌进去。别人问他怎么做到的？他说，这没什么，手熟而已。”

向我请教写作的同学挠挠后脖梗儿:“讲得云里雾里,不大明白。”

我说:“我也讲不出大道理。我的做法和卖油翁一样,课文反复看多了,手底下自然会写了。”

“你是个天才。”同学们夸我。

我差点把自己笑死。

天才?如果我这也算天才,满天下的天才岂不汗牛充栋!

不过站在同学的角度看,大家都没有做到的,有人鹤立鸡群做到了,就是与常人不同的天才。天才是在比较中产生的。这是通俗意义上的天才。

真正的天才千载难逢,不是这样的。那是与生俱来的,他的大脑生下来就与众不同,至高至慧。这样的天才地球很难产,以一抵万,了却普度众生事,赢得天下颂芳名。

我不是这样的天才。这不是谦虚,是确认。

摸透了方块汉字的脾气,让它顺从于我写几篇开天眼的咕咚咕咚破水而溢的文章,算不得什么天才。

《爱丽丝梦游仙境》里的非生日聚会一年就有三百六十四天,而生日只有一天。所以大家都与三百六十四合并同类项。

噢,天哪,高中的作文课明显比初中少了许多。难得一堂作文课,时常搞得人紧紧巴巴的。还没怎么陶醉,铃声一响再一响就过去了。

春天供出百花争艳,燕翼剪开人们胸襟的时候,学校新的安排也冒出枝叶来。

红老师奉教学安排之命,向我们下达了一项前所未有的写作任务——参加全校研究性学习论文比赛。

写论文?都是打酱油的,有难度。别看我,我也很生疏。这是我最排斥的一种文体。

写诗写剧写传奇，哪样都能发挥想象，唯这皇权一样的“叫鹿围”，只趴在围场外面的御栏上看过几眼，觉得离自己很远，谁还把它当成藩篱小道通行呢。

红老师将全班同学划分为八个论文攻关小组。大家都愿意加入我的组。他们不认为我不会。他们把我的摇头视为谦谦君子之风。

我一时成为热门人选。红老师像抓阄一样拨人。每组最大限度六个人。全班四十人，有两组各多一人，有两组各少一人。

红老师卡人数卡得最宽的，是我这个组。卡不住啊，卡一个，冒两个。抱希望最大的，仍是我这个组。因为我是小作家啊。我任组长，有动力也有压力。

组员有胡小、迪马、小星、绒绒、李布达。胡小是舞蹈皇后。迪马是混世魔王。小星是胆小鬼。绒绒是英语霸主。李布达是一样不达。

这样一个搭配，体现了班主任红老师的良苦用心——全班一个也不能落下，重在参与。

本组长我喜欢写无拘无束体，从骨子里鄙视论文的正襟危坐。

尤其在媒体不断曝光有大学老师著论文存在抄袭现象，中国的论文大都沦为职称的跳板而没有实质的意义后，我对那种枯燥干涩的为文形式，真想踩上两只脚，让它永世插在阎王殿的磨眼里。

世上的事就是这等具有戏剧性。你不喜欢什么，偏偏什么就找上门来。

红老师语重心长地说：“你可不能砸炮啊，咱们班能不能在全校争头彩，就看你的啦！你一定行，小作家，努力！”

她敲定给我们小组的选题是：研究语言的多样性。

论文，以不速之客的姿态，向我打招呼。

此前，学过议论文的写法，不上心，没太当回事。现在逼宫一样摆在面前，不得不重新审视这一文体。

挤进我脑子里的标题，先是《实践论》《矛盾论》，没看过，政治老师多次提过，也有老师引用过。再是《论科学发展观》《论“费厄泼赖”应当缓行》，前一种是老爸政治学习的一本册子，后一种是去上海参加鲁迅青少年文学大赛时突击学的。

把自己的思维比照进去，差一大截，帽子太大，配不上。

从网上搜一搜中学生论文怎么写。哦，还真有导师啊。

导师说，写好论文，拢共分六步：第一步，取材。直接观察呀，动手实验呀，实地考察呀，查阅资料呀，说得都有道理。第二步，分析。去粗取精，去伪存真，找到普遍性，突出典型性。第三步，拟标题。画龙点睛。第四步，写开头。反问啦，开门见山啦等等。第五步，写正文。论文的核心部分，分析问题，解决问题。第六步，写结尾。亮出自己的结论，拿出对一些问题的建议。

神啊，论文原来是有格式的，是有套路可循的。可我就是对一个模子倒出来的东西看不顺眼。

我喜欢个性张扬的文字。

和组员讨论，大眼瞪小眼，我们连作文都写不好，谁会侍弄教授们挖抓的东西哦！得，一推六二五，全成我的事儿了。套进辕里，不拉车也不成啊，谁让你在写作上风头出尽，夏也金，秋也金，不秋不夏草未睡，哥哥妹妹敖包会。

头皮都快想炸了。

对，回家，求老爸。

老爸从办公室抱回来二十多本机关论文集。有老的，有新的。

挨个往下翻，翻了两本，我扔给老爸："你们论空气啊，大话、套话、空话，振振有词，慷慨激昂，猫叫咪，咪叫猫，都不怕把自己倒迷糊了？"

老爸的眉毛使劲往上拱，小眼睛再睁也是豌豆粒那么大。

他哼哼两声："我也不想给你抱回来，是你要的。看不上就自己另起炉灶呗。反正我也没看好你们在这个领域会绣出花来。高中生嘛，写什么论文啊，论个颠三倒四的，一团糨糊。能比上我们机关出的这些集子？你要明白，这是多少机关精英花费心血，积累几十年的成果啊。蓝齐儿，朕宠你，但莫要眼高手低哟。这你都看不上，哼，哼哼。"

他这一说，我又想表现强势，又想打退堂鼓。

破玩意儿，好让人难肠。

老爸说得也是，省级机关里的笔杆子，那是些什么人啊？能踢能咬，能吹能跑，没有过人的两下子，也不敢鲁班门前抡大斧啊。

可我真没感受到它的吸引力在哪里。

算了，脑子再空一空，别出找生路。

48. 一篇雷人的论文

两周过去了，一个字也没写。

学校组织了一场高年级学生辩论会。

正方：高考证明我能行。反方：高考逼着我稀松。双方都以电视剧《铁齿铜牙纪晓岚》为例。

正方说：没有考试，像祝君豪这样优秀的寒门子弟就没法出人头地。反方说：正因为考试，像和珅的儿子丰绅殷德这样的纨绔少爷才会弄虚作假，堂而皇之青云直上。

正方说：考得好就能走得好。反方说：考不好也能走得好。

正方说：高考就是金光大道，通向明天太阳升起的地方。反方说：条条大路通北京，你坐高铁，我也可乘飞机，坐火车，走高速，只要选自己适合的方法，就无所不能！

双方激辩，不可开交，我突然捕捉到了灵感，对，语言的表现形式。

哗啦，思路开了！写语言的表现形式。

我们学播音主持，讲究语言要有技巧，那就再谈谈语言的技巧。接下来就联想多啦，海阔天空的。表现形式有，技巧有，最后看效果嘛。

我兴奋至极。开头的一段，是成功的一半。我有了这样完整的一个思路，这不等于成功了一半了？

嘁，谁怕谁，我太有才了！

此后一个多星期，我每晚关上门写论文。

老妈以为我干啥见不得人的勾当，指使老爸："敲开门看看啊，死人呀，没看见这几天，她不太正常。"

老爸也犯嘀咕，干什么呢？神神道道的。

可惜他们揣测得有点迟了，我在键盘上重重地点上最后一个句号，打开门，迎接他们的检查。

俩人傻巴着眼，一时不知说什么好。

"你……"

"我论文写完了，一个浪，一个浪，一个一个一个浪，巴扎嗨！"

我也有小老鼠抱着礼花上天空，一闪一闪亮晶晶，我也不知道是怎么回事儿的感觉。

甩甩胳膊扭扭腰，摇摇臀部劈劈腿，你们猜吧！

"没个正形。"老妈开口说话。

我等老爸发声。老爸木讷木讷的。

我提示“论文，论文”，老爸没表情。看得出来，他并不看好我的论文。

我拉他到我房间一观，他被动地向前行，边走边说：“天下论文一大抄，就看会抄不会抄。连大学教授都抄，你恐怕也是这么做的吧？”

我堵住老爸：“我抄什么抄，到哪儿抄啊？老观念。”

老爸不示弱：“网络那么发达，简直就是撒网里抓大鱼，要什么就能找出什么，还不够你抄啊！”

我调门高八度：“啊呀呀呀呀呀呀呀，我终于搞明白了。难怪你们的论文集里千篇一律，空空空空空，原来你心里很清楚，你们都是坐而论道，东拼西凑，华华丽丽，根本没法照着自己写的那些东东身体力行。对吧？”我挖苦老爸。

“听你意思，你不入流？”老爸抬眼看我。

我继续拽着他胳膊：“走走走，欣赏欣赏啦，提提意见。”

老爸进我房间趴在电脑上看。

我在边上解释，这是本姑娘第一次为班里挑大梁啦，噼里啪啦敲开论文新天地。

学校规定写三千字以上，我以五千九百字收笔。既不超一倍，也不太规矩。

我敢肯定，这不是最好的，但绝对是很有创意的，不参考任何论文模块，其独立性，你女儿用人格担保。谁与我雷同谁死，我不阅别人我活。

老爸坐下来细阅——

共性需要多样性表达

——浅谈中学生的语言及语言的艺术

金城方正中学高一三班语言多样性研究小组

语言的运用，是人类高超的交流手段。驾驭语言艺术，是每一位中学生应该掌握的技能。大导演张艺谋拍过一个大片，叫《有话好好说》，用情节印证了古人一句忠告：“良言一句三冬暖，恶语半句六月寒。”看看，掌握语言艺术，有多么重要。语言不需要同一模式，要做到：共性的意思，需要多样性的表达。

一、语言的表现

嘴巴两大功能众所皆知，一曰吃饭，二曰说话。看古人，官方之乎者也，庶民柴米油盐。文言文都是官方留下的，“关关雎鸠，在河之洲”“江南可采莲，莲叶何田田”才是民间的语风。现在的人呢，信奉话有三说，巧说为妙。但人们太喜欢说那些看似没有错其实没有用的话。对于我们中学生来说，既不复古，也不效今，只唯借鉴，不为唯一。当下语言的表现形式，大概归纳如下：

1. 激昂。多用于演说。语言在情绪高亢的催动下，很有力度，很有气势，富有煽动性和感染力。这种情况，在大学生辩论会上，有精彩的展示；在语文、历史、英语、政治课堂上，时不时见到老师神采飞扬的讲述；在斗嘴场合，也可见一斑。

2. 平和。多用于对等地、交心地说话。你不居高临下，我不跪仰在地。语言像在微风中滑翔，不急不躁，不愠不火，有利于不受外力干扰地表达。同学之间的交往，是这种语言最广泛的使用者。

3. 天真。这是中学生的天性使然。不知世故为何物，只道溪流自然成。烂漫的样子写在脸上，天真的话语挂在嘴上。凸显可爱，没有伤害，即便说得不当，如老师一样的大人大都不会太在意。

4. 直白。竹筒倒豆子，直来直去。这是最为常用的语言形式。只要不是哑巴，都能浅显地表明自己的意思。直白给人的印象很真诚，不会拐弯抹角，高兴就是高兴，生气就是生气，赞成就是赞成，反对就是反对。直白既能赢取人的好感，也能不知不觉地得罪人。

5. 幽默。能够带来快乐和活跃，不拘泥于共性思维定式的框框。这种语言时常出人意料，令人耳目一新，调节气氛的功效明显。比如打羽毛球，对方接不到，会说的就说：不好意思，我没打到你球拍上。博得心里正要添堵的对方一笑，OK，玩得开心度有啦，双方谁还在乎水平高低，只当一场游戏一场梦。

6. 哭诉。分为两种。一种是伤心或激动的反映，本真的发泄。如挨了打，受了委屈，或者突然获得连自己都不可想象的惊喜。一种是专门表演给别人看，以迷惑别人，达到某种不可告人的目的。《美人心计》里的丽妃就经常使用这种语言制造假象。

7. 暴戾。恶、凶狠、顽劣、极端的声像呈现。什么事情都不好好说，出口就伤人，以欺压为能事。许多武打电影里的反面角色，基本都说这一类话。同学中，使用这种语言的人很少，但还是有的。

8. 迁就。分为两种。一种是出于爱的相让，一种是出于怕放任。老师喜欢这个同学，他偶尔做了不好的事情，老师责怪的语言明显含有轻描淡写的成分。这个同学很横，社会青年的习气很重，属于不好惹的一类，老师和同学都无奈，又不能将他淘汰出局，也就只能极不情愿地忍让，不以语言触怒他做出更过激的行为为底线。

9. 贴心。话说出来如春风拂动心湖，暖暖的，很贴心。互相之间真正零距离，没有隔陌感，没有不舒适。在很多中国革命题材的传统电影里，都可看到共产党的干部与群众之间、红军与百姓之间、官与兵之间促膝相谈，释化心头疙瘩的情景。现在同学之间，这种情景很稀有，难得一见。

10. 霸气。说话目中无人，只顾自己痛快，不体谅别人感受。“我看你不行。”“我就这样，怎么的？”“我说的，你敢反对！”“不用你同意，只要你照做。”做事说话偏向自己一侧，严重的恃强，没有商量余地。个别班干部会有这种口气。

11. 尖刻。也就是俗话说的，打人打脸，骂人揭短。你哪儿痛，就专向哪儿刺。不把别人气个半死，他就不甘心。这种尖酸刻薄，《红楼梦》里的王熙凤最擅长。在学校里，一些女同学嘴上时有闪现。这种话很伤人的，容易激怒对方，惹起不必要的麻烦，造成同学不和的后果。

12. 谦恭。多为同学对老师。分为两种：一种很得体，言由心起，由衷地敬重老师；一种不得体，牵强地讨好，有点迫不得已的情结。弹琴听音，说话听声。哪一种谦恭都瞒不过老师的耳朵。老师嘴上不说，心里自有分寸。

二、语言的技巧

毫无疑问，语言是有技巧的。运用语言技巧，将会使声音的表达更加多样化，更加丰富多彩，增强感染力，扩大传播面，发挥好作用。

1. 说得像唱得一样好听。有的人说话好听，有的人说话不好听。除了音质之外，主要还在于话说得有没有味道。易中天在《百家讲坛》上的那声音远远够不上播音标准，但为什么很多人爱听？就因为他能说得生动深刻。深刻不是至理名言冰冷的排列，而是让故事的船，渡心潮波浪起伏的河。没有像现场直播一样的三国故事，就没有说得像唱得一样好听的易中天。不要怕自己的声音不如人，要怕就怕自己的知识积累不如人。没有强大的知识提供保障，就没有丰富的词汇、繁多的典故、庞杂的事例供自己选择。没有“进补”，缺乏“营养”的语言，怎么能生动呢？丧失生动的话语，自然就做不到说得像唱得一样好听。

2. 诗花朵朵开一路芬芳。很多人对徐志摩的“轻轻地我走了，正如我轻轻地来。我轻轻地招手，作别西天的云彩”迷恋不已。这就是诗的感染力。能把话说得像诗，是不是很让人着迷呀？聆听原声回放，开国领袖毛泽东的许多讲话鼓舞人心，就在于他有诗人的豪迈。“虚心使人进步，骄傲使人落后。”“世界是你们的，也是我们的，但是归根结底是你们的。你们青年人朝气蓬勃，好像早晨八九点钟的太阳，希望寄托在你们身上。”“让他们说我们这也不行那也不行吧，我们的目的一定要达到，我们的目的一定能够达到！”听听，这样饱含激情，又生动形象的语言，谁不喜欢？说话要说诗意话，作文要作个性文。热爱生活，就让自己诗意一些吧。

3. 机智风趣助一臂之力。语言的构成方式很多，但睿智机敏、风趣大度总能让人绝处逢生。开国总理周恩来有许多这方面的范例。比如西方记者在公众场合打探中国国库里有多少钱，周恩来稍稍一算，爽朗地回答：“有 18 元 8 角 8 分。”这个数字是中国当时发行货币面额的总和。他回答得十分机智，西方记者为这个回答竞折腰，却仍然没法知道中国到底有多少钱。新中国第一部彩色电影《梁山伯与祝英台》到联合国播映，好多西方人不理解，冷眼旁观。周恩来现场解说：“这是中国的罗密欧与朱丽叶。”他们一下来了兴趣。说话要针对受话对象的兴趣点，既要表达清楚自己的意思，又要受话对象能愉快地接受，这就是本事。

4. 反问设问种一园春天。要让猫守在一个地方不走，你就给它头顶上方吊一条咸鱼，想吃够不着，吃不到又不甘心。要使受众对象对你的说话感兴趣，就要增强语言的吸引力，让语言牢牢抓住受众对象的心。“汉高祖刘邦，秦朝时当过乡村警察。这与他后来执掌国家军政大权有关系吗？这节课我将详细分解。”老师这样做一节历史课的开场白，你听不听？途中，又不断设问、反问：“刘邦响应了陈胜、吴广起义，陈吴是起义领袖，为何陈吴败，刘邦胜？”“刘邦打项羽又是怎么回事？”这就是艺术，时时叫醒你的耳朵，注意听，我要讲到关键的节点了。也就是设下一个扣，解前一个扣，让你始终有新鲜感。这样的设局，排除了没有高潮和低谷的平铺直叙，语言险象环生，跌宕起伏，意趣盎然。

5. 旁征博引活一池秀水。一场辩论会上，正方提出经历平坦是福的观点，反方提出经历艰难是福的观点，水火不容。正方只干巴巴地说理，反来覆去就那几句无味的话。反方大量引用名人的话和名著上的事例旁证，赢得阵阵掌声。反方一口气引用了一堆名人论艰难。法国大作家伏尔泰说：不经巨大的困难，不会有伟大的事业。俄国大作家托尔斯泰说：当困难来访时，有些人跟着一飞冲天，也有些人因之倒地不起。德国大诗人歌德说：目标越接近，困难越增加。我国文学名著《西游记》里，猪八戒不被贬下人间，就当不了唐僧的徒弟；孙悟空不经太上老君炼丹炉里淬火，炼不出火眼金睛；唐僧不经历九九八十一难，取不到真经。最后，反方获胜。不让所学的大量知识为你的语言染色，你就没有吸引力，这是教训。

6. 巧用修辞拼一版美图。常用的对偶、比喻、拟人、借代、夸张、排比、反复、比拟、寄托等修辞手法，学了就要灵活运用。央视春晚上的优秀小品，都是运用这些修辞手法的典范。往往好几种修辞手法，在一个小品里穿插运用，增强了语言的感染力。提高自己语言的人气，也要靠修辞。比如老师教导同学要珍惜早晨的宝贵时光：一年之计在于春，一日之计在于晨。瓦蓝瓦蓝的空气，放声读，让你的肺洗个澡；阳光明丽娃哈哈，做个操，让你的身体呱呱叫。莫等闲，白了少年头，空悲切。话不多，但几种修辞手法交织在一起，释放出亲切感、感召力，谁还把这些话当耳旁风呢。

当然，还有很多的语言技巧可以使用，如虚实结合、以柔克刚、以情动人、宜简宜繁、刚柔相济、恰到好处、以毒攻毒等。语言在不断推陈出新，语言技巧也在百花迎春。关键不在用得臃肿，在于用得奇巧，用得恰当，用得灵活。

三、语言的特效

语言能不能收到特殊的效果，就看运用的高超技艺如何。没有冷漠的艺术，只有苍白的语言。语言丰富如宝库，会收到以下特效：

1. 化力气为糨糊。电视剧《还珠格格》里有个小燕子，发明了一句“化力气为糨糊”，真是歪打正着呀。意思是：把那些莫名其妙的不和谐的别扭之气，通过语言巧妙的劝和，像和面一样揉和得服服帖帖，与想要的那种开心温情的气氛融在一起，达到你好我好大家好的效果。其实，这种说不清道不白的别扭，在我们中学生中间是经常存在的。处理好了，就是朋友；处理不好，就是仇人。紫薇在“化力气为糨糊”上，给我们树立了榜样。

2. 化尴尬为祥和。2010 年岁尾时节，日本与俄罗斯就北方四岛的归属问题唇枪舌剑，争执近乎白热化。日本方面放话说，日本领导人要乘飞机，在自己的领土一方，从空中视察北方四岛。俄罗斯方面很快回应：“日本领导人有意从他们的领土上远眺我们俄罗斯美丽的自然风光，我们一点儿也不会反对。”本来很尴尬的一件外交大事，经这么一说，既释化了剑拔弩张的敌对，也抵消了你来我往的较劲。一句话，解决了外交难题；一句话，淡化了事件性质。高明！

3. 化困难为动力。晏子是个身材矮小、相貌丑陋的人。他作为齐国大使前往楚国。楚王在大殿上想羞辱他。问："难道你们齐国再没有人了吗？"晏子回答："我们齐国的能人都很忙，就我是个没用的闲人，所以齐王派我来。"楚王设下一局，在晏子面前审问盗犯，嘲笑着问："你们齐国的人怎么到我们楚国大肆偷盗呀？"晏子用"橘生淮南则为橘，生于淮北则为枳"的旁证，力证齐国与楚国的风气不同，楚国是个养盗的国家。晏子看似不锋利的语言，起到了最为尖刻的反羞辱作用，秒杀楚王的锐气，长了齐人的志气。

4. 化消极为积极。《毛泽东书信集》里有一个史料，说在大革命失败后的一个时期，失败的阴影笼罩得很多人喘不过气来。林彪曾经写信给毛泽东，忧虑中国革命的红旗到底能打多久？毛泽东写了一封著名的长信，督促与林彪有同样忧虑的同志坚信"星星之火，可以燎原"。意思是，不要小看一粒粒火星的威力，只要它还存在，成功就大有希望。他没有痛骂如林彪一样暂时消极的同志，而是用形象的语言加以鼓励，扫除了大家心头的阴云，重新燃起坚强的斗志。看来，打压不是好办法，循序引导最对题。

5. 化分歧为合力。《西游记》里的猪八戒，虽然很多时候是麻烦制造者，但也在一些关键时候，起到化解唐僧与孙悟空分歧、力促二人和好的作用。他蹭着个猪脸，求师傅看在猴哥立大功的分上，饶他一回；劝师兄消消火气，多想想师傅的好，心里就舒坦些。他没有一本正经，语言哼哼唧唧，稀松逗趣，果然就能劝和。如果八戒倍儿摆正自己，丁丁卯卯地明断，就会陷入"清官难断家务事"的纠缠里去，不但理不清头绪，还会越劝越糟。

6. 化着意为无意。在杨红樱《漂亮老师和坏小子》这本小说里，讲了一个"死鱼事件"。米兰很怀疑是四个坏小子干的。恰好那天下午放学后又接到一个神秘电话，问她要不要知道死鱼事件的真相？米兰赴约后，急急忙忙赶回学校，发现四个坏小子围着鱼缸指指点点，就更加认定死鱼事件与他们有关。米兰正要先入为主，抓他们个正着，只听他们说看鱼在流眼泪。米兰悲愤的心一下子被穿透了，所有的怀疑逃得无影无踪。她随机说："我也来看看鱼流眼泪。"老师与同学之间的误会，不但没加深，反而一下子消除了。用随从的语言掩饰过度固执的想法，会使事情在不经意间出现好的转机。

7. 化被动为主动。网上疯传着这样一个故事。1987 年，菲律宾前总统访华，谈到南沙主权问题时，对邓小平说："至少在地理上，那些岛屿离菲律宾更近。"邓小平抽口烟，吐得很淡定，回应道："在地理上，菲律宾离中国也很近。"一句话，使会谈局面由被动转入主动，这个议题很快从会谈桌上扯走。其实，很多事情，语言的针锋相对看似很过瘾，你说那样，我说那样绝对不行，必须这样。双方僵起来，彻底对立起来，并不是解决问题的好办法。有时候，话不在多，一句刺在要害处，点到为止就可以了，不需要再长篇大论，纠缠不休。

8. 化危机为契机。初中学过《完璧归赵》的故事，讲的是蔺相如代表赵国向秦王献和氏璧的一段传奇。秦王想得到这块玉，假称以十五座城相换。蔺相如见秦王中计，诈称玉有瑕疵，要指给秦王看。秦王信以为真，允蔺相如上前指认。蔺相如趁机夺下和氏璧，吓唬秦王：你若相逼，我就将玉在石柱上击碎。秦王害怕毁了玉，又弄僵了两国关系，只好从长计议。你看，在危机时刻，蔺相如智勇兼施，为后来星夜从小路上逃走抢得先机。大殿之上，蔺相如指玉有瑕疵，运用语言柔和是假象；夺下玉后发威，表示要将玉摔碎，显示了十足的硬气。这一软一硬，恰好化解了危机，为自己出逃赢得了契机。语言上的退与进，掌握好火候，就能使事情发生有利的转化。

9. 化仇恨为友谊。《亮剑》里，李云龙负了重伤，抬到医院做手术。他的手下见医生是个日本人，举枪要崩了他。赵刚赶来，一脚踹倒带头闹事者，严厉地让他们“滚”。这个语气很重啦，不仅是命令式，还很粗鲁。因为，时间不等人，容不得拖延。你看，同是对待自己的同志，在不同的场合、不同的情形下，语言的使用就截然不同。如果赵刚和风细雨一顿，等他思想工作做通了，李云龙恐怕早就死翘翘了。后来的事实证明，那个日本医生是靠得住的人。

10. 化沉闷为活跃。很多时候，输了比赛，考臭了成绩，人的心情都是很糟糕的，表现得十分沉闷。会做工作的人，要么转移话题，要么唱个歌、做个游戏，把群情从死寂里调动出来。与其憋在既成的事实里深受痛苦，不如在爽朗的释放里展望未来。《卖伞与染布》的故事就很有代表性。老太太心疼两个女儿，大女儿卖伞为生，二女儿染布为生。天晴，老太太忧大女儿伞卖不出去；天雨，老太太忧二女儿布晾不干。她一直很沉闷。后来有人提醒她，反过来想，事情就很不一样了。天晴，二女儿的布染得好多呀；天雨，大女儿的伞卖得多火呀！从此老太太每天都很快乐，不再被愁绪笼罩。

老爸抬起眼，眸子里闪动着情不自禁的喜悦。

“怎么样？”我问老爸。

“就你这个年龄段，写出这样的论文，我认为超凡脱俗。”老爸说。

“相信你女儿了吧，喊。”我比孙悟空制服了牛魔王还得意。

老爸感慨：“初生牛犊不怕虎啊。要有这种精神，要敢于突破，要坚持自我。女儿，你是风家的希望，老爸看好你。”

“老风，服了吧。承认不承认，你 OUT 了？”我有点狂妄。

老爸朝后捋一捋头发：“快被时代淘汰了，承认。经验和模式，成为资历也成为负担，是撬不开的紧箍咒啊。”

49. 谁能教我最正确的学习方法

第二天，我把打印出来的论文稿传给全小组同学看，请他们提提意见。

胡小说：“唯一的意见，就是能不能署真名啊，把我的名字写在你的后面？”

我连想都不想地说：“意见很好，组员的名字都写上。”

于是，我用晨光顺滑 0.5 型黑笔芯在“金城方正中学高一三班语言多样性研究小组”后面写上：风羽奇飞、胡小、迪马、小星、绒绒、李布达。

大家高兴得跳起来：风羽奇飞，我们怎么谢您呢？

“见外了不是？我们谁跟谁啊，一个小组的，缘分。成果共享。”我说。

迪马家的巧克力好像多得吃不完，他又赐我两块巧克力，照旧是法国牌子。他对论文署不署他名无所谓，他不在乎这个。别人捅他：“你会不会说话呀？”他说：“本来就不是我写的，沾不沾光，都没啥好说的。”

绒绒也不轻易言谢，她谢的方式，最为实惠，用行动表达。我上次已领教了。

小星惯用的方式是搂脖子，跳着吻你：“我爱死你了！”

李布达伸出手，握一握：“你给我力量！”

大家笑：奥特曼，请赐予我力量！

我们这个论文研究小组就这样完成使命，将论文稿最早提交到红老师桌面上。

红老师看得很细，改得也很细。她添加了论文的关键词，规范了论文排版格式，标题还搞了英汉对照。不难看出，她对这篇论文的满意度是高的，所以才下功夫精益求精。

在她的催促下，其他小组的论文陆陆续续也交了上去，但她看后没有倾注过多心血。

你不能因为由我主笔写了篇像样的论文，我就忘乎所以了。

错。

我不学习我是水牛啊，站到水里不知道喝水。

我野心很大，想对全班同学实行不间断的超越。

老爸说多做习题是巩固知识的最好方法。我用双手卷成两个指筒，捂在眼睛上："桃花潭水深千层，别人晕眩我不清。"

老妈接话："你这个女儿啊，就会给自己晚上不学习找客观理由。"

我说："看效果，别看过程。"

老妈反对："有过程才有效果。我单位的同事，孩子上学都快愁死了，见天晚上学到十一二点钟，他们都快陪不住了。你倒好，晚上九点半十点就上床呼呼，半夜又起来写那些与学习八竿子打不着的东西。嗯，我看哪，没个学习的样子，够呛。"

我努力推翻老妈的参照物："学习是个什么样子啊？能熬夜就是学习的样子啊！会学习才是学习的样子，懂吗你！"

"你说说，怎么样才是会学习？"老爸感兴趣。

"就像我。白天，把校园八小时抓紧，专心听讲，多做笔记，求得理解，万事大吉。"我自信满满地说。

老爸没有表态。我知道，他无法判断我的对与错。

他们所看到的现象，几乎都是双休日去补课，晚上埋头苦学到半夜。那些学生根本没有玩的时间，脑子里只有学习，学习，再学习。

我的这种轻松自在的状态，有些让人拿捏不准。其实我并不优秀，这是真的。我的思想很逃离，不受框框限制。

这也是我为什么能写出一篇又一篇新鲜文章的原因。

我不把自己掉进那口深不见底的为考试而考试的井里，我在井沿转着圈儿，能过得去就行。

到了高中阶段，学生的脸大都跟赵本山在小品里说崔永元似的，先前是哭笑不得，最后是紧急集合。我跳出周期外，只在脚脖子上拴一根教育的绳子。我跑得再远，绳子一抻，我还得回来。

许多学生认定上名牌大学表明自己奋斗很成功，我不这样看。我很淡然，有个大学上得了。大学不是目的，是途径。走进大学的门，不等于走进人生的保险箱。在规定的时限里，它还会无情地把你吐出来，扔在大街上，由你自个去找活路。所以途径和目的不要混淆。

学习的目的，是指向未来，寻找一架运送自己到达理想的云梯。我深信我的判断。你不抢先找到云梯，你就会捡拾别人扔在脚下的恩惠。你得仰着头看别人的脸，活自己的窝囊人生。

有很多文学少年在初中的时候就弃学著书。

更有十岁学子冯邵一刚跨进初中大门就写了退学申请书，他说："我的理想就是和心爱的女孩一起生活，哪怕以砍柴、捡破烂为生；我申请退学，不想把我的理想葬送在这无聊的考试中……"他的退学申请引爆网络，点击讨论 389 万余次。

广东主管教育的副省长陈云贤给南方日报《教育周刊》作出批示，

认为基础教育有必要进行一场改革。

但这场改革千唤万唤迟迟不出来，让多少学生陷入无奈的挣扎中。

你别以为冯邵一是个学习上冥顽不化的恐龙蛋化石，他在小学连跳三级，十岁就读到初一。

他问：学校每天无非是上课、作业、考试、排名次，除了这些，我们还有什么？

没有人回答他的问题。问这些问题并不是他的发明创造，他不是第一个，也不是最后一个。

不回答的大人并不是看不懂教育，也不是没有自己的主见。他们只是在这一体制里保持缄默，为自己的生存做顽强的坚守和不倒的屹立。

我对这个问题早有自己的答案：与其改变不了现实做无谓的牺牲，不如半推半就，一心二用，吃着不算甘甜的果子，种着自己的梦。

考试是中国法律颁布的一种制度，允许个人去违法，学校不会抗法。学校抗法的后果是校长滚蛋，学校关门大吉。

但学校可以变通，把考试的次数下降到学生能承受的范围。对于一些过分无聊的折腾式考试，可以暗下决心，组织集体作弊。

还我们一颗童心，给天下一份太平。

我不想从学校跳出来，到处漂泊流浪。

我喜欢我的同学，喜欢教室，喜欢坐在一起分享成长的美好时光。

所以我在写作的同时，也要学习，要考试。

河马不是马，它食草，也食肉。羚羊被鬣狗追到岸边，只有躲到水里，才有逃生的希望。它万万想不到，河马会比鬣狗还疯狂，把它撕成碎片。

我不能在考试上一马当先，不是我做不到，是我没有用足够多的时间去堆砌这座挡住别人自信心的山。

垒到最高处，我也得摔下来。

夏天来临的时候，高一第二学期期中考试见分晓了。

老爸预定的进前十五名，我做到了！这与我是不是把论文写得精彩毫无关联。各科的成绩摆在那里，你可以自己去相加。

靠考试成绩神气活现，也难也不难。我没做到的时候，觉得它遥不可及。我做到的时候，觉得它就像钢笔吸水，吸多少吐多少，并不那样神奇和诱惑十足。

这次考试，老爸没有兴奋异常，老妈也没有反应过度。考了也就考了，一切都在意料之中。我的各科试卷，老爸老妈也懒得细看一遍。

他们并不看重这东西。

他们在扳着指头算：去年十五，今年十六，后年十七……

有苗不愁长，长大了往哪个坑里栽。地上到处都是坑，坑和坑不一样。有的坑栽树，有水有阳光，充分享受营养；有的坑栽树，偏僻危险，困难总比幸福多。

考试只是眼前的荣耀，不能投射到以后生存的地方。

我为考试而努力，一半是为自己在班上牛气冲天，一半是为爸妈在单位、在人前脸上有光。

他们没有生养一个笨蛋十足的女儿，别人家的孩子能做到的，风里斗和羽常在所生的女儿也能做得到。

不就是考个试嘛，稍微用心一些，向前跨几步，当然是可能的！

第九章

送你落在高枝上

50. 半路冒出个副手

2012 年 8 月 27 日，在高二第一学期开学典礼上，学校给我颁发了两本火红的证书。

一本是，在 2011-2012 年度第二学期第一届高中研究性学习论文比赛中荣获一等奖，颁给我和我的论文小组。我高高举起来，向全校师生挥舞致意。这是全校唯一的一等奖。

一本是，我在上学期期终考试中跨进全班前九，得了个学习显著进步奖。

获奖于我来说是家常便饭，证书已摆成博览会的中心展台了。

人的心境是一变再变的，变得有些奇怪和贪婪。全国的金奖、大奖拿到手后，身边的小奖有时也令人心潮澎湃。这真有点阳春白雪、下里巴人都要的意思。

学校的奖，掌声居然吹红了我的脸。

几乎与此同时，我的心又跌落进冰窟。

这也太夸张了，一会儿腾格尔“我的天堂”，一会儿小林信一“下地狱”，冰火两重天啊，就在一扇门之间。

门外是火，门里是冰。

回到班上，我这个光鲜的荣誉背后，语文科代表的头衔受到点挑战。当得好好的，红老师给我配了个副手。

话是这样说的：你看哦，你每天要领诵早读，要挨个催交作业，还要到老师那里跑来跑去汇报班里每个人的语文学习情况，够累的，配个副手，你就可以只领诵早读，其他跑跑颠颠的事，全部交给副手去办，你就省心多了。这样呢，你在学习之余，就会有更多的时间思考些事情，搞搞写作，发挥一下你的强项。三不误嘛。

学习，写作，当科代表，哪样都不耽误，对吧？

老师说的理由充分，你不接受也得接受。

可问题是，要配，配谁都行啊，你别配米拉。

米拉什么人啊？成天翘着个小脸蛋，以为自己好得不得了，她能赛过赛金珠，堪比白雪公主。心气一高，就自命不凡，成天傲哄哄的。

我也不知道她一天到晚傲啥，资本就是长得比别人好看？没事端个镜子照来照去，努努嘴呀，描描唇呀，挤弄个眼呀，自恋。

她到底有多美？是羞花闭月、沉鱼落雁呀，还是人见人爱、花见花开、汽车见了爆胎？

我没看出来。

也许真的比别人好看那么一点点。就一点点。

再说她考试，语文大考才考了八十多分，这成绩能提到桌面上吗？全班上一百分的过半，她排老几，自己心里还不清楚。总成绩就更甭提啦，全班倒数第三。

配这么一个副手，怎么服众啊？我高低想不通。

班上也有说法了：哎，你怎么了，其他科代表都是一个人啊，为啥语文科代表设两个？语文比别的科特殊啊，高一个档次啊，高考多加分啊？

去去去，这都是没影的事儿。

那，还有一种可能，红老师在试探着，想用米拉替换了你，对吧？

我浑身长嘴也说不清啦，觉得谁说的都有些道理。

配个副手，这不等于抢班夺权吗！我窝火极了。

这红老师是怎么想的……

该不会是出于鼓励米拉上进的考虑吧？要说鼓励，班上谁不需要鼓励啊，偏偏鼓励她！她比谁多个鼻子还是多个眼睛啊，啥都不多，倒过来说，还有点欠缺。

到底什么意思？该不会真像有的同学说的那样，把我踢出局？笑话，她来替换我，凭啥？

我检讨了一下我当语文科代表以来的表现，就按上纲上线说吧，政治清白，作风正派，工作积极，成绩突出，还能和全班打成一片，没有糟糕透顶的把柄呀！

唉，想得人头大，这红老师葫芦里，到底卖的什么药……

51. 这架势是要抢班夺权

事发突然，连个思想转弯的余地都没有。想不通，还不能带着情绪多说，牢骚太盛防肠断嘛。

得，郁闷只在心里。多说，于红老师不好，于我也不好。吧嗒吧嗒嘴，我忍，忍，忍！

别就为这么个事儿，还纷纷扬扬了，情绪比脚气大。

至于吗。但不说又憋得慌。这毕竟是个事儿。不大正常的事儿。

要配两个科代表，为啥一开始不配？走在半道上才想起配。我觉得像有人从我包里掏了乘车卡似的，六神不定。

我的淡定还不足以掩盖我的个性鲜明。妖精修炼千年才成佛，我肉体凡胎，不可能立地成佛呀。

红老师可能看出来我不太乐意，把我叫到办公室："平时课间，喜欢到我这里倒开水喝，怎么，这两天不渴？"

我支支吾吾："不是，我带了乐事滋滋烤肉。"

"啊，固体水？"红老师吃惊。

我也为自己说的话吓一跳，那是薯片。

她倒一杯水给我，拍拍我的手："你呀，别乱想，我一直喜欢你这没假吧？"

我承认，红老师绝对喜欢我，她曾说过，班上有我这样一位才女，是她任教以来的荣幸。人生能有几个绝佳的相遇啊？

也许今生就揽入门下你这一个足够我海夸的冒尖学生了，也许还会有，但概率相当低了，再生的希望渺茫。她温和地说。

"我代两个班的语文，六班呢，语文科代表也是两个人，这你心里踏实了吧？"红老师补充道。

"嗯，我懂。"我说。

"真懂啊？"红老师脸上的笑浮现出温馨，略略地问我。

"真懂。"我说。

红老师打开教案，一副准备办公的样子："懂了就成，回去吧，啊。"

我懂什么呀，还是不大懂。

六班，也是两个语文科代表？我不知不觉来到六班门口。

“哟，三班语文科代表，小作家来啦！”六班同学起哄。

有个走路利索的女生迎出来：“欢迎你光临，有事儿吗？”

我有些语无伦次：“哦，没、没事，就是……就是问问你，你们班几、几个语文科代表？”多少有点心虚，嘴皮子不那么明快。

人家举起一个手指头：“你问得真幽默，这又不是政府机构，一个正职，后面还配一长串副职咋的。瞧这里，就一个。”

“谁呀？”我问。

“那就是我！”那个女生神气地说，“我知道，三班是你，六班是我。”

我一时哑口无言。

看来，红老师对我说了假话的。这里面一定有名堂。

回到班里，我心绪难宁。

红老师究竟是什么意思？不想用我了？用米拉把我撬走？那也用不着这样啊，直接把我免了得了。

找不到合适的理由？要什么理由啊，米拉被宣布为副语文科代表，有理由吗？没有。

真是奇了怪了，我摊上这么个事儿。闹心，真闹心。

米拉自红老师宣布为副语文科代表后，立马倍儿精神，还真把自个当把菜，硬往案板上放，找切。

她对我很无视，气势如虹地站到讲台前，用板刷敲得讲桌咚咚响，向全班吆喝：“注意啦，从今天起，我收语文作业，谁都不许搪塞，我可是很严格的哦。有的人字写得潦草，这不行，我检查是过不了关的。别不服气，就是你，我随时会向红老师报告的。开水泼在猪身上，敢不叫，煺你一层毛；我把话撂在讲台上，敢不听，让你接下来不得安宁。”

底下产生蜂鸣，议论纷纷：举着红头文件告状，告不赢也得赢；戴着警察帽抓小偷，谁还敢往你面前跑！

各位习惯了我的讲道理，就不习惯米拉的拉虎皮当大旗。

和我要好的同学悄悄怂恿我：“可不能沉默呀，压住她，让我们有好日子过。”

我想和米拉谈谈，她头一扭，没空。嘿，屎巴牛上麻将桌，这就杠上了。

我觉得自个脸上的快乐，一条一条被米拉撕走了，留下阴云密布。我可不能就这样下去呀，一根桩绊倒一匹千里马。本来看她就没多少好感，现在再看她，越看越不顺眼。

她那副老子天下第一的样子，对谁都鄙视。自己逞能，一个跟头翻到南天门，神气得不得了。呸，你当演电影呢，有那本事的，那是孙悟空，掂量掂量自个，你去过“灵台方寸山，斜月三星洞”吗，拜菩提师祖练过吗？

怎么，自己厉害得能一声吼断当阳桥啊，那是张飞，瞅瞅你那身板，能把自个吼成脑缺氧。说难听点，叫脑残。

越想越迷糊，哎呀红老师，你到底是为什么呀，给我配这么个货！

想从红老师那儿问出什么来，几乎不可能。

你想啊，她能对我说谎，说六班也配了两个语文科代表，说明她想瞒我。既然她已下了这么大决心纸里包火，是经过深思熟虑的，不像临时起意。

要说红老师对我有看法，足可以采取直截了当的方式明说呀，我属于外向型性格，抗打击能力是有的，这个她知道。

她压根就不想把我从这个位置抹掉。

我是谁呀，一面旗子，哗啦啦一飘，三班世界好风光。

红老师超级聪明的一个人，才不会断不出哪头重哪头轻呢。

52. 刺头男生奚落米拉

下午，米拉又做了一件让我恼火的事。

她课间急急火火地向黑板上写晚上的家庭作业。写完，大声宣布："布置作业啦，朝这儿看，都抓紧抄下来。记清楚哦，过往不候，我没时间再给你们重复的。"

迪马和班上一个刺头男生嘀嘀咕咕耳语了一阵，那刺头男生从我身边走过撞我，头向堂前一昂，意思是：不满意，我擦掉它！

我的情绪已肆无忌惮地泛滥，微微一撇嘴。

这个男生心领神会，大摇大摆走到讲台前。他站上讲台咣咣咣敲了几下板刷："哎呀，今天的粉笔末真多呀，一抖，像筛糠。大家要爱惜粉笔啊，别到处乱写乱画。"他边说，边抡圆了胳膊，像画粗壮的弧线一样，把米拉布置的语文作业擦了个精光。

米拉急了，上前拉他："你疯啦你，敢这样胡闹？这是红老师交代的语文作业！"

"噢，红老师交代的？给你交代的？风羽奇飞，你知不知道啊？噢，你不表态就是不知道了。平时不都是她这个科代表中转的嘛。你、你、你当科代表了，代替她了，插一杠子了，她、她、她从此就哑巴了？你把我搞糊涂了，班上没有搞大选啊，你就胜出……"那个男生又装糊涂，又略带不恭地说。

"我刚才宣布，你没认真听啊？"米拉质问。

"你刚才说啥啦，我上茅厕去了，那里面呀，臭气一股一股地熏人，我没听到什么啊。你看看你，当了科代表，责任心一点不强，我们上茅厕的人，你应该追到屁股后面，挨个通知到啊。看这事闹的，我还以为谁吃饱撑的，下课在黑板上乱画哩。哎呀该批评，该批评，思想太积极，行动有问题。你看这咋整，好心办了个坏事。本来吧，想帮值日生把黑板擦干净，不知道那是米代表你写的作业啊！”那个男生以坏坏的腔调漫不经心地说米拉，“要不这样，你另写一遍？”

我在心里乐开了花。哼，你再能呀，杀你个下马威！不给点厉害，你就不晓得马王爷是三只眼。

米拉气得跺脚：“你太过分了！”

那男生两臂张开，做一个莫名其妙的大动作：“过什么分呀？我知道你写那么多乱七八糟的字管什么用呀？你又没注明这是圣旨。”

米拉有理说不清，她只好打算重写一遍。可没时间了，要上课。她把捏在手里的粉笔愤愤地一摔，回座位去了。

我有点心满意足。你不是不把我放在眼里吗，你不是爱挑衅吗，好呀，看谁能治谁。

我怀着一种将军不用出面，便把小卒摆平的喜悦感，专心地等待数学老师来上课。

但这事没有完。米拉给我当副手，我总是如荆负背，有些不舒服。

平时，布置作业、收交作业，那都是我的事儿呀，现在她一上来，没我啥事儿了。我极不适应。

我想和她谈谈，我们分个工，一三五我做这些工作，二四六她做那些工作。可她新官上任好神气啊，我叫不动她。

她压根就没有正副手这个概念。她摆不正自己位置，就对我履行职责碍手碍脚。这是不行的。

好比班长和副班长吧，你副班长不能越过班长管事吧？你做过分了，班长会把你踢出局。我一个科代表怎么啦，也得行这个规矩。你不能眼里无老大，自个充大头。

有句话咋说来着？山中无老虎，猴子称大王。问题是，山中老虎依旧在，猴子越位欲称王。我能答应吗！

你是班主任红老师任命的，我也是啊，我比你早多啦，我从高一第二学期就获任命了，你才高二第一学期获任命，比我差了大半年。

凭良心说，路都走了半程了，你才挤上脚踏车，这就牛上啦！按党代会的规矩，我是元老级的，你是新手；我是主帅，你是副帅。连这个都搞不清楚，你这班干部知识也太欠缺了。

米拉被男生羞辱了一把，气呼呼的。整整一节数学课，她如坐针毡，浑身不自在。她不住地偷窥我，从我脸上捕捉她想要知道的信息。

我注意到她这个举动。

但我没心情牺牲一节主课，来琢磨她制造的没领没腰的枝节问题。我保持高度的镇静，数学老师讲的每一句话，都灌输到我的耳朵里，从脑子走个流程，再回到心里。

数学不是我的强项，我不敢慢待这家伙。老师说过，高考，这是提分或扯后腿的一个主项。数学学得好，高考发挥正常，追加五六十分的可能性是有的。反之，缺五六十分，让你考砸的可能性也是有的。这家伙惹不起，我不能亏在它上面。与数学课相比，米拉当副科代表算个啥？

米拉这阵子心热，对学习数学与当科代表之间的关系不这样看。她觉得自己刚上任，就特不顺。我就像一块绊脚石，再加上一大帮不服气的人使坏，她的开局非常不利。所以她气哼哼的，看我的眼睛都是绿的。

53. 锦囊妙计

下午放学前，米拉又抢先我一步，布置语文家庭作业。她堵在教室门口，谁不抄写她布置的作业不许走。我偏不信这个邪，书包往背上一甩，走人。

米拉的身子卡在门里，见我过来，下巴向上仰得高高的，连看都不看我一眼，甩下一句话："红老师让我从严要求的，对谁都不例外。"

"滚开！"我火了。

她惊了一下，身子动了动，我踢开她的一只脚，挤出门去。

我用力太大，差点把她挤倒。

哼，拿上鸡毛当令箭，什么玩意儿！我什么时候受过这等窝囊气？

坐进校车里，我气鼓鼓的，心情糟透了。

脸上写满不快乐，想粉饰也粉饰不掉，我一直带到家里。

一进门，书包扔得远远的，骂一句："她亲娘老舅的，上网查查，明天是不是个大吉天，能不能赶走小鬼。"

老妈正在厨房做饭，见我一脸的不开心，一只脚跨出厨房门问："宝贝，咋的啦，谁惹你了？"

我边脱外衣边说："米拉。"

"怎么回事，拌嘴了，吵架了，动手了？"老妈不解。

我一屁股坐在小床上："哼，她想跟我斗！"

老妈一脸迷惑："说清楚呀，咋的啦？"

我歪着头："红老师宣布米拉当我的副手。"

"好事儿啊。"老妈吟笑着说。

"好啥好，你没见那米拉，有些摸不着高低的病，把你姑娘我挤对得没事干了！”我很爆发地说。

“噢，你不想要她当副手啊？那好办，明天找你红老师，把她免掉！”老妈出了个快刀斩乱麻，干脆利落的主意。

“尽瞎掰掰。”老爸从阳台提着两根大白葱出来，在餐桌上铺开一张报纸，要我与他一起剥葱皮儿，很沉稳地说：“事情哪能像你妈说的那样干哪？不喜欢就免了。”

老妈从厨房走出来：“小孩子间就这么屁大个事嘛，想那么复杂干啥？找红老师，能任就能免，免了她，简单得跟一一样。”

老爸瞪老妈：“这就是你给孩子出的主意？若这么简单，女儿还烦什么？烦，就说明这事儿不简单，她当下还摆不平。”

老妈看了看我，摸摸我的小脸：“真的吗，多大点事儿，要不你跟红老师提出，让米拉当语文科代表，你还不干了呢，由她去折腾。无官一身轻。”

老爸用手劈老妈：“不会说话闭嘴。现在不是复杂问题简单处理的时候。你想想看，这个时候你撂挑子，红老师怎么想？哦，小作家闹情绪啊，和我对着干啊！这，对女儿多不好。”

老妈拉开就近的一把椅子，往上一坐：“你爸这人，机关待久了，就会用官场那一套唬人。学校的事嘛，想那么深入有何用。你还真把一个小小科代表当成官了？要我说，有和没有一个样。女儿，它若真惹得你心烦，就辞了它。有啥影响，你是个学生，不是个官僚。别像你爸，活得累不累？”

老爸拿着剥干净的大白葱敲桌子：“不能让孩子这么不掂轻重地处理问题。现在十五六了，要学会适应社会，遇到问题会分析，会冷静，会周到地处理，以求圆满的结局。如果现在还不培养用超常的方法解决棘手事情的能力，将来是要吃亏的。”

“那你说，女儿该怎么办？”老妈催老爸。

“咱们分析分析。”老爸说，“你们看，红老师突然宣布米拉当语文科副科代表，既不放在刚入校，也不放在高一末，而是选在前不着村后不着店的这个时间段里，这说明她的意识里，一直就没有这档事。但她没有这档事，不等于别人没有。你比如说，校领导出于某些社会需要考虑，给红老师有提示或有意安排；或者米拉的爸妈跟红老师面谈过，希望红老师能够给予米拉一些信任和鼓励；或者退一万步说，红老师本人办一些事儿需要米拉的家庭力量来帮助。这些外在的因素，都有可能导致红老师做出这样的决定。因为她代语文，只有语文科代表这个角色她能够当即拍板做主。选配班干部呢，她也能做主，但动静太大，米拉若不能服众，会把班里搞乱。红老师不会冒这个风险。”

我拍了一下老爸：“你分析得有道理。”

老妈哀叹一声：“瞧瞧你爸，一天到晚都想啥呢。没选他当省部级领导干部，太亏了。”

老爸将剥好的葱扔给老妈：“做你的饭去，少打岔。”

他继续给我说：“当你找过你红老师后，她向你撒了一个谎，说六班也是两个语文科代表。这说明什么？说明她的这个决定不管是真自愿还是被迫，都不会当下再否决。这一点你一定要清楚，不能用自己的单纯和意气向刀口上撞。”

“照你这样说，我就没办法治米拉了？”我很着急地问。

老爸摆摆手：“冷静，冷静。现在冷静最重要。米拉给你当副手，你真的不开心？”

我说：“不是不开心，是很不开心。她那个人吧，在班上没多少人缘，烦她的人很多。她太自命不凡，一旦得势，就把别人不放在眼里。

我还是正科代表吧，她做事居然根本不考虑我的感受，不协商着来也就算了，还反过来和你拧着劲干。”

老爸噢了一声，去给自己的杯子里添水去了。

“我也要喝。”我朝他喊。

老爸又回来，也端走了我的杯子。

进厨房倒了两杯水，我的给我，他的归他，坐下来，揉揉我的头发：“相信我女儿有智慧。”

我甩掉他的手：“哎呀烦死了，我现在没智慧。”

老爸喝口水，太烫，他吹吹，再吹吹，故意磨时间。

老妈喊开饭，我们一起行动起来，端菜的端菜，端米饭的端米饭。

一家人围着餐桌坐齐了，老妈吃了几口饭，问老爸：“哎，阴谋家，你给女儿出了啥狗……狗舌头主意？”

老爸筷子一指：“少诬蔑，会到法院告你个诽谤罪。”

老妈肩膀一耸：“好怕怕哟。”

老爸老妈开心地大笑。

我一点笑意都没有：“老爸你快说呀，我该怎么办？”

老爸卖关子：“真想听？可是要收费的，不能白教啊！”

我气忘了，来了几张稿费单，从兜里掏出来，甩给老爸。

老妈一把抢过来：“呀，又来一把，我算算，有多少。”

老爸也想抢，但不是老妈的对手。他只能等老妈算完，他才能看。

“四百四十五。”老妈用计算机加了一遍，对我们说。

老爸筷子在空中一划：“拿过来。”

老妈故作不给：“叫姐。”

“去你的，女儿面前，没个当大人的样子。”老爸批驳老妈。

老妈朝我："你爸在家里也假惺惺的，装大尾巴狼。"

老妈将稿费单给了老爸，老爸看了看，眉头一皱："又有两个，没见给女儿寄样刊啊。"

老妈说："管它样刊不样刊的，寄钱就行。"

老爸不高兴了："你这种思维要不得的。就这种很片面的思维，长期影响下去，会矮化孩子的智商的。"

老妈不干了："得得得，还矮化呢，这叫挑重点，增加多少快乐系数呢，你懂吗？"

我哪有心思听他们扯稿费，满脑子都是米拉。

老爸看出来我的意图，将稿费单推向一边："所以米拉的事，你一定要考虑到一个重要的因素。"

"什么因素？"我问。

"你红老师的面子问题。"老爸认真地说，"你出的主意，要你红老师不感到为难，又能很体面地自行改变自己的决定。"

"女儿又不是孙悟空，哪能钻到红老师肚子里呢。"老妈插话。

"这，就是考验智商高不高的时候。"老爸说。

食不甘味。我草草吃罢，碗一搁，进到自己房间。

老妈指责老爸："你有好主意给女儿说呀，看把她作难的。"

老爸似乎不着急："该分析的我帮她分析了，该提示的我帮她提示了，剩下的事儿，必须由她来。她若想不出一个妙法来，那就愧对小作家这个称号了。"

给予也是一种免除。

我躺在床上，翻了一个滚，脑子里倏地闪出这几个字。

我忽地坐起来，理清，理清，再理清，什么意思？

把更好的东西给别人，免除带给自己的不利。是这个意思吗？

哎呀，这，不就成了嘛！

我从床上弹跳到地上，抱起好久不弹的吉他，拨拉了起来。

老妈闻声进来："女儿你怎么了？"

我用胜利的面孔看着她："挺好的呀，自娱自乐。"

"你想到好主意了？"老妈问。

我不再看她："忙你的去吧，我的事你别管了。"

54. 巧妙送"瘟神"

此后，连续一周，我让米拉跳，能跳多高跳多高。

我也不找红老师，就像没这事儿一样。

我还写一张字条传给米拉："以后要帮忙就吭声，一起努力。把你看成对手，是我的糊涂。以前如果有做得不对的，就过去吧。"

米拉回字条："呵呵，嗯。一起努力！我知道你怎么想的。你比我有能力当科代表，加油！"

我再回字条："以后就是两个科代表了。妒忌心理作怪才会有意刁难你，此后不会，咱们一起做好朋友！"

米拉很快又回了字条："我知道，谁遇到这样的事心里都不好受。因为别人在背后叨叨。理解你。嗯，OK，好朋友。"

局面得到和解，米拉对布置作业、收作业十分上心。

我猫在她的气势下，悄无声息。

好不易盼来月考。

我有意和学习委员搭腔："又该你忙啦？"她故意走得东倒西歪：

“最烦登记分数，这不又来了，也没人帮帮我。”

“你应该有个助手。你看我，有个副手，我比原先轻松多了，杂七杂八的事儿都她来干。”我炫耀似的说。

“唉，红老师偏心眼，你当语文科代表多舒坦啊！哪像我，累死没人来爱。”学习委员发牢骚。

“呵呵，委员大人有所不知呀，任何好事都是自己争取的，红老师又当咱的班主任，又代两个班的语文，哪能顾及那么多呀。米拉来给我当副手，是我向红老师提出来的。”我悄悄凑近学习委员耳朵说。

“啊，是这样啊！我怎么就没想到给自己要个副手呢？”学习委员感叹起来。

“亡羊补牢，现在也不晚呀。”我催促。

抄成绩，建登记表，着实是很麻烦的事，稍有闪失，就出差错。给谁多加了成绩老师不高兴：“要出于公心，不能弄虚作假，你这是害他，不是帮他。”给谁少算了分数同学不乐意：“我没得罪你啊，你干吗和我过不去呢。”每次考完，学习委员要花几天的课余时间去登记分数，吃苦受累，自不在话下。

经我一点拨，她开窍了，果然去找红老师要副手去了。

学习委员怎么向红老师开口我不管，我只管学习委员什么时候从红老师办公室出来。

她一出来，我就拿着语文课本走进红老师办公室。

“有事？”红老师问我。

“哦，这一句古文我不大理解，想请您再讲一下。”我把课本转过去，指给她看。

红老师认真地讲了一遍，我说：“谢谢红老师，我懂了。”

我其他啥也不说，准备离开。

红老师叫住我："你和米拉现在处得怎么样？"

我说："挺好的，她喜欢多干点事，我就全让她干。"

红老师问："你觉得她……"

我顿了顿说："科代表太局限了，我看她有点发挥不出来。如果能让她参与班干部的一项什么工作，我想她一定比现在干得更好。"

"你真这样认为？"红老师问。

"是呀，您看中的人哪，绝对没问题。"我近似献媚地说。

说罢，我恨恨地朝自己唾几口，呸呸呸，什么人嘛，说违心的话不害牙疼。

红老师很高兴："我没看错你，挺懂事儿的。这样吧，刚才学习委员来给我要一个助手，说她一个人登记分数忙不过来。我看也是。我想在你和米拉中间调整一个出来，当副学习委员。征求一下你的意见，你看你们两个谁去？"

我卷着语文课本，不语。

"你表个态呀，我是真心请你来选择的。"红老师一脸渴望。

"那好吧。红老师您看，我当语文科代表和您配合惯了，挺眷恋我这个最爱的。米拉我也挺舍不得的。但学习委员毕竟是班干部，能更充分地发挥她的作用，我若拦住不让她上，她知道了会恨我的。这个机会，就让给她吧，成人之美嘛。请红老师放心，我不会有啥想法的，支持您的调整。"我很有点弯弯绕的感觉，在红老师面前要大刀。

红老师也许识破了我的鬼心眼，也许没识破，她表情高兴地说："那好吧，让米拉给学习委员当副手去，帮忙登记个成绩什么的。"

亲娘啊亲舅啊，我终于将"瘟神"送走了。

回到家里，我欢天喜地。

老爸见我手舞足蹈，立马猜中我事情办妥了。他伸出双手，我的双手马上迎上去，咣的一击，耶！

老爸笑："我就说嘛，这点事我的千金都办不成，啥智商啊，以后的小说还能写下去吗！"

我很得意："真有种成就感，把米拉推上一个台阶，她高兴，学习委员高兴，我高兴，红老师也高兴，皆大欢喜呀。现在，红老师很体面，学习委员很感激，米拉还美滋滋呢，哼，一个小小的科代表算啥，我还班干部了呢。"

老爸夸我："这就对了，凡事想周全，既达到自己的目的，又让人人高兴，这是上上策。"

老妈不这样看："傻丫头，副学习委员多好，班干部，你咋不争取？"

我白了老妈一眼："我才不去呢，宁当鸡头，不做凤尾。"

老爸更正："女儿，你现在说每一句话，要文雅，这个表达有点粗俗，能不能换个更好的？"

老妈损老爸："屁事真多，说个话也限制啊？那你说，这话该怎么说？"

老爸指指我："女儿自己改。"

我想了想："宁当排头，不做将尾。"

老爸很满意："这就对了嘛。同样的意思，有三种表达方式，上中下，你应该选最佳的一个。"

迈过这一关，我心情好得天天湛蓝。

在我的专长课程上，做朵霸王花不算过分吧？有人想来分享也不是不可以，得匹配。你不能以挑战的姿态来面对我，没听新闻里老说嘛，和谐社会，合作共赢，合则两利，损则两害。你歪着个脖子，像斗鸡一样，见我就眼红，成天横横的，我怎么受得了？闹心不闹心呀！

选副手是帮衬着打天下的，不是来挖墙脚的。你挖得我分心，学习成绩下降谁负责？见天没有好脸色给大家看谁负责？

我说你是罪魁，红老师也不太会答应啊，会问：那你的自制力呢？一个巴掌拍不响，别人不对，自己未必就对。你看看，话来了吧？到那时，解释都解释不清楚，跳楼也洗刷不干净自己的错误。

所以呀，对不起喽，趁早扶你落在高枝上，我还在低处潇洒我的，咱们井水不犯河水。

“各位，留一只耳朵听题，今天的语文家庭作业是……”我的声音又在全班回响。

“敢问一下小作家科代表风羽奇飞同志，三道题都得做？”

“你若能保证考一百二十分，可以挑着做；你若能保证考一百五十分，可以全不做。”

“还有没有‘你若……’？”

“有哇！”我说，“你若前两个保证都不能保证，就乖乖地全做。”

坐在后两排的男生们乐意我“主政”，因为我经常用友好协商替代强制命令。

学习赶不上趟的压力，只有后进生感受最痛彻。他们越赶不上趟，做作业就越吃力。做作业越吃力，越在乎别人的帮助和脸色。我是从后进生堆里逃出来的，我对后进生绝对没有一丝丝鄙夷。

他们喜欢我善待他们。

猫也有打盹的时候。

我的头枕着自个的胳膊，在一节自习课上进入梦乡。

不知哪几个男生使坏，给我画了八字胡，下巴上写道：胡汉三回来了！

我睡起来咂巴咂巴嘴，看看左右，她们笑我，我反问："我好笑吗？"

她们纷纷给我递镜子，我一瞅，呀，谁干的？

她们夸张着脸："你要兴师问罪吗？"

我说对呀，她们异口同声地吼："不、知、道！"

后面的男生也狂喊："真、不、知、道！"

第十章

没事别和 Money 过不去

55. 快乐学习挣 Money

快乐是快乐给的，痛苦是痛苦给的。

高中没有压力是假的。学习 = 成绩，成为撼不动的定律。

所有家长都谈低分色变：你同样两个眼睛一张嘴，咋学的？能不能不给我丢人啊！所有获高分的同学，家长都抬头挺胸：也不看看是谁的孩子！老子英雄儿好汉，老子狗熊儿笨蛋。

家长脸上有没有光，全是我们的学习成绩给挣的。

成绩于现今社会，是那样重要，那么赏脸和不赏脸。

赏脸的后果，往往是奖励。

Money（钱）社会，有它走遍天下，无它寸步难行。

Money，我爱死你了！

谁都可以和谁过不去，千万别和 Money 过不去。

有理伤着别人，没 Money 气着自己。

湖南卫视热播着《麻辣女兵》，我一看到汤小米，就喜欢上这个假小子。

我也有她性格的隐形一面。

她的独特，都是 Money 养出来的。没 Money，天天开门是个愁，迈一步是求人，迈两步也是求人。

有 Money 不是罪过，缺 Money 才是老天不公。

和同学比，我就缺 Money。

虽然，时不时来一大把稿费，我还没身份证，取汇款都得老爸去办。老爸去邮局取 Money 前，老妈拿个计算器啪啪啪一摁："去，取去，取回来一分不少地交我，我给女儿存着，看一年能存多少。"所以我的稿费基本上发不到我手。

从老妈手里要出一点 Money 来，比造 Money 还困难。

可以这样肯定，我是班上经济实力很 OUT 的一个人。

记不清，哪一年回山东老家过年，是三姑给了我这个侄女三折的真皮大钱包，还是到北京三妈给的这个大钱包。记不大清楚了。

钱包橘黄色的，软鳞皮，里面有一长排插卡的地方。我没有一张银行卡可插，但那一排插卡袋空着给别人看，又很没面子。

我就到处搜寻类似银行卡的卡，如纸中城邦的会员卡，上海轨道交通的指南卡，中国邮政的日历卡，浦发银行的大众银联卡，金城图书馆的借书卡，圣名跆拳道的会员卡，美爆の美妆潮品店的会员优惠卡，自己使用的课时卡……一长排卡看似壮观，五颜六色，实则没有多少现实意义。

这让我觉得自己好可怜。

这些卡，也只能是偶尔快速地闪给同学看，不能让他们细读。

一细读，露了马脚，会令大家贻笑万年。

我得学会掩饰。

我特别记住 9 月 2 日（星期天）这个日子，从这一天起，我接连有好运。Money 多次与我亲密接触。

这是高二的良好开端。

我不知为什么，突然学习兴趣大增，对考在全班前面的三套马车老大的不服气。我坚定要超越他们！

我想到了小学第五册第十课的课文——《一定要争气》，讲的是我国著名生物学家童第周的故事。童第周因家里穷，十七岁才进中学。他文化基础差，学习很吃力，第一学期期末考试，平均成绩才四十五分。校长要他退学，经他再三请求，才同意让他跟班试读一个学期。

第二学期，童第周更加发愤学习。每天天没亮，他就悄悄起床，在校园的路灯下面读外语。夜里同学们都睡了，他又到路灯下面去看书。值班老师发现了，关上路灯，叫他进屋睡觉。他趁老师不注意，又溜到厕所外边的路灯下面去学习。

经过半年的努力，他终于赶上来了，各科成绩都不错，数学还考了一百分。

童第周看着成绩单，心想："一定要争气。我并不比别人笨。别人能办到的事，我经过努力，一定也能办到。"

童第周二十八岁的时候，得到亲友的资助，到比利时去留学，跟一位在欧洲很有名的生物学教授学习。一起学习的还有别的国家的学生。旧中国贫穷落后，在世界上没有地位，中国学生在国外被同学瞧不起。童第周暗暗下了决心，一定要为中国人争气。最后，他果然实现了自己的愿望，为中国人争了气！

童第周能办到的，我为什么办不到？

我也不比别人笨，上学期期末考试，成绩大踏步跨入全班第九名。

我也要争气！

新课学习了一个多月，迎来高二第一学期第一次月考。

考就考，谁怕谁。我对这次考试并不畏惧，心理上一点儿抵触都没有。

跟着老师复习一遍，没什么难住我的，该学的，基本都掌握了。

我就这样上了考场。每一份试卷，做得都轻松自如。

我有预感，自己可以保住上学期第九名的席次，运气好，可能还前进两三个名次，但还是不敢完全肯定自己能够大幅度超越自己。

考试结束，我没有向爸妈通报情况。

我是这样想的。若原地踏步，或者小有退步，嘴巴封严，秘而不宣。若真有较大幅度的进步，到时卷子批出来，直接拿回家，给爸妈一个惊喜。

一周后，各科月考成绩出来，我的综合实力，排名全班第六！

哇，不会吧，挤进全班前六？

又进步了三个名次！

这，成了老师的热门话题，一到教室，张口闭口夸我不错，说我是大家学习的榜样，尤其是那些原地踏步的、对学习缺乏信心的同学学习的榜样。

回到家里，老爸说："这真的是真的？"

我大拇指朝窗外猛摇："电话，问红老师，问其他任课老师，问我全班同学，随你，真金不怕火炼，这成绩不怕检验。"

老爸对老妈说："看来得奖励一下女儿，进入前六。上学以来，最好的成绩。"

老妈问："可以，照这样下去，该奖励一下。奖多少？"

我举两把手指头。

老爸问："多少？"

我说："不多，一张一百的Money。"

老妈急了："不行，太多太多，给五十。"

我了解老妈的脾气，能松口给五十也不错。若再掰扯，她一反悔，连这五十也拿不到手了。

和老妈谈Money，你别老牛拉破车，长时间较劲，得像《美人心计》里的大将军周亚夫杀敌，举刀斩瓜切菜，算黄算割，不留余地。

我当场伸手要Money，老妈变脸："急啥，等会儿。"

我怂恿老爸："赶快啊，你媳妇又要反悔，管管啊。"

老爸笑："你那么怕你妈反悔啊？"

我吊脸："废话，经历多了，对她人品不敢恭维。"

老妈听见："哎哟，好好好，既然你不信任我，我的钱还省下了。免谈，不给！"

这回轮到老爸急了："在女儿面前，说话不能儿戏呀！"

老妈耍赖："哎，哎，我就儿戏了，你们能怎么样？有本事过来抢啊！"

"骗子！"我白一眼老妈，也不高兴我老爸，"给你们当女儿，真没意思。"

老爸到厨房找老妈："这钱必须给，女儿考不好，我们没理由给钱；考好了，我们又要赖不给钱。以后，怎么叫女儿相信我们的话？"

老妈悄悄对老爸说："吓唬她呢，给，给！"

过了一会儿，老妈收拾完厨房，像老旧的生意人弹银圆听声响一样，弹着一张绿色Money，到我跟前逗来逗去："要不要？要不要？不要就算了。要，叫妈。"

我噘着的嘴巴被她逗乐了，一把抓住Money，塞进被窝里。

“傻样，没出息，这么喜欢钱啊？”老妈胳肢我，我在床上滚来滚去，笑翻了。

“老爸，快来救我！”老爸赶走了老妈，变戏法一样，悄悄把另一张绿Money塞进我被窝。

“啥？”我问。“嘘！你的最爱。”老爸做贼似的说。

我抓过来，和老妈给的那张重叠在一起。

哇，一百元!

我给死党打电话：“喂，我有Money啦，想不想撮一顿呀？”

死党忒乐意消费我了。

我哪还躺得住啊，跳下床，从自己房间跑出来，老爸装得没事人似的：“女儿啊，本来想给你奖励一百，结果你妈抠抠搜搜没有兑现，不是你妈舍不得，是因人家的闺女有花戴，你爹我钱少不能买，只好砍去一半了，给我女儿表寸心，你不生气吧？”

我故意说：“生气，倒有那么一点儿，不过不很生气。下不为例哦，你以为进步到前六容易吗！不服气，让我老妈去考一个看看。”

老妈反驳：“凭啥让我去考？你专门去学习，考得好，这很正常；考不好，你就不对。”

老爸说：“不容易不容易，不能否定女儿的进步。哎，下次再进步，比方说进了前三，孩儿她妈，你说，给女儿该奖多少？”

老妈边看电视边回话：“前三，不可能！班上的老牌前三又不是吃干饭的，能让你挤进去。”

老爸说：“话别说绝，万一进去了呢？”

老妈在沙发背上敲着遥控器：“你要能考进前三，我奖励二百！”

老爸呼地站起来：“不许反悔，说话算话？”

老妈斩钉截铁："不反悔，保证兑现。"

我明白，老妈压根就不相信我能考进前三，才这么慷慨。

我学习兴趣有增无减。在学校，每堂课都聚精会神，生怕老师讲的哪句要紧的话我没听清。

我的手机上课一律调为振动。北京有家杂志社一遍一遍打电话呼我，我一遍一遍地压断回绝。

上课时间，天大的事我也不管，只管听课。

后来一联系，人家惋惜地说："迟了，没你啥事儿了，已约别人写了。"

啊，是约稿啊，错过这一站，就没方便了。

我只能抱歉，不好意思，拜拜，再见。

此后，我再投稿，在手机号码后面注明：白天上课可发短信，打来电话概不接听，唯中午、晚上可接。

编辑理解不理解都没办法。

想学习，就不能分心；若老分心，学习就没法专注。

56. 再考考到人前头

11 月 6、7、8 日三天，迎来了高二第一学期期中考试。

学校把这视为一次大考，格外重视。一部分试题模拟高考，一部分试题借用外地名牌学校的考卷。

考场，每班一分为二，一半人在原教室考，一半人分流到其他教室考，基本保证各考生之间隔一个座位。

我班的一半同学分流到学校大礼堂去考。留在教室的，桌斗全部翻过去。监考也别出心裁。各班任课老师大对调，你教一班，去监三班；你教三班，去监五班。或者，你教英语，去监数学；你教物理，去监化学。学校还派出流动监考，各考场巡视。

这还不算完，各教室新安装的监控视频派上用场，派校领导与各教学小组长共同值班，眼睛都瞪得铜铃一样大，发现作弊，全校通报，考生记零分，班主任扣奖金。

一严生谨慎，班主任红老师考前开门叫响，吃挂面调盐——有言在先："谁瞎扑腾，丢班上的丑，我就让谁的家长开家长会时丢丑。"

我去，不好玩，瞎玩玩死你。

不是吹，我一直考得挺顺。

但大意会失荆州，阴沟里可能翻船。

考英语就出现了状况。极其糟糕的坏状况。

刚考了半小时不到，一家杂志的主编打来电话。我存他的号，看了一下，迟疑，但还是压了。他又打，我再压。他还打，我想，他一定有急事。凡事不过三。因为他给我发表过三四篇文章了，算是老熟人了。我保存他的手机号很早了，但一直没使用过。这是他第一次主动呼我。

我犹豫了一下，望望监考老师。

监考老师没说可以，也没说不可以，从我身边走过。

我斗胆低下头接听。我刚"喂喂，什么事儿"学校监控室的人就跑步赶到，抓了现形。

那女老师厉害得要命，一副凶神恶煞的样子，一把夺过我的手机："你作弊，手机没收，英语扣作零分。"我"嗖"地从凳子上弹跳起来："我没作弊，不信你查查，是杂志社主编打来的电话。"

“你说了不算。作弊的人，抓住谁，谁都有辩解的理由。有本事再编，编大点，联合国秘书长给你打电话，这个挡箭牌不更响吗！”她理直气壮地拿走我的手机，到监控室与校长和各教学小组组长一起审查，想从中找到确凿的证据。

校长纳闷：“小作家作弊？”

没收我手机的老师说：“铁证如山。有的省部级领导干部当了那么大的高官，还贪污腐败呢。名气与作弊之间没有必然的联系，也没有排斥的关系。兔子急了还咬人呢，狗急了还跳墙呢。”

校长哦哦着，让认真检查手机。王子犯法，与庶民同罪。

他们费尽心机，手机就差被拆成零件，没找到一个与作弊相关的信息。监控的老师很失望，校长很乐：“我就说嘛，小作家还不至于这么失水准。”

核对我考英语期间接过的唯一一个手机号，上面果然标明是一家杂志社的主编打来的。

校长说：“可以肯定，小作家的话真实可信。”

“那怎么办？”没收我手机的女老师问。

“给三班监考老师回话：让风羽奇飞同学继续安心考试，一切正常。”

监控室的通知立马传达到我的耳朵里：“你可以继续考试，警告一次。即便没有作弊，考试接听手机也是违规的，手机必须没收，还要通报。”

我的心情极坏，脑子有些乱。不用说，考英语受到一定的影响。

我在心里大骂：该挨千刀的，发个短信不就完了嘛，打什么电话，这不是成心害我吗！

尽管有这样一个不光彩的插曲，整个考试仍然被我驾驭。

10日，期中考试成绩公布，老天爷，我又进步了！

我居然考进全班前三，是第二名！

前三啊，多少人梦寐以求呀！

我突破了老前三的封锁，挤掉了其中的一个，直接把自己投送进三强了！

三呼万岁一点不为过。这个时候，我不疯狂谁疯狂！

星期六下午四点就放学了，我的神经中枢极度兴奋，坐在149路公交车上，马儿哎，你快些走，快些走啊哎！

一回到家，掀开电脑盖布，接电源，开机，呜呜儿，嘀嘀，蓝灯闪，电脑进入运转状态。

键盘在手，十指像放集束炸弹一样，噼里啪啦一阵狂打，写成《再考考到人前头》一文，连一秒钟都不放置，粘贴，发送，嗖，飙到自己的博客里：

鸟怕毛湿猪怕肥，课程怕完要考试。进了学校门，就是试卷折腾的人。想考不想考都得考，考熟考焦考炸锅，那是个人的事。所谓无伤喜地欢天，轻伤不下火线，重伤花圈一捐，是战场的真实写照，也是考场的生动写意。

从小学到高中，一路考过来，怕怕处有鬼，越怕越迟钝，这话是真的。关键时刻要学董存瑞，炸药包一举全毁；红旗一指，前进！不攻破堡垒，就得低头认罪。落后的垢，落满猪胖蹄的手，反看没光荣，正看没奖品，握得住馒头，握不住丢人。

教训。教训。不在沉默中奋起，就在沉默中颓废。学习有何难？变个法儿也是玩。一不低头走路，苦瓜相儿气皇后；二不熬成阿香婆，未老先衰铸罪错；三不坠入题海战，批评在后我在前；四不牢底来坐穿，假日还我自由天。进了学校，心力用到，犬马一样，跟老师学唱。出了校门，换了个人，书包一扔，共狗友狐朋。

这个法儿灵不灵？有事实为证。高一首期，忘了按时付款，期末一考，砸手里了，名次像乌龟背壳，越背越重。高一末期，自信找回来了，脑子玩灵，课堂听懂，该干吗干吗，顺水顺风。期末一考，名次像夏日的温度计，红汞柱仰着头——吱儿吱儿地攀升。

高二首期，进程过半。单元考试，拿下全班第九名；期中考试，地理全年级第一，一百分的试卷，击中九十二分；语文，全年级第一名，一百五十分的试卷，一百二十四分收入囊中，作文离满分只差一分！一般一般，总成绩全班前三！（全班第二名）

考试有啥！千怕万怕，有玩得起的感觉就不怕。考试，是愚公家门前的太行和王屋，出门迈不过的坎。考试前三天，我放学回家，不看书，不想题，该看电视看电视，该上网上网，该写作写作，该和闺蜜上街玩就上街玩。“你们不考试啊？”外校同学问。“你爷爷个肥鸭蛋，我不是中国人呀？”我吐粗。“看样子，不像要考试。”“考试啥样呀？”“愁眉苦脸，想变天。”“我无所谓，超明媚。”……

说死他们也不信。玩够了，带着一支笔上考场，要杀要剐，兵来将挡，水来土掩，考他个全神贯注，啥题见我都下跪，神马神马显浮云。亚历山大，回桲去吧，我这里，用不着。

怎么样？玩的就是心跳。我玩我胜利，再大的考试如放屁。死学学死你，丢在路边没人理。我不想驼腰又驼背，站起来，就站他个玉树临风柳逢春；坐下来，就坐他个月照妆台递照会！我是谁？不与人同小女生！

乌拉，乌拉，欢呼胜利！

班上的“老将军”鼻子都气歪了，凭什么我就落马呀，栽在你手里！

我不管这么多，赢了就是赢了，用事实说话。

不是吹，在学校这块地盘上，成绩考好了就是牛，汽车不用油，我要喝红牛！

“得意什么，德行，考试作弊，冒上去也是假的！”胡小最不服气我，这一考她仍然原地待命，骂我理所当然。

我懒得解释。

胡小见我无动于衷，气急败坏，拍了一张学校关于作弊学生的通报名单，发到我手机上。

我一看，真丢脸，去找班主任红老师：“监控室明明通知我那不是作弊，怎么通报的时候还有我呀？”

红老师劝我：“别找了，我就这个问题和学生处、教导处，还有校长谈过。他们的答复是，你的考试成绩不受影响，但行为还是触犯了学校的考试规定。你毕竟动用手机了，这一点是事实。”

我无话可说。人家这个解释合情合理。

其实红老师比我还在乎这个。她也不想让我上黑名单，给班上抹黑。

事情就是这样让人又矛盾又纠结。

我一边受胡小的嘲笑，一边享受考试成功的喜悦。

57. 我被捧起来喽

15日，学校实施奖励。我一人领到三张奖状。

语文，地理，两门全年级第一名；总成绩，全年级第九名，全班第二名！

我是全班领到奖状最多的一个人!

奖状红里闪金光，赫赫大名题头上，黑字体面又大方，摁着学校大公章。

牛，牛气十足。从来没有这么让我提气过，我要大发了!

胡小还是气呼呼的，对其他同学说：“这学校也不知咋搞的，明明通报风羽奇飞作弊，她的英语还不计作零分。”

米拉听不下去：“差不多得了，她情况特殊，不是真作弊。我倒挺佩服她的，能从全班的臭老九，一步一步追上来，一直追到老二的位置，我做不到，你也够呛。”

胡小瞪她：“忘了？人家还因你当副语文科代表排挤过你呢。”

米拉劝她打住：“也怪我，眼里没她。可人家风羽奇飞最后不是力荐我当上副学习委员了吗？她的胸襟比咱们大，不要再在背后说人家坏话。”

胡小眼睛鼻子都气歪了：“我倒成了恶人了！”

李布达在论文比赛中沾了我的光，记着我的好，故意起身撞了胡小的桌子，闪了胡小一下，胡小吼他：“干吗？”

李布达话少：“出去。”

“出去用那么大劲。”

“你太霸道。”

胡小不干了，拉住李布达，非让他说清楚，她怎么霸道了？

李布达面红耳赤：“妒忌别人！”

胡小跳蹦子：“我妒忌谁啦？”

李布达不说话。

米拉拉胡小：“哎哎，出来呀，老师找你。”

胡小以为真的，离开座位，向门外走去。

过了一会儿，她又回来："哪个老师找我呀？"

米拉早跑得不见人影了。没人回答她这个问题。

下午放学，我把三张奖状卷起来，别在书包的左侧，故意露出来，让一路的人都看到。

回家往饭桌上一摆，"哇呜，这是我女儿挣回来的吗？"老爸高兴得差点翻跟头。

老妈挡住："老胳膊老腿的，悠着点，别乐极生悲。你当还是十八呀！"

老妈提议："可喜可贺，女儿一定要争气，女儿一定能够争气，女儿就是争了气！咱们晚上到外面海吃一顿，庆贺一下。"

"必须的。"老爸呼应。

吃什么？

"女儿，你挑！"

"肯德基。"我连想都不想地说。

"行，没问题，谁让你考这么好呢。"老妈拍板。

"肯德基？电视上不正披露肯德基使用化学速成鸡吗？还敢吃啊！"老爸提醒。

"鸡块不能吃，炸薯条可以吃吧？香辣薯片可以吃吧？蛋挞可以吃吧？至Q虾球可以吃吧？千丝万缕可以吃吧？冰激凌可以吃吧？"我一口气说了很多与鸡肉没有关系的食品，老爸噎住。

"走，就顺了她，谁让你说由女儿挑呢。"老妈推老爸。

老爸淡淡地说："还是要注意呢，有些食品……唉，真他妈的让人揪心。这人们都咋了？爱钱不要命。"

我让老爸收回刚才的话："别太广啊，我喜欢Money，但我要命。"

肯德基欢迎我们去。

爸妈果真大方，想吃什么可劲吃。我就这么大个肚子，可劲吃能吃多少？百八十块 Money 撑死了。

“这下好了，你爸可以风风光光开家长会去了。哎呀，牛爹一个，脸上多有光，女儿挣的。”老妈这样说老爸。

“那可不，我是谁的爹？风羽奇飞的爹。有其父必有其女！”老爸海吹起来。

“得，就你那基因……啧啧，不敢恭维。你不娶我，能生出这么聪明的女儿吗？要说你家坟头冒青烟，那都是我带来的。”老妈争功。

一顿饭，吃得全家红光满面，乐在其中。

我趁爸妈高兴，边吃边伸手要 Money。

老爸敲敲桌子：“对，兑现，二百。”

老妈装糊涂：“什么二百？”

我发急：“看看，我就知道你会反悔。给你们当女儿真没劲。”

老爸发威：“我做主，信守承诺，一定兑现！”

老妈诡异：“哟，能得很哪，说话不牙疼，你给啊，给啊！”

老爸从兜里摸出两张百元 Money，拍在桌上：“女儿，归你！”

我比老妈手快，一把抢了过去：“老爸，你太可爱了！”

“去你的，”老爸骂我，“是钱可爱。”

我接话：“你要抱我妈腿自个抱去，我妈腿在我妈身上长着。”

老妈脸上挂不住了，向我连连摆手：“回来回来，拿那么多钱干啥？拿一百，那一百我给你存着。”

“不行，我自己会存。”我不同意老妈的建议。

“对，女儿自己会存，你管那么多干啥？”老爸支持我。

老妈转向老爸：“可以呀，私房钱挺多，呵呵，回去马上坦白交代，这些钱哪儿来的。还有多少我不知道？”

老爸献笑：“我从牙缝省出来的。你看我，一不抽（烟），二不喝（酒），三不赌（博），四不干坏事，省几个钱，就是为了奖励女儿的。”

58. 赢双奖

17日，星期六，下午开家长会。

我叮嘱老爸：“两点到就可以了。我的座位你知道不，第三排中间。我的桌面上有‘上天入地’四个大字，很好找的。”

老爸笑：“你孙猴子啊，上天入地的。”

这次开家长会，是老爸最为积极的一次，两点不到就来到学校了。

他第三次见班主任红老师。在座位坐下后，到处瞅红老师在哪里。

老爸发现教室前门口迎宾的那位就是，主动上前：“红老师好，我是第二名风羽奇飞的爸爸。啊，对对，就是她。你看，第一次开家长会，就给你添麻烦，要求给孩子调座位，感谢啊，你十分关照孩子。第二次见面，孩子有很大进步，你高兴我更高兴。这次又见面了，我真心谢谢您。我这个家长呀当得很不称职，不开家长会都不到学校来一趟。不过，孩子回家一说起您夸得没完没了。谢谢上天，赐给我女儿这么一位好老师，赐给高二三班这么一位好老师。您带班，我们做家长的省心多了。”

红老师分外高兴，礼貌周到地请我老爸回座位坐下。

黑板上，大大的粉笔字，公布着各科第一名和总成绩前三名。

我的名字出现三次，老爸看得一清二楚，掏出手机，一阵狂拍，留作纪念。

在黑板的右下角，贴着全班成绩明细表，上面分列得很清楚：各位同学的分科成绩、总成绩、全班名次排位；与上学期期末考试相比，进步多少名，退步多少名；与这学期月考成绩相比，进步多少名，退步多少名。还有播音专业的考试成绩，全班总排名。

老爸与其他家长一样，兴趣浓厚地凑上去，认真地看。

他找到第一名的总成绩，哦，637分；再看看我，620分，相差17分。

“加油，女儿，还有提升空间。”老爸情不自禁，自言自语。

再看看播音专业，我是并列第五名。

“不错，”老爸对其他家长说，“第五名，靠前，证明这方面的实力同样不俗。”

老师开评后，我不断地受到表扬和夸奖，完全在情理之中。各位老师每提到我，我老爸就挺一挺腰，脸上笑容灿烂，大有陶醉之嫌。

老爸老妈高兴，还不算全部家人高兴。

我灵机一动，给奶奶打电话：“奶奶，你告诉我爷爷，我期中考试考了全班第二名，两门功课全年级第一！你知道吗，我作文差一分就满分！”

爷爷就在奶奶身边，这个大好消息，奶奶一个字也不贪污，立即转告爷爷。爷爷很开心，电话又打过来：“好孙女，考得好，再接再厉，啊，期末争取考第一！”

噗！我放气。

神啊神啊，饶了我吧，还加码呀！

爷爷后面还有话：“明天过来，爷爷奖励你。”

“爷爷，你说奖励我啊？”我反问。

“对，奖励。”爷爷肯定。

“奖多少？”我问。

“奖二百。期末考试考好了，奖五百。”爷爷毫不犹豫地回答。

我要的就是这个结果。

Money，我要把学习成绩兑换成 Money。

我才不像有的同学那么傻，考个好成绩白考，什么也得不到。

我要学会做交易，把好成绩兑换成现钞，供我挥霍。

周日，我的狐朋狗友早约我出去玩。但我必须去一趟爷爷奶奶家。中午十二点，我急火火地赶到爷爷奶奶家。一进门奶奶夸，爷爷问。

奶奶说："我在大院散步，你几个从小看你长大的爷爷奶奶老问起你。我说我孙女期中考了个第二名，他们都夸你，说你将来一定有出息。你公安奶奶还说，在报纸上看到你发表的文章呢。我记不准了，是商报，还是晨报、晚报？这脑子，现在老记不住事儿，糊里糊涂的。一句话，乖孙女，好好学，将来考个好大学，这院子里的人到处传美名哩，我脸上有光。"

我嗯嗯着，这事儿不好慷慨激昂地回答。

我这人，做到了狂说，还没做到一般不说。往后的路，又不是吹气球那样简单，万一吹失口了，砰，爆了，丢人现眼。还是稳着点，不急于把话说满。

爷爷笑津津的："不错，很不错。几天不见，好像又长高了。"

我说："长了，长成傻大个了。"

奶奶接话："我孙女一点不傻。傻，能考第二名？那丑板板和你一起玩大的，他奶奶见人就夸：'我孙子可聪明了，能踢能咬的。'我听了心里就不爽，能踢能咬，也没见考过我孙女！那才叫傻。"

我赶紧做一个打住的手势："奶奶，只说我，不说别人，不说别人。"

爷爷顺着我："就是嘛，说那些干啥？我孙女别人能比吗，爷爷现在就奖你。"

爷爷说着要到他的卧室取 Money。

我故作推辞："爷爷，别麻烦啦，这才是期中考试，等期终考好了，你再奖。"

爷爷止住步："唵，现在不要啊？也行，期终考好了，爷爷一块给。"

我打了一把自己的嘴，爷爷你也真是，这话怎么听这么清楚？

我急忙改口："不过呢，你坚持要现在给，我也不反对。"

爷爷笑了："哦，不反对啊，那我就给吧。"

爷爷取出二百元，红哈哈的，真让人眼馋。

他送给我："拿上吧，你该得到的。"

我跳起来："谢谢爷爷，谢谢奶奶！"

爷爷还想和我多说一会儿话，我起身告辞："爷爷奶奶再见，我同学等我着，我要和他们一起出去玩。"

奶奶的声音在后面追着说："还是钱的面子大，一股脑就跑了！"

爷爷更正："是成绩面子大。没有好成绩，想给孙女钱，找不到理由。"

二老争来争去。

我高兴过头，快疯了。

一个期中考试，挣了老爸二百，挣了爷爷二百，共四百块，这是我上高中以来最富有的一次。

平日，都是同学请我吃饭，今个，我请同学……

59. 老妈抢钱

唉，Money 不经花呀！晚上回家，一百八十块就没了。

我从爷爷那里领了二百元奖金，妈妈很快就知道了。她把我堵在房间里，非逼着我交出不可。我不交，她居然动怒，要揍我，硬抢我钱包。我激烈反抗，她一把把我推倒在床上。我不是打不过老妈，是不能还手。

我眼里噙着泪："你凭啥要我的Money，你又没给我。"

"谁给你都是给。咋了，疯了，拿那么多钱乱花，真把自个当富人了？"老妈不依不饶。

老爸喝酒回来，一进门就听见我们吵，径直来到我卧室："干什么呢你这是？孩子又咋了？"

"咋了，你问她，从你这拿了二百，今天又跑到爸妈那儿拿了二百。熊孩子，借考试成绩上来了发横财呀，胆越来越大了。"老妈损话连篇，"爷爷那么大年纪了，挣个钱容易吗，你拿那么多钱眼睛都不带眨的，有本事你挣啊！"

我见老爸回来了，有了势，呼地跳起来："我的稿费你不全收起来了吗，咋，那不是我挣的？这回考试的奖金，也是你们和爷爷奶奶自愿发给我的，这也属于我挣的。你蛮不讲理，都是让我爸惯的。我拿得正当合法，一没偷二没抢，光明正大，咋了？"

老妈说不过我，举手要打。

老爸推开她："一点没当妈的样子。孩子考试考不好，你骂天骂地的，要卸胳膊要卸腿的。这回考好了，我们答应给孩子奖励，你又成什么神啊！"

老妈气呼呼的："那也不能拿这么多钱哪！"

我冲着她："这算什么呀，我们班很多同学都有银行卡，一刷几百上千。我头一次拿四百块，你就眼红啊！"

老妈还想发作，老爸拉她出去，到客厅说事。老妈不走，老爸连哄带抱地把老妈弄走。

老妈推老爸："呸，满嘴酒气，臭烘烘的。"

老爸说："你也真是，和孩子较什么劲？她刚有个好心情，全让你给搅了。能上私立中学的，大都是富豪人家的孩子。女儿和那些有钱的同学比，可怜兮兮的。她能忍耐着，回来不抱怨，不泄愤，很不错了。这次她考得好，正好借此给孩子一点荣耀，让她在同学面前找回点面子，哪怕是虚荣也行。咱们能给她的，也就这么一点点，你不动动脑筋，瞎闹腾啥！"

老妈再强硬也会被老爸的道理软化："你一说还真是。唉，我做过头了。你也不早回来，我给妈打电话，她一说给了女儿二百块，我就来了火气。从来没给过她这么多钱，一下子接受不了。"

老爸说："孩子慢慢大了，也有皮有脸的。再说她也挣钱啊，你现在给她存了多少稿费？"

老妈警惕地说："你问这干啥？"

老爸说："随便问问，钱你掌握，我和女儿还偷了去不成。"

"倒也是。"老妈想了想，"总共一万四千六。"

老爸拍拍老妈："看看，我说什么来着，女儿她自己在挣钱哩。好赖她还有个省作协会员的身份，不能再像管一般孩子管她。"

老妈一拍茶几："她就是中国作协会员，也是我女儿，该管还得管！"

老妈在客厅坐了一会儿，倒了一杯水，给我端进来。

我用白眼翻她，她坐在我床边，轻轻掐掐我的左脸："傻样儿，跟妈还置气啊？"

我不理。

她又轻轻掐掐我的右脸："你不跟我说话是吧？还不说？那好，看我治你！"

她像变魔术一样，两只手突然伸向我胳肢窝，胳肢我，痒得我满床打滚，笑得快岔了气。

“说，求饶不求饶，原谅不原谅我？”亲昵到这份儿上，我还能不妥协吗？

但她并没有免谈 Money 的事，变了一种口味，试探着问：“今天出去花钱了吧？”

我嗯了一声。

她马上正经起来：“干啥了，花了多少？”

我的亲娘哎，烦不烦，你管这多干啥？不行，她非要我说。

我就照实说：“请同学吃饭，花了一百八十。”

她呼地站起来：“死孩子，吃黄金啊，你大方得没边了你！”

我争辩：“这算啥，我同学请我吃饭，一次还花七八百呢。”

“人家有钱，你有吗？”

“有哇，没有我能请客。”我嘟囔。

“把剩下的钱拿来，不许你再拿这么多。”她又开始抢 Money。

老爸本来在客厅的沙发上躺着迷糊，听见我老妈又和我吵，摇摇晃晃起来：“神经病啊你，怎么又吵起来？”

“她充大方，一顿饭吃了一百八十。”老妈先说。

老爸一点不奇怪：“才一百八十呀，不多。女儿如今什么人啊，请同学吃饭，不能寒碜。”

老妈气呼呼：“你就这么惯着，以后还上天啊，我也不管了。”

老爸朝我使了个眼色：“女儿，你妈不管你是不是也不对呀？该管还得管。”

我才不愿意让她管呢。老爸既然这样说，我就用力“嗯”了一声，演给老妈听的。

老妈边朝自己卧室走，边撂下话：“爱谁管谁管去，我劳心费神图哪一头啊，还不是为了这个家嘛！”

老爸追过去：“还是你管，我管不了，没这个能力。”

老妈缠住老爸：“我看你挺能的嘛，我一说女儿你就护着，好像我在害她。这家我不管了，从今往后你管。”

老爸不是管不了这个家，他有我老妈呢，才懒得动这个心思。他经常回来，只把挣到的Money给老妈一扔，剩下的事儿，一概不闻不问。

老妈的抠门儿就是老爸这么惯出来的。

老妈也不是真心不想管这个家，她习惯了管，才舍不得松手呢。她赌气就这一阵子，明早一起来，照样吆五喝六的。

如果不这样，那才不是我老妈呢。

第十一章 天才摧毁了我的淡定

60. 欣赏到真天才

你想淡定，这个世界未必让你淡定。

2012年11月23日，北方的天气已冷到了猴啃指头的程度，耗尽啊啊呀呀读英语读语文读历史读地理读政治读播音稿等很费嘴巴的漫长一周，可以轻松一下啦，周末。

学校还算理解学生的心情，规定下午不许拖堂，所有高年级低年级的学生都可以到点背起书包走人。这真是开明的决定。

我的心情尤为舒畅。

因为所有周末的晚上，我都不用"唧唧复唧唧，木兰当户织"般地苦闷着学习。这是甲鱼的臀部——我家的规定（龟腚）。

晚饭后，我可以四仰八叉躺在沙发上，守着电视。

这个时候我所表现出来的放松，是这一周最为不雅的姿势。梳得打滑的头发松散开来，向任意方向铺展。我头枕如意，右脚蹬靠背，左脚踩吊坠，把整个自己花开来摊在二人沙发上，像摊一张大饼。

"看你还有女孩的样子吗？赶快起来坐好。"老妈最不乐意看到我的松散。

"啊呀，学校坐了一星期硬板凳了，回来放松一下咋了？事儿真多。”我反击。

“得，都打住。爱怎么着怎么着，又没外人，瞎讲究啥。”老爸站出来调停。

我依旧把自己摊成大饼，遥控器在手中不停地调台。

直熬到晚上九点十分，浙江卫视的“中华才艺秀”第四季才盛装登场。我打心眼里喜欢这个节目。有点脱口秀的味道，把人的才情发挥到极致。这个节目里的很多人都给我留下不错的印象。

我羡慕这些登场的人，但我真没勇气到这个舞台晾晒自己。在口才上，我很狂，但自我评估的结果，还没有比输他们的实力。

他们之中有天才。与天才对决，凡人总是缺乏勇气的。所以我只能当场外观众，欣赏着他们创造奇迹。

掌心悦的出现，让我狂砸抱在怀里的熊猫靠垫。“天才！超天才！”我不顾爸妈，挥着手势狂呼。

“啊呀啊呀，至于吗，一头插到电视里去！没个样子。”老妈边嗑瓜子，边数落我。

“奇才，着实是奇才。见过嘴皮子利索的，没见过应对这么自如和出其不意的。”老爸与我击掌，深表赞同。

我给迪马打电话，给绒绒打电话，给胡小打电话，给小星打电话，给米拉打电话，给……我能想起来的所有人打电话，大家一起看。看一个语言奇才是怎样在舞台上展现自己的。我不可惜电话费，只可惜节目太短，不够看。

你知道我是怎么看的吗？看得坐起来，又倒下去；倒下去，又弹起来。

激动难耐时，也跳到地上，围着茶几转圈，撤到大沙发后面的电脑前，手指头敲一敲高桌什么的，骂几句至亲的脏话："哎呀我的娘亲，这小家伙是人脑子吗！简直教人类沦为蹄畜，爱因斯坦再世。"人在最兴奋的时候，最畅快淋漓的表达，不是文明语，而是脏话。用极其丑恶的语言，完胜最极致登峰的心态。

"注意语言的端庄，你是女孩子里的浪头，多少还盘踞着作家的光辉，不能一张口就扫大街。这不行啊这个，养成习惯了，人前会有失口时。"老爸看似用语温和，却能透过每一个字的边沿，品出刀口的锋利。

上电脑的老妈摘下耳机，投过来一筐子话："你不是惯她吗？再惯啊，搬架梯子，扶她上天去呀！看个电视，没个正形。你看你爷俩，一个躺在这个沙发上，一个躺在那个沙发上，客厅全让你俩塞满啦。没腰吗？不能好好坐着看啊！老子没样子，小的能有啥样！不说话能死啊？又跳又叫的，土鳖一个，女儿都让你教成夯客了。"

老爸一听话不对茬，一轱骨碌起来："哎，我没招你惹你，你压着哪根筋了？等等，女儿，去给爸爸翻翻字典，查一查，土鳖是一种什么鳖。"

"看电视呢，别耽误。"我不愿动身。

老爸自己起来找字典。一查，土鳖，因为长得像簸箕，又名簸箕虫。

他差点"噢啊"呕吐出来，老爸小时候在农村受过簸箕虫伤害，患上恐惧症。一直以来，他老以为土鳖是一种鳖，或者叫甲鱼，或者叫乌龟，或者叫长寿动物。根本没有往一种恶心的小虫子那方面去想。

今个一搞明白，老爸脸色马上就绿下来："以后不许你这样侮辱我！比个什么不行，比这种不吉利的东西，你有没有一点品位啊？"

老妈想不接话都不行了。她霍地站起来："咋，想起义咋的？土鳖土鳖土鳖，就叫啦，反抗啊？土乡棒进城，屁事儿还挺多。"

老妈被老爸惯得嘴巴不饶人，我们早领受过了。

看看，家中小事起风云，话不投机有战争。原本是针对我的一个话题，不知不觉转移了。我知道爸妈不会真正反目成仇，这是历史经验。

我也懒得调和或制止，任由他们闹去，我继续窝在沙发里，看我的电视。

直到十一点半，老妈一声吼：睡觉！

电脑、电视一齐关，我才离开了让我享受不已的双人沙发。

61. 被谁迷倒就为谁服务

此后几天，我一有空就上网搜寻掌心悦的视频，前前后后看了将近二十遍。

还找到她上幼儿园的一段视频，参加深圳《当心零零后》的一段视频。

她从来就不“安分守己”，好动，这点与我相像。有了共同点，就越发喜欢这个小不点儿。

当晚，我就长发感叹，写了《深圳是个养天才的地方》。

我写道：

秀足了《中华才艺秀》舞台的舟博，今年遭遇了两次长江后浪的拍打，虽然没趴在沙滩上，但着实让人大饱了眼福。

5月25日，深圳十一岁的“天才轮滑少女”风卉来到《中华才艺秀》舞台上，用她惊世骇俗般的轮滑表演，征服了全场观众和梦想大使舟博。她收放自如地大跳迈克尔·杰克逊，轮滑技艺超群，稚声稚气的口齿也伶俐得了得，几次与舟博舌战，语出惊人，咄咄相逼。舟博欢喜得发狂，他愿意在这等聪明的小人物面前，感到无比的汗颜和极端的快慰。

后来，有人刨祖坟似的追踪小凤卉的成长路，发现她经常在深圳广场玩滑轮。爸妈对她没有严加管束，以放任的姿态，尽情地让她发挥式向前，自由随意地生存。所以她的思维，与她的滑轮表演一样出色，五马逐鹿，散而有形；乱箭射靶，不离中心。

11 月 23 日，头顶阿拉蕾的翅膀帽，鼻梁上架一副圆框眼镜的十岁“快板女孩”掌心悦，又是来自深圳！她堪称登上《中华才艺秀》舞台的最能说会道的“小话痨客”。出身知识分子家庭，学问远比年龄长，古今中外样样精通，现场一段快板表演之后，她自信满满地和舟博来了一段长时间的对话。她能把实话说得有趣风味，把难话说得轻松精辟，把生僻话说得亲切调皮，再一次以深圳人的名义，用一连串超越年龄的妙语完胜舟博。

小心悦的妈妈现场揭秘：我和她爸爸根本驾驭不了她，那就给她宽松的环境吧。掌心悦赢得一个没有苦逼分数的家庭，在活跃的气氛里建立起自信，释放着灵感，发展着兴趣，最终造就了一个与年龄完全不相符的旷世奇才。

看过这两期《中华才艺秀》，就有一个问题萦绕在脑际里：为什么超群脱俗的天才女孩鳞次栉比地出在深圳？

我有幸去深圳参加一场大人小孩同台角力的文学比赛。教授、作家、小屁孩放在同一个天平上，不看你的年龄，只看你有没有胜出的水准。你能击败大人，就能赢得三万、两万、一万不等的奖金。没有这个实力，掉眼泪也没人同情你。

深圳少年儿童图书馆，让我留下了许多羡慕。这里环境优美，原本死寂沉沉的图书全部僵尸般复活，有一种与人主动交流的意识。你不得不佩服这里的管理有超人之处。图书馆的外延很大，以书的名义，拓展生存空间：和出版社联袂搞征文大赛，重金筛选优秀作品进行出版，优先在自己图书馆向公众提供阅览；与电视台共同策划双休日才艺大展示，你有才，你就来，你的优秀会让全深圳人知道；组织各学校开展读书周、读书月活动，我给你提供舞台，大人让路，由孩子主持孩子的节目，锻炼孩子的自主能力……

气派非凡的图书馆，生龙活虎，上进的气息袅袅绕绕。

这只是深圳孩子接受良好锻造的一块砧板。

听说，在深圳，可供小孩子磨砺情操与才情的类似地方很多。这就难怪了，深圳能出像风卉、掌心悦这样语惊《中华才艺秀》，妙话连珠大气场、奇思井喷拼舟博的小才女了！

我不得不感叹：深圳，是个养育天才的好地方！！！

25日、26日两天，我反复观看视频，把舟博与掌心悦的整场对话整理出来，发在自己的博客里，既方便自己随时打开来回味，也方便别人一起分享这场盛宴。我给他们的这场精彩绝伦的对话起名叫《两个语言天才的巅峰对决》。写了百字题记：

大舟博是个公认的语言天才，小心悦是个令人刮目相看的最新脱颖的语言天才，一大一小两天才在《中华才艺秀》对决了一把，其机智，其灵巧，真是让人拍案叫绝。我反复看了十几遍视频，记录下他们的对话，公示出来，让大家一起分享伶牙俐齿的美妙情境。

我的整理可谓一字不漏，保持原有舞台风貌。怎么样，舍得下功夫吧？

一种深达骨髓的爱，于我而言，是不可以轻易放弃的。

我要把它牢牢地攥在手里，用自身的温度焐着，等到一扬手，让它爆出爆米花来。

文字是我的早恋。

天才是我的欣赏。

这二者加在一起，二到什么程度我都不管，我就是不能让它成为过眼烟云。

虽无法做到时光倒转，却未必不能容留心中。我管不了世界风情，但管控住自己的长远，还是心中有数的。

我将自己整理出来的现场对话录，传到QQ上，让我的同学都来看。

迪马第一个表态："最狂热的粉丝，非风羽奇飞莫属。"

小星与我坐一排，手伸过来摸我的头："我们崇拜你，你却转头崇拜别人，没毛病吧你！"

胡小脸色冷得读不出头绪，她只喜欢别人夸她好，谁在她面前夸别人，等于是贬她，她才高兴不起来呢。

62. 在天才之间逗留

29日，周四中午，我课业理完，思绪偏飞，睡意全无，在学校宿舍的架子床上辗转反侧，弄得床架子吱扭吱扭地晃。

上铺的呼噜一直没打成，气死了，又不敢向我发出抗议。

掌心悦又跳进我的回忆里，那样可爱，那样睿智，那样口齿伶俐。

我于心不甘，再一次提起笔，为她写下《掌心悦的星光下，那一条漫妙无比的路……》：

阿拉蕾的翅膀在《中华才艺秀》伸展着奔腾的气流，逼停所有眼睛的呼吸。它强劲有力地扇开夜的帷帐，哗啦，亮出一个人物；哗啦，又亮出一个人物。掌心悦就是这个舞台上亮出的超级小可爱。

她的样子，一尊自信的雕塑；她的笑，一幅唯美的画；她的语言，锦缎上滑过踩着水珠儿的七彩之驹；她的又自然又个性的动作，海面上跳动的出浴的凤羽。你可以不认识她，但不能不为她的可爱着迷。

一个人连自己的体形都控制不住，她还能控制什么呢？掌心悦面对自己挺瘦挺干巴挺弱小的身材，如是掷地一语。你还能对她有怎样的挑剔？

零零后有什么可当心的？因为零零后势不可当呀，快把博博哥拍到沙滩上了呀！你说你该不该对零零后当心！

什么叫理想，什么叫梦想，什么是现实，什么是奇迹，什么为奇怪，什么为奇才……一连串很近亲又很离异的问，比逼宫还让人心肺炸裂。这些发问排列在掌心悦面前，她并不发怵。摊开自己的理解，说得通俗易懂又一清二楚。真是诠释非常道。字典再贵族，也查不出这么叫绝的摆平法。

梦想支持团要为梦想投票。妈妈闭嘴，当中国外交部第六或第七任发言人，那是我的理想。理想就是长远打算，将来要干什么。现在，我的梦想既不能上九天揽月，也不能下五洋捉鳖，就是想当一个环境美容主持人。在最后一排大人的巨浪要压过来的时候，她非常及时地修正了自己的投票吸引点。它并不是那么遥不可及，而是近在眼前。她敏锐地捉住舟博十二分之一秒的静默里，那最微微的一丁点疑惑的空隙，投进自己更多加分的项目。“我想解释一下我的环境美容主持人是个什么概念。”她说，就是把更多的中国环境介绍给大家，让世界了解中国，让中国走向世界。这个补充很抢眼，梦想支持团欢呼着把票数拥向二百七十一的制高点。

轰动是被轰动的人制造的。她被整台节目抱了起来，高高地举在人们的视线里。

十岁，还很孩子气的跑道上，掌心悦一个漂亮的起点舞，让人无可厚非地确认，这个葡萄干式的小可爱，是个超级天才！

我追着她抖搂出来的惊喜，向悟空出世的那个节点延伸。

她不是石猴，是活生生的肉体凡胎。找到一段幼儿园时的影像，我笑翻了自己。她是那样好动，肢体语言过于丰富和不知疲倦。在同学之间，她居然不用一个停顿号，颠过来跑过去，闹腾成典型的“多动症”。

盯住整个画面，你找不出一条理由掩盖她的好动，只好由她而去。家庭似乎对她不构成束缚，使她的好动有意无意地放纵。

她由早前的满地跑脚步，变成后来的满嘴跑舌头。

她跑出名堂来了，跑成语言奇才！

中国终于出了一个掌心悦。在感谢《中华才艺秀》成就了这个小可爱的同时，我看更应感谢她的父母。是她的父母，把好好的一个家，变为她“瞎胡闹”的“战斗场地”。妈妈“根本驾驭不了她”，所以就不野蛮加粗暴地制约她；她的话多，不仅不受爸爸的压抑，还额外地获得爸爸的“煽风点火”，推波助澜。

如此一来，家庭和谐出现了，掌心悦的超常发挥出现了。什么我和爸爸是一伙的，妈妈收拾爸爸，我就跟着遭殃了；妈妈收拾我，爸爸就跟着遭殃了；后来我和妈妈、妈妈和爸爸公平谈判了，可以维护自身权了，妈妈被弹劾了，姥姥登基了，姥姥不让任何一个人受伤，还能操控这一切；妈妈经常用打掐来制服爸爸，爸爸痛苦并快乐着；我和妈妈上北京来，爸爸不断打电话问，你们什么时候回来呀，咱们好继续开始咱们那场战争呀……你没觉得这一连串的妙语，串成了一个幸福家庭的甜蜜故事吗？

掌心悦泡在这样的家庭里，在十岁成为一炮而红的小名星，有果有因，还有什么奇怪的地方吗？

掌心悦是天才，不是别人封的，是我认定的。

我认定的天才三迷六道我的心，我不怨谁。

早前，有个被清华大学破格录取的少女作家江芳洲。她七岁写作，九岁出版散文集，十一岁写成长篇小说，十二岁抛出一部争议蛮大的小说。她在后记里，挺起胸膛大声说："我坚信我是天才！"

别人说谁天才，我不一定认同，我有我的判断。在我研读了江芳洲以后，凭自己判定她是天才，我才百分之百服气。后来，陆陆续续读了许多江芳洲上大学期间写的专栏文章，我击案吆喝，她不天才谁天才！

喏，她很早就看透彻了一个社会问题："一万个人里边，只有一个天才。剩下的人，要想引起别人的注意，就只有靠吆喝，靠抢钱，靠谄媚，靠脱衣服，靠装病，靠扔炸弹，靠扣大粪……"

她在十二岁就发现："很多理论家和哲学家，平生所做的事情不过是在做字眼的争吵。"

十三岁看穿了很多人的临终之言："他们总是就要死的那一瞬间，才开了点悟，刚想到一点普通的人生感慨，就死翘了。"

江芳洲的天才式的文笔，鹤立鸡群。

她有自己不与人同的味道，文里行间跋扈的个性如春雪难掩绿芽的自言自语。

我早在2010年初升高的衔接点上，就触到了江芳洲。

别人寝食难安地复习，我一半心思在学习上，一半心思在写作上。网上周游列国，几乎每天从无间断。偶尔翻到她的博客，看那点击量和人气，真像赵本山小品说的气人，点击量超千万，人气超十万。

我不晓得她什么时候建的博客，我的新浪博客建得很晚，不足三月，点击量走走歇歇，她的尾数都比我的总量多。

一个周日，我斗胆给江芳洲发了字条，希望得到她的鼓励。第二日下午，我打开自己博客，果然看到了她关注我。

当时我的心情尤为激动，以自己在跆拳道馆手捂胸口的礼仪，向江芳洲表达我的虔诚。

我的思绪奔放，坐在电脑桌前，手指对键盘进行空中打击，一阵狂轰滥炸，草就《江芳洲姐姐关注我》的短文，发在博客上。

我的出发点绝对不纯粹，想向众人显摆的意图显而易见：看看，天才少年作家江芳洲关注我！

潜台词是个什么概念？就是——

我

值得大家关注。

我在文里写道：

我很羡慕江芳洲姐姐，她很小的时候，就一本接一本地出书。我到了上初中，才突然“懂事”，觉得应该干点“正事”。所谓的正事，就是从文字眼里爬进去，再从文字眼里钻出来。这就像蚕宝宝，爬进茧里变成蛹，爬出茧里变成蛾。实现这种蜕变，需要比别人多得多的努力。也就是说，我要像牛一样弓着身子，不懈地开垦，把耕地面积成倍成倍地增加，增加到旁人站在边上一看，呀，这是一个中学生“耕”的吗？得，打个响指，成了！——自己基本上接近期望的目标。

江芳洲姐姐上了大学，我是知道的。她在清华，仍然一边学习，一边写作。她写东西超快，似乎我睡了一觉起来，就能看到她的一篇新作。她的特性就是一气呵成，中间不留停顿。这就像冲泡咖啡，把一包主题放进杯里，提起保温瓶斜着口去倒便是，一直到浓浓的咖啡浆向上翻涌到杯口，画个句号，结束。看她的文章，有些旷野里放马的感觉，到底跑到哪里是边线，只有看完了才明白。她的文章也有点高深，就我的理解水平，有些地方得看两三遍，才能琢磨出名堂。

但我就喜欢高不可攀的人站在前面。越是不可想象，越是要走近。她只管去一个劲地高，我追着她长，总会长出几格增长线的。你看她太高，不敢靠近，她越发地高，你就会越发地矮。矮到你没法看她的脸时，你就会自卑，感叹做人的差距怎么就这么大呢。我不想这样子，所以我走近她。她身上的光芒很强烈，逼得人睁不开眼。退却而去，你就回到一个俗者的起点，在那里坐着等死吧，没有人同情你，她也不会知道这世上还有一个你。你俗到成了一粒土坷垃，被人踢来踢去，忍耐不住痛，就散了，便在这个世上什么也没有了。

我不想成土坷垃，我也不认为自己是金子。至少，我是一株敢于把手伸向天空的树。我的个头还很矮，但我总是在春天发芽。每过一年，我的“身高”都在增加。在人们还不太注意的时候，我不断地吮取营养，积蓄力量。等到有一年爆热的夏日来临，人们从原来的地方经过，一头扎进我的浓荫里，便会抬起头来看我，并发出这样的感叹：呀，长这么大啦！好材料，好材料！你自己体会体会，那是什么感觉？呵呵，爽，爽到家的感觉！

所以呀，要像江芳洲姐姐那样奋斗。不要老以为自己还小，等啊等，等到黄花菜都凉了，就什么事也干不成了。

我既渴望江芳洲本人看到此文，更渴望更多的人看到此文。

我不是天才，但关注我的人是天才。

江芳洲果然到我博客里看了此文，随后删除了对我的关注。

我当时极度尴尬，不知道怎样对她解释。解释不清楚，那我就不作解释。

此后好长时间里，她都不到我博客里来了。可我做梦都期盼着她能来。来了，哪怕一句评语也不说，我也深受鼓舞。但她确实再没有来。她弃我而去。

而我不曾远离她，一有空就想我这篇短文惹她生气的样子。我便有了一种负罪感和自疚心。

我隐隐约约地意识到，她天才般的敏锐性洞穿了我的俗气，恨恨地鄙视我对她的“利用”。

我只好自作自受，继续以崇拜的心理，在她天才的屋檐下，耕着我的田，种着我的梦。

这是在初升高的转折关头，我最出师不利的一次，压制性地影响着我的张狂。虽然没有带来灭顶之灾，却纵深般地打击了我的趾高气扬。据此，我才明白，跟天才打交道，不能自认天才。你是一只怕猫的老鼠，就不要在猫面前翩翩起舞；你很孙子辈，就不要坐在爷爷级的长板凳上盘起二郎腿愣充大爷；你是屎壳郎，就不要爬在铁轨上圆咕隆咚硬充大铆钉！

我读着江芳洲天才式的文字，潜移默化着自己的功力，希望种一地超乎常人想象的好文字，让我自己也昂着头看自己的果实。

63. 推算着天才的种类

再早前，有个写诗的海子，他死亡的时间比我出生的时间还早八年。

我知道他，是在 2009 年 3 月 26 日，这天网上海量地发帖，纪念他故去二十周年。

他十五岁上了北京大学，不能不将他归为天才。二十五岁卧轨自杀，不能不遗憾怎么有他这样的天才！

我对他不了解，所以一直对他产生不了切实的尊敬。

我以为人们对他的怀念，建立在他少年得志、青年横殁。

直到高二，课堂上讲海子的诗，什么《七月的大海》《跳伞塔》《面朝大海，春暖花开》，“你从远方来 / 我到远方去”（《黑夜的献诗》），“过完了这个月 / 我们打开门 / 一些花开在高高的树上 / 一些果结在深深的地下”（《新娘》）……

我才嗅到他诗的才气，哦，这是个天才诗人。

他的美好的诗意开始像爬山虎的藤萝一样，深深浅浅地扎进我的册封里。

他的花只艳了十年，就香飘万里。

你想象不出，他那一张胡子拉碴的脸，憨呆呆的笑，不算高的个头，无处不贴满诗的广告。

他躺在草地上，用身体写一个四仰八叉，都可以让人有成千上万种解读。

我在想，他卧轨自杀的姿势，一定也飘飘欲仙一样，让火车碾过的一刹那，为他舞起液态的红绸子。但他最后这首实体诗，写得有些悲催，教人情绪低落。这不是诗人应有之义。

2011 年 8 月 6 日，是个不具备丰富内涵的平凡的日子。

也许是暑假漫漫，周六消闲，高一已去，高二未来，心静诗意长，人乐杂绪多，我自然想到了在北京的日子里深深触及的海子的名字。

想到他，是因为我的诗崭露头角，获了个网评的“十佳草根诗人”。

这是一场耕种诗歌的大人的比赛里，夹杂进来的小字辈们的意外收获，我成了唯一获此殊荣的中学生！

我觉得活着特有“让我们荡起双桨，小船儿推开波浪，海面倒映着美丽的白塔，四周环绕着绿树红墙。小船儿轻轻飘荡在水中，迎面吹来了凉爽的风”的快活之感，为什么要掐断去路，终止人生呢？

于是我不无辛辣地写下《海子：苦彻而生，苦彻而死》一文：

大家铺天盖地纪念海子时，我不知道海子是谁，于是我拒绝了一个文学团体的纪念活动。但海子是谁，我有空时一直在想。

前些日子，我去了北京，有几天住在三伯家，不经心阅读闲书时，目光碰到了海子，才泛泛地了解了海子。

海子，生于农村，少年老成，诗的虏奴，十五岁考入北京大学法律系，二十五岁在山海关卧轨自杀。生，于今四十七岁，老大的爹辈；死，于今二十二春，近两轮。怎么算，海子都是遥远的往事。

但海子硬是在人们心中活了下来，除了他的诗，还有他的年纪。

他十五岁上北大，我十五岁上高中，他若不是少年奇才，我就是少年蠢材。

他二十五岁死翘翘了，我等二十五岁到来还有十年，他若不是用心太苦，我就是生活太甘。

生得比人提前，死得比人早，海子制造了两个轰动。前一个轰动，结论是，少年奇才；后一个轰动，结论是，英年早逝。于是人们的思维脱不了历史的辙痕：瞧瞧，天才总是不长命。

我倒不认为天才就得早死。海子的死，皆因自己过聪到四野茫茫，举目相望两孤独的境地。

自己过于超前了，别人就过于滞后。中间的差距拉大到不能随心所欲地对话时，只能自己独语。而独语是很寂寥的，让自己没有一点点依附。越是苦撑着，越是品不出生的群居感，尝不到生的乐趣。

于是，苦彻其心，对生怕得要死。不敢面对生，就逃避地选择死。一死百了，脱离苦海。

在另一个博客里，我直接将题目改为《海子：可以纪念他的生，反感纪念他的死》。我就是以这样的口气，评价不好好活着的诗歌天才的。

直到现在，我都想不明白，海子的诗很天才，死的方式一点都不天才。

卧轨，想起来很英勇，其实很悲惨。人搁在火车的铁轮底下，如同斩瓜切菜，即便不粉碎，也难保全。这是很不道德的结局。

天才往前跨错一步，比愚蠢还愚蠢。

既然你向往大海，写出《面向大海，春暖花开》的名篇，为何你在结束自己生命时，不纵身一跃，向波涛要诗意，向蔚蓝要永恒？一石击起千重浪。

掌心悦以天才的样子，影斜着往事。其后想到江芳洲。再其后想到海子。

我还会想到谁？

近一段时日，表情僵成一坨冰。

班主任红老师给我家里打电话，要大人注意观察一下孩子的动向。

老妈的手心手背不时伸向我的前额，测试我有无风寒感冒之类的病症。

我懒得说一句话，刀削一般犀利的眼神命她把手拿开，不要挡着哀家的宇宙观。我想什么，母亲并不知道。

她吼我：“咋了，给自己去上学，还上得有功了？我伺候你吃伺候你穿的，功劳苦劳都不提啊？关心一下你还讨嫌啊！”

我翻了翻白眼，欲说还休。说什么呀，说出来她也不懂。

任凭她发泄一阵子，我左耳堵，右耳疏，一点不往心里去，不消一刻钟，这事也就过去了。

我想着天才的几个姿势：高傲着，自信着，冷峻着，横卧着……

每一个姿势，代表着一种存在形态。

自己若为天才，应该是其中的哪一种呢？

第十二章

乱象里我知道我是谁

64. 又是考试分晓时

任何演出都要有预备阶段的。天才的超常发挥是这样，我们平庸者的演出也是这样。

进入一年的最后一个月份，人多多少少有些紧迫感。这一年老长的时间像一盘电影胶片，走得只剩故事的最后一点结局。这个结局是轰动还是平淡，句号真不好画呀。

我们高二生没有松懈过一天。物理、化学、历史、地理，这四门课要进行月考。

新课要学，旧课要复习。同时，播音主持要组织汇报演出。于我来说，彩装上场，很正规地以节目的形式表现专业，是上高中以来的首次。

我格外兴奋，格外在意。

原来，每天中午要睡会午觉。这段时间根本不可能，要复习，要背演讲词，时间紧紧巴巴的。

晚上回到家，趁吃饭的工夫，看一集《甄嬛传》，乐和乐和一小阵子。

饭毕，碗一推开，我就进了自己房间，咣当一声关上门，独自学习去了。

老妈每隔二三十分钟打开我的门，以送水呀，送水果呀，问寒问暖呀等等，能想得出来的名义，察看我到底在干什么。

我真烦："你能不能别进来呀，这么干扰着，我怎么静心啊？"

老妈还挺有理："咋，关心一下你不行啊？"

其实是不是真关心，全家人都心知肚明。老妈每次从我房门退出去，都会小声对老爸说："真学呢，没玩。"

狐狸尾巴露出来了吧？

嘁，还装样子关心我呢。

一个学期一个学期一晃就过去了，要说不紧张那是假的。

压力与日俱增。尤其考试成绩，原来考在后边吧，反正就那样了，无所谓，过一天是一天。成绩一赶上来，居然还飙到全班第二名，压力也随之而来。"二"的前面只有"一"，而后面有成批量的追赶者，从"三"一直排到"四十"。

我有种巨浪要压过来的感觉。我能不能撑住，老师在看，家长在看，同学们也在看。

撑不住，不完全是颜面扫地的事儿，会引起怀疑：你那第二名，是弄虚作假得来的吧？我若坚持说我没有，人家会双手一摊：那就奇怪了，有本事，你再考一个高分给大家看啊！所以说，嘴巴上的承诺很容易，落实在卷面上得靠实力。

对自己实力最好的证明，就是保住第二名，每考必胜，才会堵住大家的嘴，产生无可争辩的说服力。能不能保住"二"，成为我的精神磐石。

我的心，不再像以前那样轻松。我开始疲惫，累。

保持与超越，前者是困兽犹斗，后者是放开手脚一搏。我的成绩赶上来之后，才知道班上的前三名处于一种什么样的高压状态。

12 月 3 日，周一，上午就进行月考了。

不考时盼考，早考早结束，让心歇着；真考时又嘟哝，这么快呀，还没复习好。

自己怎么想不重要，重要的是已经开考了，优差就这一锤子买卖。要么砸死自己，淹在大家的唾沫星子里，永世不得翻身；要么弹起来，蹦得比谁都高，继续书写辉煌。

老师说，学习上你不当英雄，那就当狗熊。英雄和狗熊之间，就一根独木桥，谁把谁挤下去，全在各人自己。有时候，学习上的累没有人体谅，真想一头插下去，当一回狗熊。待完全清醒以后，自己又推翻了自己的决定。

学习就好比赌博，卷进那个旋涡里，确实由不得自己。赌输了，输得不服气，总想下一次可能有好运气，会连本带利赢回来；赢了，赢得上瘾，千万不能浪费了自己的好手气，再赌，再赢，直至赢光赢净所有参赌者的资金！

人的胃口就这么大，有些蛇吞象的感觉。人的上进心就是万劫不复的魔力，活生生把人推进旋涡里。本性就是想赢，赢了风光，输了丧气。

我觉得自己考得还不错，有这个把握。但在分数没有出来之前，心还是不停地打鼓。

全班四十名同学共考，你认为自己可以胜，其他三十九名同学呢，谁愿意自己熊啊？都在憋着一口气，哪怕是这等微乎其微的考试场面，也想小试牛刀，锋芒毕现。

只隔一天，地理和化学的试卷批阅完毕，成绩像谜底一样端出来。

谁中了头彩，谁跌进深谷？就在老师的成绩统计册里。

菩萨保佑，菩萨保佑，别让自己丢人现眼。满教室都是一片念佛的声音。

老师在讲台上东瞅瞅西望望，不知在等什么。等大家念累了，再揭锅开饭?

班长率先坐不住了："宣布吧，别煎熬大家了。"

老师打开册子："总体上不尽如人意，有几个考得特别差的，让我都不知说啥好。都是爹妈生的，考试的差距咋就这么大呢？有的同学好，迎头追赶，赶上来了，又能很好地保持，我很欣赏她这种劲头。学习嘛，发条上就上紧，每次都赶在正点上，大学的大门就一定为你敞开！下面，我宣布一下月考成绩。"

别人的我管不了，我是多少？地理 89，化学 98。

我手抚胸口，舒畅多了。这个成绩挺好的，还在前三。

地理是 100 分的题，化学是 120 分的题。

另两门怎么样？我盼望着。

可恨，老师还没批阅出来。只能等。

65. 编个事由请假

心里没法再去想物理和政治了，播音专业的汇报演出说到就到了。周五下午，必见分晓。

早在上周日，我就和老妈一起去租演出服。本来要自己制作的。老爸说："制作的再豪华，也只能穿一两次。现在的主持人，出场一次换一身装扮，没必要花费这个钱。去租吧，经济又实惠。"我和老妈都同意。

周日，一周以来唯一的休息日，我和老妈全市转悠，到处都没有合适的。最后在一家婚纱店里看到一款白纱裙，花一百八十元租下，还要交四百元押金。白纱裙只有到了周五才能从店里取走。

而周五的上午，我们还有许多事要做。要去化妆，固定发型。

就在周三，突然接到艾老师通知，学校只给周五一下午时间，所以所有节目都得压缩。

大家都骂粗话，刚刚下功夫背下来的台词，又要变动啊！

十分钟的压缩成五分钟，八分钟的压缩成三分钟。背这些词，背得人头疼。这倒好，又改，从头再来。时间在哪里？

学校不管，各人自己找去。

我都快神经了。各科都在疯赶进度，播音专业也没法慢下来，而时间还是那么多时间，被五马分尸般地瓜分。

同学之间，难免互相问问演出服的情况。有个别人是自己定做的，大部分是租的。租金各不相同。大家一亮明价码，基本维持在四十元到八十元之间。

“我……我……”我都说不出来了我。

我租金一百八十元！

女生们有话说了：你那么有钱，网购一件多好啊，何必向婚纱店里白扔钱呢。我直翻白眼。还能怎么样呢，大家说的都是实话。

说到网购，我气不打一处来。早就给爸妈说过，咱家开一个网银，可以方便网购。网购便宜有好货。他们就是脑子不开窍，说什么网上骗子多，不上他们的套，迟迟没有行动。全世界六十五亿人呢，都集中来骗你一家啊？笑话。怕被别人骗，白白扔掉许多钱，图哪一头。

怨詈爸妈，又一想，咱们都是一个市里的生命体，你们的租金怎么这么便宜呢？

“舞蹈店啊！”她们神气极了，“教舞蹈的地方，服装质量不怎么好，但能凑合着用。”

嘁，你们也不想想，那得多少人穿过啊！从卫生的角度讲，你们OUT了。挑逗得她们噘着个嘴，我心里稍稍安慰一些。

不过，我真糊涂，咋就没想到舞蹈店呢，这一下，比别人多花了一百多元呢。唉，算了，已这样了，还能变通还是咋的？

周四一天，全班很郁闷。明天下午就演出，可学校不准明天早上学生请假。说破天都没用。问题是，我们要去取租借的演出服，要到化妆店里化妆，哪一样都得花时间。

下午两点准时开始。上午上课到十二点，离下午开始演出仅两小时，中间还要吃饭，留给我们上街的时间呢？

就没有这么安排的。大家都很气。气多了人就累。

下午放学回家，我无精打采。

爸妈看我提不起精神的模样，以为我病了。我不许他们问，忒烦，闭嘴吃饭。

老爸还是打破沉默地问：“女儿，说说，遇到什么难事。说出来，兴许能解决。”

我嘟囔：“全班都解决不了，你能解决啥。”

老妈最看不惯我这样子，吼了一声：“有事好好说，稀松啥！”

我坐直了，哼了一声，一五一十地说了我们的困境。

“是这样啊！”老爸思忖，“这个安排是不妥当。既然让孩子们演出，就要给足够的时间准备。仓促上台，效果肯定不好。”

“可不是嘛，所以同学都很有意见。”我说，“我班明天早上可能旷课的人很多。你学校不准假，我们就旷课，谁怕谁呀！”

老妈一听急了：“旷课不行！你，明早上课去，不能逃学。学校既然这样安排，合理不合理，不是咱们想的事。”

我对老妈胳膊肘向外拐很气愤：“旷一节课怕啥？我上高中以来还没旷过课呢。再说了，学校规定，旷够六十节课才开除哩。”

“一节也不行。”老妈脸森下来，“咱们家没有无故旷课的传统。”

“这叫无故旷课吗？这不有事儿吗！”我争辩。

老爸用筷子敲一敲盘子：“别吵。这问题要这样想。女儿自上高中以来，确实表现不错。写作方面的才华人们有目共睹，现在学习成绩也突飞猛进，成为班里的佼佼者。播音演出呢，对女儿来说，很正规的上台，这是第一次，搞得好一些，应当加分的。我看，就破个例，明天早上，可以不去学校。”

老爸说到我心里去了。我真的特别在意这次演出。人都有表现欲。我也有。

老爸又对老妈说：“你等会给红老师打个电话，给女儿明早请个假。”

老妈嘟着嘴巴：“请假？怎么请啊，我嘴笨，撒谎我可不会。”

“那就照实说。”老爸说。

“人家学校明确说了，不准请假，你照实说个啥？”老妈反驳。

“老爸，这事还得你来办，别为难我老妈。”我催老爸。

老爸豪爽地答应：“行，我来办。”

别提我心情有多舒畅了，老爸全力支持我犯错误，这还是头一回。

饭罢，老爸抓起他的手机，找出班主任红老师的电话，拨了过去。

红老师在接听，老爸叫道：“红老师好，我是学生家长。啊，你好啊！有这么个事……”老爸停顿了一下，“我女儿明早要和她妈一起上医院，做个肝功化验。哎，对对，请个假。明天下午来，演出一定来，我也来。

哎！好的好的，明天下午见！”

老爸挂了电话，老妈用异样的眼光看老爸：“哎呀可以呀，撒谎都不打草稿。”

老爸咂咂嘴：“要随机应变嘛。我一打通红老师电话，人家可能猜出来家长的心思，一准是为明天的事，所以语气很冷淡。我不能硬往枪口上撞啊！话到嘴边，立马改口，不然被红老师回绝了，多难堪！”

我立马上前，拍了老爸一下：“绝顶聪明，OK！”

老爸放下电话，脸上很怅然：“你红老师很聪明，她一定猜到你老爸在说谎，但总是有个合理的理由在撑着，她不好再拒绝，面子上都过得去就行，所以互相不捅破这层窗户纸而已。”

老妈说：“你编谎这样容易，平日不晓得给我说了多少谎话。”

“去去，一边去，搅什么局啊？”老爸呵斥老妈，“这不为孩子明天演出嘛。”呵斥完老妈，又对我：“仅限这一次，下不为例哦。”

“下不为例。”我坚决地说。

我从心底里佩服起老爸的机智，立马和同学通电话，言语里不无得意之色。

老爸赶紧制止我：“不能到处广播啊孩子，这事儿，你只做不说，不能让全班效仿。那样的话，你红老师日子就不好过了。凡事要两头想，不能只顾自己，也要给老师留够充分的余地。”

我的心很释然。晚上，想美美地睡个好觉。我对爸妈说：“明早我要睡到九点，你们不许叫我。”累到了极点，唯有睡觉能解困。

我看了一会儿电视，让老妈放水，我要洗个澡。洗去一身疲惫，方能一觉睡到大天明。

梦，很快包围了我。

我梦见自己穿上洁白的纱裙，美丽得像个新娘子，往舞台一站，所有人都震傻了。我的朗诵那样流利，堪比中央电视台的海霞。我飘了起来，像一朵云在大家头上游来游去。人们不得不仰着头看我。

我落在一座花园里的假山上，有许多小孩子围上来。我行走在一处“危楼高百尺，手可摘星辰”的险峻的小径上，欣赏着崖下的风景。一男一女两个小孩来到我前后。男孩坐在我后边，女孩站在我前边，她穿着一件小得可爱的超短裙儿，突然翩翩起舞起来。她一只脚翘起来，伸向崖外。我傻愣愣地站在她面前，却不知道该怎么办。她三跳两跳，掉到崖下去了。

我大脑一片空白：天啊，这怎么得了，我离她那样近，不会有人怀疑我把她推下去了吧？我四望茫然，不知所措。

我身后的男孩开口说话了：“妈妈快来呀，你女儿掉到崖下去了。”

他这一喊，我才彻悟过来，对呀，赶快救人呀。我担心孩子会不会摔坏，手脚发抖得厉害，不住向崖下张望。听到孩子妈妈撕心裂肺的呼喊声，我惊出了一身汗。

我坐起来，一点睡意都没有了。

人说做梦梦见小孩，第二天会遇到纠缠的小人。

我头发涨，浑身不自在，难道……

66. 我们被逼得疯了一样

12 月 7 日，这个注定要我记住的日子，从窗口亮了起来。

看看表，八点了。

我想躺下再迷糊一会儿，班上同学的电话接二连三打来了：哎，你在哪里呀？校长来检查，发火了，咱班只到了十几个人。

我说我请假了，在医院。

同学说：你可以呀，还请上假了，咱班好多同学要倒霉了，近二十人旷课。

我一听说校长来过班上，心里就毛毛的。全班四十个人，只到了三分之一，这可是个严重问题。

我穿上衣服，去洗脸。正洗着，在家休假的老爸的手机响了。

老爸接起来："哦，红老师你好。哦，行，行，好，我让孩子来。"

老爸挂了电话，对我说："女儿，你红老师打来电话，说学校里要求今天任何人不得请假，你必须在十一点以前赶到学校。否则，下午取消演出。"

我一听就急了："凭什么取消演出啊，神经病！"

我渴望这场演出多时了，好不容易熬到了，取消？还不如给我一瓶安眠药，让我长睡不醒算了。

我急急忙忙洗漱完毕，要去上学校。

老爸看一看挂钟："才八点半还不到，你可以迟去些，十一点前赶到。"

我哪还有心思在家耗呢，立马就去，而且还是打的。

本来，说好十点去西关的万隆服饰商场找漂亮宝贝化妆。也不知道今天去那的人多不多，能不能很快排上队。我最喜欢袖珍姐姐化妆，她能把握我的脸形，发式做得松而不乱，粉色涂得少而匀，总体看起来能提高我的加分。这下倒好，一切计划全打乱了。

你说学校的安排缺不缺德，不给时间，只看效果，这不为难学生和班主任吗？学生请不了假，只好旷课；班主任只有执行学校的决定，既当仇人又当恶人。没有这么整事儿的，葫芦僧乱判葫芦案，嘁，不乱才怪。

老爸送我出门，挡了一辆绿桑，是位女司机。

我坐上去。老爸歪着头看了看车牌号，记在他手机里。

他还提醒司机一句："85666，你的车号真吉利！"

女司机笑一笑。

我老爸就是这样聪明，他的言外之意，嘿嘿，把我女儿安全送到学校，你的车牌号我可记下了。

女司机哪敢怠慢，一路狂奔，不消十五分钟，车就稳稳地停在我们学校大门口了。

看门老头见我来了，上下看了看，想说什么，又没说，轻轻一扬手："赶紧到班上去。"

我一路小跑到教室，哪有上课的样子，缺的人仍然很多。

班长说，早上八点，红老师到班上一看，只来了六个人，平时这时候只有极个别没到；八点十分，早读来看，也只十几个人。校长对红老师说话可凶了，红老师逼得没办法，只好打电话一个一个地叫。

现在每个教室跟过去可不一样，有监视设备，哪个班上课秩序不好，有学生逃课，人家坐在监控室里看得一清二楚。缺一个人，扣班主任一天奖金。

唉，今天给红老师惹事，让她亏大了。这么多缺课的，还不罚死她呀！

心里真是过意不去，又矛盾，又纠结。

到了十一点，班上还有九个硬汉，脖子挺梗的，一刀砍下去不就碗大个疤，我说不来弄死我也不来，你开除我啊！

校长发狠，不许他们登台。

嘁，你当儿戏呀，一阵风一阵雨的？

我又怕他们真的上不了台，又不怎么担心校长会跟他们死扛。

有时候，校长也是雷声大雨点小。毕竟，学校这次安排绝对有问题，硬将人往进退两难的境地逼，缺少合理性，便有抗争的结局出现。

我赶上第二节课，英语老师坐在教室里和同学聊。

这课没法儿上，班上跟放羊差不多，一会儿进来一个，一会儿进来一个，脾气再好的老师，也会弄得兴趣全无。班主任红老师并没有对陆陆续续到校的同学说三道四。在她看来，能一个电话叫来的，还都是听话的。

既然听话，再啰啰唆唆说些不中听的词，于事无补，还会把学生推向自己的对立面。

她从来没有这样迷茫过。今天就有了。眼神里那种坚定和凌厉，现在雾突突的，有些散乱和郁色。

这是她老师生涯里，遇到的最为狼狈的一次纪律挫败。她的自信在这场散乱面前，表现出前所未有的无奈。

作为班主任，她上不能指责校长，中不能指责专业课艾老师，下不能指责全部学生。

若是零星的同学迟到或不到，这一定是学生的问题，现在一班同学出现状况，必须得好好反思一下，哪里出了问题？

对于全班来说，下午的演出是天大的事。每个人的心思都不在正常上课上。你就是说破天，也没有人愿意在全校师生面前出丑。大家都铆着一股子劲儿，充分准备。

大家想，上午你不让请假，早上最后一节课应该给我们自由吧？

学校却在大家的等待中有一个雷人的决定下达：必须上完全部的课，中午吃饭和休息时间归你们化妆。

教室里骂声一片：去死吧，这个决定。就因为这个决定，害得我们一下课像疯了一样，吃个屁饭啊，一路奔跑上街。

因为出了学校门，还有很长一段路比较偏僻，没有公交车或出租车从校门口经过。

跑出一条二里长的小街，哪敢坐公交啊，正赶上上下班高峰期，到处塞车，从学校到西关，运气好得耗四十多分钟，运气不好得熬去一个多小时。

打的，只有打的。见的就伸手，全坐满。我晕。

等了二十多分钟，才挡住一辆。

钻进车里，催司机师傅："开快点开快点，求求你，我们有急事。"

司机师傅回敬一句："现在的科技太不发达了，只给我四个轮子，又治不了拥堵。你给我的车造两只翅膀呀，那咱就可以按你们的意图飞。"我和好友丽语塞。

有埋汰人的，没见过你这样埋汰人的。

一路堵车。司机扭头问我们："绕到滨河路走怎么样，那样可能快些。"

我和丽交出自主权："您决定吧师傅，只要快就行。"

走哪里都是堵。绕到滨河路，车流仍然像蜗牛爬。

等赶到万隆服饰商场，一看手机，我的亲娘哎，十二点五十！

还好，狂奔到漂亮宝贝化妆店，老爸和老妈早等在那里，已说好了，给我们以特殊优待。

给我化妆的，还是袖珍姐姐。给丽化妆的，是靠门口的唐朝一姐。

因为她胖啊，胖得很杨贵妃。

大人之间就是好说话。原来我们化一次妆，五十块。经老妈和店老板一商量，降到四十。假睫毛不在此收费之列，得单独另算。一对假睫毛五块钱。对于这些小钱，老爸老妈都不在乎。

袖珍姐姐边给我化妆边说："其实还可以再省些钱的。一百元办一张贵宾卡，可享受优惠价，做一次二十五元。"

老妈最会打小九九算盘了，眼珠子一转："这个划算，办一个。"

她立马就办了一张。我这次也算进去，省了十五块。

我本来眼睛大，一贴假睫毛，眼睛更大。丽好羡慕我。但我也羡慕丽，她的皮肤又白又细。

我化的是大背盘头妆，因为我要单独朗诵《大梦敦煌》。

丽化的是清纯妆，梳两条大辫子，因为她只参加一个集体表演。

这个集体表演也有我一份。到时，我和她站在一起。

我们化好妆，又挡了个的，向学校狂奔。

集体表演项目，大家都脚蹬黑布鞋。我的黑布鞋还没买到。丽说她的黑布鞋是她爷爷帮她去买的，十八块。

我老妈一脸不痛快，坐在车上批评我："够磨叽的，憋不住了才找厕所。你什么时候才能利索一些？"

我朝她吼："够了！你说说说，说得人脑子生乱，上台演砸了，你不丢人我还嫌丢人！"

老爸也帮我训我老妈："你这人也真是，一到关键时刻拍桌子瞪眼睛的，你就不能温和一点？吵能解决问题？让孩子心静一静。"

老妈说："那鞋……"

老爸打断她："不买了，人多，看不出来。"

我忙补充："我个儿高，又站在第一排。"

老妈接话："你听听，非要买不可。现在上哪儿去买。"

丽沉默很久后，柔柔地说："好像校门口横着的那条街上有一家鞋店，具体位置我记不清了。反正离学校挺远的。"

"好，师傅，直接开到鱼市口停下。"老妈果断决定。

下了车，正说着哪有啊，一抬头，这不是吗，一个小门面的鞋店，很旧很窄。

掀开塑料帘子进去，嘿，真是老天有眼，铺面上就摆着我想要的黑布鞋！一问，十元一双。

丽咂舌："我亏大了，贵了八块。"

买到黑布鞋，全家人都高兴。

老爸老妈要跟我一起上学校看演出。

老爸讲了一个真实的笑话："我跟你妈在万隆大厦前等你们，你妈说你们来这里得一阵子，在这条街走走，看能不能碰到鞋店。我俩朝南走，走了很远，不见一个鞋店。我说算了，别孩子到了找不到我们。你妈突然叫了一声：'这里有鞋。'我满大街瞅，哪里有哇？你妈又说：'真的这里有鞋。'我说你没病吧你？你妈说：'你神经啊你，看不见吗，有鞋店。'我扫了一圈，还是没找到鞋店，就数落你妈，别整没用的，报鞋店名。'我不是说了吗，这里有鞋。'你妈嘴硬。她边说边往前走。我跟着她。上了几个台阶，一抬头，真让人喷饭，在一家大商场的柱子后边，有一家店，店名就叫'这里有鞋'！小不啦唧的，不注意看，真看不到。这叫店名吗，我的天！我自个笑得精神好像出了点问题，路人都看我。进店一看，有什么鞋呀，全皮鞋，哪跟哪都挨不上。"

67. 劲儿铆在演出时

学校原计划下午两点让我们上一节课，三点整汇报表演正式开幕。

同学的抗议奏效了，取消上课，给一节课的准备时间。

可不是吗，使唤驴也得让它有吃口草的时间吧！

我们把男生赶出教室去换装，女生就在教室里，几个人一围，脱去校服换裙装。

我租的是短低胸白纱裙，腰以上点缀着一簇一簇的黄菊，高雅，大气，雍容，同学们赞不绝口。

不吹牛地讲，独领风骚，一芳压群。

我得意起来："贵有贵的不同吧？又干净，又精致。"

这点同学们没有异议。不比不知道，一比见分晓。

我的节目安排得很靠前，是第三个出场。

我光着腿，只穿一件白纱裙。因为我忘记买长丝袜，只能这样。

老爸提醒我："校裤先穿上，到跟前再脱了，别弄感冒了。"

我哪里还听得进大家唠唠叨叨："去，热都热死了，还穿。"

我真的很热，除与心热有关外，礼堂的暖气相当好。

我老妈乖乖坐在后排靠门口的位置上，一动不动。我老爸挎着个尼桑 D80 相机，走来走去。他不住地和校领导或老师打招呼，还亲热地说上几句话。

从高一到高三，学生像开闸放水一样喷进来，很快把各个空座位填满。

校长讲过话，演出就开始了。

我被请到后台，所以前面的节目没有看上。心里有点打鼓。

到我上台，我觉得腿肚子一直在抖，但我极力保持镇静，面露笑容，一字一句悠长清晰。

老爸围着整个场子跑来跑去，选了不知多少个角度给我照相。也有班上的同学用手机给我拍照，还有人录像。

我从来没穿过低开领的短裙，肩上没有挂的，背上没有绑的，就靠胸和腰围紧收，向上提着。我担心自己发音一用力，裙子从身上滑下来。那样的话，丑可就丢大了。

我右手拿着话筒，左手轻轻搭在前腰，一直不离开。这样的话，我一个手势都不能做，但很安全。至少，万一出现状况，我有自我保护措施，局面完全可以收拾。

这样歪打正着，反而收到意想不到的效果。老师和同学们夸我舞台形象良好，端庄，稳重，很有明星范儿。

我在掌声中下场。细细回忆一下，没有出现明显的瑕疵。

老爸很高兴："女儿，你很棒。"

我说我挺紧张的。

老爸说："没有啊，我没看出来。"我以为老爸故意掩饰我，鼓励我。

最后从老师同学那里得到完全证实，台下真的没有人看出我的紧张。

这说明我演出成功了。

专业指导艾老师说，能把自己控制到变化细微，无人察觉，这就达到了基本要求。

我很为自己庆幸和祝贺。

借用台湾《大学生了没》中搞笑演出爆红的"Hold 住姐"谢依霖的话说：整个场面我 Hold 住了。

轮到上集体节目《大堰河——我的保姆》时，我换了蓝色右襟装，这也叫五四学生装。上场的女生都这样。

人多，气场大，我融入其中，已经很自如了。不论怎样变换舞台队形，我都没有了任何一点点紧张感。我个儿比身旁的女生高，显得有些出众。

我有种志摩云天的感觉，想一想，忍不住露了一下齿。

下来后，老爸抢先说：“女儿，这一回你太放松了，中间还出现笑场，这不行啊这个。”

噢，我有这么放松吗？就那么一点点小状况，也逃不过你老的法眼哪！

胡小最看不惯我样样占先。可偏偏她最拿手的舞蹈出现了问题。

她本来十分漂亮的劈叉，眼看台下的掌声要风起云涌般起来，咔哧——她租借的演出裤撕裂了一条大口子。

全场惊呼。胡小羞得连滚带爬从台上蹿了下去。也就是说，她的表演没有结束。

这对她的打击太大了，她哭得快岔过气去，老师怎么劝，也劝不住她的哭声。校长还不高兴呢：“你们是怎么准备的？花钱租服装，就租这么个水平？胡闹！”

校长的批评点燃了大家心中的不满，我们议论纷纷。

胡小像发怒的狮子：“学校太过分了！让我们演出，又不给我们准备的时间，害得我们像疯子一样，午饭也没吃，打的花了一堆钱，就近租服装，就租了这么一件货色。都怪你，让我把人丢大了！”

说完，她又哭。

校长的手扬了扬，没说出话来。班主任红老师和专业指导艾老师面面相觑，不知如何是好。

丽虽然只有一个小小的串场，她仍然很开心。她化妆后很美，一会儿搂着这个的脖子，照张非主流；一会儿靠着那个的肩，照个小合影。我就被她折腾了好多回，照了一张又一张。

晚上，全班一部分同学聚会，庆贺我们的成功。

我想走都走不了。大家高兴，我不能扫兴。其实我比谁都高兴。

AA 制吃火锅，没人反对。

男生爱喝个啤酒。问女生，女生你看看我，我看看你。我说："干瞪眼也不行啊，来点果啤。"

"果啤有劲吗你，要来就来啤酒，男女都一样。"

男生生来爱闹。

其他女生制止："我们陪你们喝就不错啦，还实行强制措施呀！"

男生没词儿了，举手投降。

倒啤酒，必须歪门斜倒，男生很有经验。

大家一起举杯，谁发言啊？都指我，好吧，我说两句："高二三班大露脸，人人争先，都不简单，精彩过处，谁还遥想当年，台下一片称赞：三班三班不一般，我们在后你在前！端起来，大家干，为了胜利，为了明天！"

干！

碰杯！

喝着吃着，班长站起来，向我敬酒，举起"V"字手势："两个意思，一，演出成功；二，物理成绩出来了，你，96，牛，牛气冲天！"

这酒得喝，我很期待高分，如此如愿，焉能不喝！

"历史呢？"我问。

班长手一劈："没出来。"

其他同学开始纠缠："又考得好，故意甩开我们大家。不行，这得罚你酒！"

这也得罚呀？

我幸福地接受……

第十三章

高中生也要享受父母的温暖

68. 体面着，但挣死钱的老爸

我不相信聪明的孩子都会考试，也不相信愚笨的孩子都会舍弃。

高中怎么了？

在高中的大江大浪里扑腾，我也是个葫芦娃，红孩儿，哪吒，需要享受爸妈的温暖。

爸妈是两面书，一面是白话文，一面是古文。小时候，对儿女使用最多的，是白话文。儿女渐渐长大了，里面夹杂的古文越来越多。你可能嫌苦涩难懂，就不愿意去深深地探究他们；也可能嫌费解，干脆就不去解读他们的掩饰。

爸妈白话文的一面，是留给儿女的；古文的一面，是留给自己的。

Money 在家庭成员中的分配与使用，我老爸始终很局外。

他在这个家庭中，似乎就是调和矛盾来的。他好像与 Money 从来没有纠葛，相处得很和谐。有的家庭为 Money 争吵不休，我家就显得出奇地安静。这就给我造成一个印象：老爸不缺这个，没必要与老妈平分秋色。

老爸对我的大方令我万般喜悦，好样的，够爷们！

但他常常为自己囊中羞涩两袖清风的拘禁也让我很意外。

他是挣 Money 的穷人。

对老爸的解读，着实让我费了一番功夫。

他天生面容和善，戴一架金边眼镜，文绉绉的。他有笑的嗜好，见谁都礼让三分。

高二的期中考试就显得砝码偏沉和郑重其事了，学校要求主要的家长来开家长会。

老爸责无旁贷地来了。他的到来，就像一渠清水，给许多老师留下良好的印象。

班主任红老师就认为他是称职的家长。她有个不情之请，想让我老爸在下一次家长会上，给全班其他家长上上课。主题她都想好了，就是讲讲自己是怎样和孩子和睦相处，促成孩子聪明才智的优异发挥。

红老师说，现在很多家长与孩子关系很僵，导致孩子在校性格叛逆和不服管教。老师遇到难题希望家长配合，结果家长比老师还难以走进孩子的心灵。

望子成龙、望女成凤，是每个家长的渴望，但方法对头的不多，逼孩子、骂孩子甚至打孩子的现象普遍存在，认识偏执和肤浅，认为只要把孩子撵到学校里圈起来，就大功告成了。

其实这是哪儿跟哪儿呀，万里长征连第一步都没走好。

孩子不舒心，有抗逆心，进了学校又怎么样呢？老师对孩子打不得骂不得，有时话说重了都成问题。

孩子在学校出现一些问题，有些家长不是前来协助寻找原因，配合老师做好工作，而是动辄吹胡子瞪眼睛，比孩子还孩子，百般指责老师，大闹学校。

我老爸在这一点上高高在上，孔孟的礼仪道德在他的意识里根深蒂固。

人的修养一旦形成，会由内而外地发酵、渗透，一言一行，一举一动，无不表现得充分清晰。

我偷着乐，佩服老爸的“功力”，被老师一眼就看出来。

班主任红老师挑中我老爸，我多有面子！

他要是在讲台上一站，我还不威风八面？

在我们班上，爸妈腰缠万贯的同学有很多，平常一掷百儿八十的，那都是小钱。花一张百元 Money，就跟撕一张草稿纸似的。

我老爸在当今社会里，OUT 得很远了。他遵规守矩得有些过头，就挣个死工资。所有开支都从死工资里支付。

就他而言，从年初到年尾，同事啊、朋友啊，结婚的，过满月的，办丧事的，就没间断过。过去对一般人员礼节性搭个礼，撂一百元就可以了。现在不行了，一般关系得甩二百，关系好的得给三五百，关系极其好的怎么说也得六百以上了。

维持必要的社会关系，吃了别人的请，还得找机会以合适的理由请别人，一桌饭少说也要千儿八百块。

还会遇上指令性的“自愿捐款”和真正的自觉捐献。

还有一项考验品质的费用缴纳，那就是党费，一年近五百块。

哦，还有工会会费、收藏协会会费……

老爸脸上没写“压力”二字，当他把这些摊开在我面前，我就有点咋舌。

Money 啊 Money，你真是个缺不得的好东西。

上帝啊上帝，求你看在我老爸艰辛的份儿上，赐予我家财源滚滚吧！

如果从家庭富裕程度来衡量家长的能力，我老爸得往后缩了。但班主任红老师偏偏挑中我老爸的清清正正，别的同学会有些诧异。

那又怎么样呢？

寸有所长，尺有所短嘛。

我老妈督促过我老爸很多次，想想办法，增加点额外收入。

老爸说，等我退休了再说吧。

老妈说，退休你都老了，还能挣个空气。

老爸说，现在干着公干，总不能吃着碗里的，看着锅里的。

老妈无话可说，但每当看到别人家境有了大的改观，难免心里泛醋意：都是男人，挣 Money 的差距咋就这么大呢？

老爸有时也困顿：整天吃不肥饿不死的，啥时能有个大反转呢？

在对我的教育问题上，爸妈观点出奇的一致：倾其全力，力争供应得好些。

他们用惩罚自己的办法，来提高我的生活优越性。

尤其我从全班“倒九”考进“前三”，简直成了家里的掌上明珠，待遇与从前大不一样。家里花在我身上的 Money 比物价上涨还快。

而爸妈对 Money 的怜惜，竟是如此让人不可思议。

69. 牙疼不治讲道理

那天，我下午放学回到家，老妈做的菜很丰盛，三个炒菜：红烧肉，西红柿炒鸡蛋，豆腐炖蘑菇。还有一个凉拌菜，白萝卜丝。

老爸居然一点胃口都没有。一问，牙疼，不想吃。

牙疼看牙医呀。老爸朝沙发里一躺：“看牙医？现在一些狗牙医，做个普通牙嘛，搞得跟造金子差不多。随便给你鼓捣一下，几百块，治标不治本。过几天又疼，他再鼓捣一下，还会找更充分的理由：你这个牙呀，问题很多，上一次病症在这儿，你看，就这儿；这一次病症转移了，在这儿，看到没有，对，就这儿。他装得跟正人君子似的，牙镜塞进你嘴里，让你这样看，那样看，病人能看清个啥？我要是把自己的牙的问题看清了，还要你牙医干啥！他用高速水钻把这儿打开，吹一吹，抹点消炎药，过几天消炎了，再把挖开的窟窿补些填充材料，封住。他拿几种材料给你看：这个是国产的，便宜，质量不用我说，你也能想到；这个是意大利的，稍好；这个是日本的，次好；这个是德国的，最好。你自己选吧，价格不一样，舒服程度和使用寿命就不一样。我建议你用进口材料吧，还是不一样，虽比国产的贵几倍，保你用了不后悔。咱们老熟人了，这样，我给你打八折，相当于批发价，实惠，我就挣你个手工钱！你情我愿，长期合作，这叫互利互惠。呸，骗鬼去吧，其实满打满算，他的手工加材料，不过五十块钱，他非要收你三百、四百、五百。一个牙，一年给他撂一千几百块，甚至几千块，还看不彻底。他就不想给你看彻底，看彻底了钱从哪儿挣？我上他那当干啥，疼，忍着。我就不相信，它能疼死我，还是我能战胜它！”

老妈向我啧啧嘴：“哎呀，瞧见没有，为省几个钱，咱们家出了大英雄哎。该省的省，该花的花。别小病不治，到时候人还没老，满嘴牙不行了，像个小老头似的，说话到处冒泡漏风的，我才不和他一块儿走路呢。知道的人，哦，这个糟老头是你爸爸；不知道的人，还以为我牵着你爷爷呢。”

老爸还嘴硬：“女儿都这么大了，我还把自己保养得小伙子似的，想干啥？笑话！你到时不和我一起走，告诉你，我还不给你这个机会呢。我要到了六十多岁，百病缠身，见天活不精神，我才不像有些没出息的人，啊哟哟，啊哟哟，赶快给我治病哟，我还不算老，不想死。

喊，越活越糊涂了。不想死活着自己受罪，一家人跟着受罪，你这不缺德嘛你！我要到那时候，不连累任何人，一头从云端插下来，验证牛顿的万有引力定律，给人类研究做些贡献，把累赘变为财富。一个苹果从树上落下来算个啥事，我大活人从蓝天自由落体，创造一个短暂的结束。你还不跟我上街，告诉你，我连让你扶着我走的机会都不给你留。你扶自个的影子去吧你！”

老妈听着听着就来气，碗一放，追过去撕扯我老爸：“你想害我是吧？要死就早死，别临老了把我扔在半路上。你说，你缺德吧你。还缺不缺德？缺不缺德？不想缺德，现在就起来给我看病去，钱我掏。说，去不去？”

老爸被老妈提着耳朵，硬从沙发上拉起来。

老爸说啥都不看牙医：“行了行了，不就个牙疼嘛，是我疼还是你疼？皇上都不急，你太监急个何用！我又不是疼得要死，看什么看？一说看牙我就来气。大前年九月吧？看报上登的牛皮癣广告，吹得那个牙科诊所有多神有多好，把我哄骗过去。娘的，长着好牙去，弄个残缺回。就是我和你一起跑到七里河找的那个，叫啥来着？哎呀那什么，那个态度很好、医术很臭的女的，白大褂一穿，满地跑牛，还一本正经地给我看，保证经她一看，我的牙一辈子不出问题。最后怎么样？好好一个左后下牙，让她看没了！当时吧，牙就像现在这样隐隐地疼。咱们要是保守治疗，吃点药可能就过去了。自个献了个殷勤，有病早治，有病早治。那不听了你的话吗，现在花小钱，以后保健康。哼，来来回回，向那破地方跑了六七趟冤枉路，钱花了一堆，结果怎么样？人受了罪，牙拔了！害得我到现在，吃饭只能用右边嚼。左边那颗牙太靠后，没个帮衬的地方，补都没法儿补。”

老妈面露赧色。

说到老爸那颗牙，成了心中永久的痛。那个牙医确实是二把刀，高速水钻一下把老爸那颗牙给削到牙槽上了。她又采用了错误的分治法，将整颗牙从中切体分离，致使那颗本来是小病的牙成为严重的残牙，补都没法儿补。最后终因牙齿底部人为造成的破坏，加上牙位削得太低，没法儿修复，只好拔除。

为这颗牙，老爸气坏了，准备向那个二把刀牙医索赔。事情有时就这么巧，关键时刻她丈夫出面了，一看，委屈死个人，我老爸的老战友。还索赔个狗毛，熟人最不好撕破脸面。人家几句好话，把事情了了。

老爸窝着一肚子火，没处发泄，自己的难受，只有自己受。

从那以后，牙疼对老爸来说，忍着，痛。但牙存在着，有，总比没有好。

他对所有牙医都不再相信，几乎不再进牙科诊所了。

说到这事，老妈也不再强烈坚持了。

她默不作声地到药柜里给老爸找泻火药、止痛药。

什么牛黄解毒片呀，甲硝唑呀，找来，按比例分好，倒了热水，让老爸服用。

老爸自我解嘲："我现在最信任的，就是牙医，因为骗子太多，信任得你不敢去见他，敬而远之。牙疼，吃几粒药，问题照样解决。我自己给自己看病，谁能奈我何？三逼两逼，自个给自个当牙医了。"

但我有个疑惑。

老爸对牙医那样不齿，每当我老妈牙疼，或者我牙不舒服时，他像老黑白电影《白毛女》里的恶霸黄世仁催债一样："还等啥，赶快去看呀，吃了核桃等枣，嫌黄花菜没凉是咋的？"

老妈每次看牙回来，爽得眉开眼笑："哎呀他大爷的，牙疼不是病，疼起来要人命。花些钱，大夫一处理，哎，好了。是谁帮咱们闹翻身哎，是谁帮咱们治好牙哎，是牙科的赵医生，是精湛高明的医术……"她极其高兴时，还旋转几下，唱一曲，来两下舞蹈。

老爸看到老妈快活，他就快活："全市的牙医都和你好着呢，给你一看，都是好牙医。我就不行了，众人巫子，人模狗样的牙医，怎么一看到我就害我。我真不明白，这世界怎么啦，成心和我过不去！"

老妈笑："我知道你的病根在哪里。"

"在哪里？"老爸问。

"一朝被蛇咬，十年怕井绳。"老妈耍着怪，对老爸说。

我的满口牙一直保持很好，这得益于老爸老妈一见我牙出小毛病就立即领上去看牙医。

牙医给我看病，大多情况下，老妈站右边，老爸站左边，像监工一样。牙医用什么医具，老爸老妈都要问一下，牙医解释清楚了才能用。光解释还不行，得盯着当面消毒。医生说已消过毒了。老爸细细地一遍一遍检查，能挑出让医生重新消毒的毛病。医生戴没戴口罩，他也有要求。戴的口罩必须是一次性的，新的。医生戴没戴医疗专用手套他更在意。他把医生戴手套的手举起来，看了正面看背面，上面找到一个极小极小的污点也不行，让医生立马更换。

牙医上什么药，老爸老妈异口同声地问："这是不是最好的，有没有副作用？"牙医解释了还不行，得把品牌药的牌子亮出来，他们要亲自看一眼才心里踏实。

为我看牙，从没见老爸老妈心疼 Money，出手挺大方的。

老爸的牙疼了好几天，但最终被药物制服了。

老爸在胜利面前手舞足蹈："我说嘛，我是可以扛过去的。不上死牙医的当，白花钱，花大钱，治小病。"

我说："那你为什么不惜代价给我看牙呀？"

老爸振振有词："那不一样。我女儿是谁？是我和你妈未来的延续呀！宁可让钱受损失，不能让我女儿留缺憾。有病就看，钱是啥？钱是王八蛋，没有了再去赚。你要是牙不好，老爸有天大的本事，能给你还原一口好牙？所以，针对不同的人，不同的状况，要采取不同的方法步骤。你，就是咱家的特例。你妈都没法和你比！"

70. 第一次见老爸怕老

唉，对老爸和老妈，真是说不清道不明的。

他们怎么想，你能猜出一二，但猜不中全部。

老妈平时对我抠门吧，关键时刻花 Money 眼不眨、手不软。

比如我上这个方正高中，一学年交近万元学费，一个月上灶吃三四百块，还有其他的印制试卷费、补课费、班费等，从没见老妈嘀咕一句，一要就给。

老爸在家不管 Money，但身上总有一点私房钱，以备我用。

尤其我考到前面以后，他认为我长大了，懂事了，能自己驾驭自己了，加上又是女孩子，花 Money 的地方多，身上不能没有 Money。

他隔三岔五给我塞 Money，少则二十，多则一百。这些都是我老妈所不知道的。

他利用早上和我一起出门的机会，掏出几张，塞到我书包里。或者某一天我和同学相约，眼看要出门，他假装给我归整一下风帽呀，拍拍身上的灰尘呀，快速地将一些 Money 投进我的坤包里。

有时候老妈发现我们有猫腻，问老爸："你是不是给钱了？"

老爸打官腔："钱，不是你管着吗，我哪儿来钱啊！"

老妈实在逼得不行，老爸就说："哎呀，孩子和同学去玩，总得买瓶水喝吧，总得吃顿饭吧，总得上公园买张门票吧，同学过生日总得稍微地表示一下买个礼品吧？我手头有一二十，就给她了。"

"真的就一二十？"老妈瞪着眼睛，直勾勾地盯着老爸，"真的就一二十？"

老爸开始嘴硬，死不改口，视死如归，大义凛然。

老妈变个法儿问："我给女儿打电话，让她回来，我亲自查一查。"

老爸就矜持不住了："别打别打，破坏了女儿玩的兴致。我给了五十。"

"就五十？"

老妈诡异的样子，让老爸步步后退："好像是吧，也许是一百，我没记清。"

老妈提着老爸的耳朵："你人没老，就两眼昏花，连钱都看不清啦？"老爸支支吾吾，胡乱搪塞。

老妈不可能叫我回来，但她也不可能就此罢休。

她动作麻利地喝令老爸举起手来，从上到下搜老爸的身上。结果一无所获。

老爸身上几乎不带 Money，有几个，给我一塞，他就重新回到解放前，变成穷光蛋了。

老妈也不是不通情理的人，她从老爸身上搜不出 Money 来，也很过意不去。有时怜悯之心大发，会取一点 Money 给老爸："男人嘛，身上没点钱也是不行的。别总是有点钱就给女儿，自己也留着花。"

老妈喜欢叫上老爸在周六或周日上街。

眼看一年要到头了，他们上街办了一大摊子事儿。

缴了下年度的电视收视费，缴了下年度的网费，给家里每个手机充了话费，还到中国移动营业厅用老爸全年的话费积分兑了奖。

营业厅的两张大桌子上摆着2013年的春联和日历年画，老妈问："这个是赠送的吗？"

大堂经理回话："对，您可以拿。"

老爸过去一看，年画挺漂亮，二话不说，卷了两张。

大堂经理想说他，但没说出口。规定一人只能拿一份。

出了中国移动营业厅，在半路上，老妈与老爸分了手，老妈去了奶奶家，老爸将年画拿回家。

老爸进了家门，家空人闲。他一个人待着，难免胡思乱想。他突然有一种悲凉袭上心头，倒在沙发上，叹叹怨怨，艾艾幽幽。

我回到家，已是黄昏余晖尽，满屋漠漠灰黑黑。

我以为家里没人，打开灯，照得屋子炽白。

老爸躺在沙发上，并没有睡着。

我听到一声长长的叹息，才发现老爸窝在长沙发里。

我问他："怎么了？"

老爸踟蹰了一会儿，说得很沉重："唉，女儿，老爸老了。"

"何以见得？"我问。

"你看啊，老爸现在和你爷爷一样，出门见什么烂东西都抢。这不是你老爸原先的性格。我一直很清高，很顾颜面，走路保持绅士风度。现在真有老年人的特质了，一张画一份宣传册，我居然也去抢啊！光天化日之下，也不顾什么好看不好看了。真的老了，老到爱占小便宜了。唉，没想到人老得这么快，女儿还没考大学呢，自己先老龄化。

悲哀呀！”老爸情绪不高地说。

我笑：“拿人家两幅画，就证明你老了？这哪里的逻辑嘛！爱美之心人皆有之，我要跟你们一块去了，说不定我也拿呢，能说明我也老了？”

老爸坐起来：“你真的这样想？”

“对老爸说话还能有假。”我说。

“但愿我女儿说的是真的。”老爸坐了起来。

这是我第一次见老爸怕老。

都说像老妈那样的女人有衰老恐惧症，没想到老爸也有哇！

我放学回来，从学校旁边的那条街口买了一斤糖雪球。这种东西，就是挑出上好的山楂，经过清洗和剔除顶尾，外裹一层白砂糖，白里透红，与众不同。

电视剧《宫心计》里有“做好事，说好话，存好心”的刘三好，给唐宣宗李忱常送“苦中有点甜”的糖莲子，大概和这个做法差不多吧。

我本来是自己喜欢，买一斤回来尝尝鲜。见老爸不大开心，就送给他：“给你买的，喜欢吗？”

老爸嘟着嘴望我：“给我买的，你买的？”

我说：“对呀，我买的，不行啊？”

老爸感动得呀，那个表情，既幸福又陶醉，接过来，赶紧伸手抓一个来吃。

晚上，老妈回来，老爸以特大喜讯的方式第一时间告诉老妈：“女儿给我买东西了，你尝尝，好吃，酸酸甜甜，妙不可言。”

老爸舍不得一次吃完，吃几个，包住封口儿，搁在电视机柜的一角。

到了第三天，打开一看，家里热，呀，附在山楂果表面的白砂糖全化了。

老爸惋惜得呀，用指头蘸着流到包装袋里的糖浆吃。

老妈笑他："你女儿买的东西就这样好吃啊？你没看看你那样子，老狗舔骨头，没完没了。"

老妈说得再难听，老爸都当没听见，该怎样吃还怎样吃。

我骗了老爸，老爸却如获至宝般地珍爱，我倒有些愧疚了。

唉，看来，以后得对老爸老妈好点。

71. 我这是吃饭还是吃眼泪

还不等我的想法完全定型，奶奶的弟弟在老家躺平了，说得了肺癌，已到了晚期，就这几天可能驾鹤归去。

我奶奶哭得像泪人似的，说自己就这一个弟弟，现在要走在自己前面，自己必须回老家去见最后一面。

奶奶四年前因腰椎滑脱动过大手术，在床上一躺就是近三年。身体刚有起色，可以丢掉单拐走路了，又遇上这事。

爷爷不赞成奶奶回老家，理由有二：其一，路远，坐长途车，怕身体受不了；其二，农村的吃住条件不好，怕奶奶回去受罪。

奶奶不管这些，非要回去不可。她要我老爸立马为她买火车票。

全家人见奶奶九头牛都拉不回，就想了个万全之策，雇一辆车，将奶奶专程送回老家，我老妈陪同。

老妈一走，家里就剩我和老爸。

我们吃饭成了难题。

老爸不会做饭。他唯一会做的，就是煮方便面。

老妈走的第一天，老爸早晨给我从外面买了早点，晚上煮了一锅面。第二天晚饭，他就带我下馆子。也没怎么吃，仅点了两个普通菜，五十多块就没了。第三天晚饭，我们在外面简单吃点，来到好食多快餐店，我要了鸡柳饭，他要了叉烧饭，近四十块又没了。

第四天晚饭，老爸问我吃啥，他来做。我说该不是又下面条吧？老爸不说话了。他到厨房转了一圈出来："走，继续上外面吃。"

周围便宜的饭馆，也只有好食多快餐店了。我们只好又上那里。

但这一次唯一的不同是，老爸把我送进去，自己却要退出来。我问为啥？他说他不爱吃这里的饭。我说那你吃啥？他指了指玻璃墙西面的露天炸酱面小店："我去那里吃。"

"刮着风呢，冷啊。"我说。

"没事，老爸老皮老脸的，还怕那点冷。"老爸说。

"你看看，那边人太多，你还要排队。"我说。

"排就排，反正老爸又没啥急事。"老爸坚持。

他在走之前，叮嘱我："女儿，挑自己喜欢的吃，啊。"

老爸不在好食多吃，跑到外面吃炸酱面，我还看不出来吗，他在省 Money。

炸酱面小店就在隔壁，一道玻璃幕墙隔着。

我坐在暖和的好食多大店里，望着老爸拐进炸酱面小店的身影，鼻子发酸。他宁肯自己受点艰难，也要给女儿可以触及的快乐。

我翻着精制的美食单，原本打算要一份叉烧饭，外加一杯热咖啡奶，总共二十七块。

见老爸在风中排着队，他那一头细弱的发丝被冷风吹得东摇西摆，脸颊不一会儿就冻红了，我就有点难受。

我推开美食单，只点了一碗最便宜的酸菜面，十三元。

老爸在那边排队等到一碗炸酱面，坐在与我可以相望的一张露天双人桌上，我夹了满满一筷子肉丝跑出去，丢到他碗里。

老爸傻傻地抬起头："你这是干什么，我有，你、你够吃吗你？"

他大口大口地吃着炸酱面，吃完，碗向前一推，离了那张冷飕飕的桌子，来到好食多店，在我对面坐下。

"你怎么吃这个啊？"他问。

我忍着泪，强作笑颜："这个好吃啊。再说，今天其他的都买完了，就只剩这个。"

老爸过去到吧台一看，人家啥好吃的都有，就径直走到门外面去了。

我不知道他到底哭没哭，但他一定知道我的心思：不想乱花家里一分 Money。

爸妈给予我的好，我有深深的体会。

在我享受的后面，他们到底还有多少我不知道的苦？

我无法全部搞清楚。

因为我对他们的古文学得不太好，好多读不懂。

我只盼老妈早点回来，这样，家里的灶又热起来，老爸再不用为我俩的吃饭犯难了。

班主任红老师的电话又打过来。她要最后落实一下，让老爸给其他家长上课一事，不能落空，要靠实。

这事已惊动了学校，校长很支持。校长对我抱有期望，对我老爸介绍经验也很重视。校长明确地说，开家长会那天，他也要参加，搞隆重，造成影响。

我不知道明天是个什么样子，我只知道我在改变，爸妈的温暖让我无比幸福。

在高中城里，我游来游去，从一个岸游到另一个岸。

我在打捞着属于自己的惊喜，别人在打捞着属于我的惊喜。

我的活力在延续，我的故事在延续。

风从春吹到冬，又从冬吹到春，吹得世界绿了又白，白了又绿，我一年一年地长大。

高中城在我眼里渐渐变成旧城。

再有一年，我就会从这座城里冲出来，展翅奋飞，飞向另一座陌生的大学城里。

我会在那里上演另一个层面的普通又个性的故事。

那个时候，我就会远离爸妈，从他们的怀抱里飞走，过自己独自的生活。

真的无法想象，那时的我会是怎样的，老爸老妈又会是怎样的。

我还会是一个才气过人的小作家吗？

我会以出售文字来换回优越的生活吗？

我真的一点也不知道。

我隐隐地感到，现在，当我的注意力不断倾斜向学习的时候，我的写作变得越来越蹩脚。

我居然很怀念初中播种的文字，那样干净，那样纯美，那样像我的招牌。

我渴望在下一个暑假里，我会像中考时的那个暑假一样，在写作上制造一系列轰动！

这仅仅是个渴望，我不能十分肯定我一定能……

图书在版编目（CIP）数据

才女升学记 / 张佳羽 著. -- 北京 ：作家出版社，2016. 7

ISBN 978-7-5063-9046-0

Ⅰ. ①才… Ⅱ. ①张… Ⅲ. ①长篇小说 - 中国 - 当代 Ⅳ. ①I247.5

中国版本图书馆CIP数据核字（2016）第172215号

才女升学记

作　　者： 张佳羽
责任编辑： 张　平
装帧设计： 意匠文化·丁奔亮
出版发行： 作家出版社
社　　址： 北京农展馆南里10号　　**邮　　编：** 100125
电话传真： 86-10-65930756（出版发行部）
86-10-65004079（总编室）
86-10-65015116（邮购部）
E-mail:zuojia@zuojia.net.cn
http://www.haozuojia.com（作家在线）
印　　刷： 三河市北燕印装有限公司
成品尺寸： 142×210
字　　数： 220千
印　　张： 9.5
版　　次： 2016年9月第1版
印　　次： 2016年9月第1次印刷
ISBN　978-7-5063-9046-0
定　　价： 29.00元